一个人，遇见一本书

TopBook
饕书客

云之彼端　昆仑众神白衣胜雪
渤海之东　归墟蓬莱玉楼耸立

Chinese
mythology

中国神话

中华民族奔放独特、浪漫奇幻的精神世界
我们祖先对大自然和人世间朴素而富有想象的认知

王新禧·著

TopBook
鳌书客
陕西新华出版传媒集团
陕西人民出版社

图书在版编目（CIP）数据

中国神话/王新禧著. -- 西安：陕西人民出版社，2021.7

ISBN 978-7-224-14226-6

Ⅰ.①中… Ⅱ.①王… Ⅲ.①神话—作品集—中国 Ⅳ.① I277.5

中国版本图书馆 CIP 数据核字（2021）第 109220 号

出品人：赵小峰
总策划：刘景巍
出版统筹：韩 琳 关 宁
策划编辑：王 凌 晏 藜
责任编辑：王 倩 张启阳
整体设计：哲 峰 开朗文化

中国神话

作　　者	王新禧
出版发行	陕西新华出版传媒集团　陕西人民出版社 （西安北大街 147 号　邮编：710003）
印　　刷	陕西隆昌印刷有限公司
开　　本	787 毫米 ×1092 毫米　1/16
印　　张	15.75
插　　页	2
字　　数	227 千字
版　　次	2021 年 7 月第 1 版
印　　次	2023 年 9 月第 3 次印刷
书　　号	ISBN 978-7-224-14226-6
定　　价	59.90 元

如有印装质量问题，请与本社联系调换。电话：029-87205094

前言

穿越神话的天空

人类最伟大的梦想就是神话。

没有人能说清神话究竟发源于何年何月,但无穷的想象力是人类得天独厚的天赋。也许早在远古洪荒时代,文字尚在时间长河里酝酿的时候,老祖先们就已经在无数个冰雪飞扬、暮霭昏沉的夜晚里,围绕篝火,彼此述说着充满奇情幻想的精彩故事。因为对无法解释的自然现象的敬畏,他们给壮伟天地间的种种变迁、动向,赋予了更高等的灵性存在,编织出宛如幻想曲的神话传说。可以说,打从人类历史的黎明初曙起,神话便与我们同在,生生不息。它是文学的先河,人类文明的珍贵财富。

巴尔扎克有句名言:"小说是一个民族的秘史。"与之相类,神话则可以看作是一个民族的密码。正如人们通过希腊神话,能够依稀窥见古希腊人对自由、知识、人性的追寻一样,通过中国神话,我们同样可以发现并发掘属于中华民族的历史密码与文明宝藏。

中国的神话是华夏先民们在长期的社会实践中,驰骋他们奔放奇特的想象所创造出来的。它的内容涉及古老神州的自然环境与社会生活的方方面面,既包括民族的起源,又包含人类的命运。神话通过超自然的幻想,以故事的形式表现了远古华夏人民对自然社会的认识和愿望，具有神奇、丰富、生动、多样化等特色，浓厚的浪漫主义色彩下蕴含着朴素的哲理思想，虽然简单，但立意深远。

拉法格在论述神话传说的史学价值时曾说过："神话既不是骗子的谎言，也不是无谓的幻想的产物……只有当我们猜中了这些神话对于原始人和他们在许多世纪以来丧失掉了的那种意义的时候，我们才能理解人类的童年。"诚哉斯言。中国神话不但是中国最早的口头散文作品，更是历史的先声与源头，其一大特点，就是神话与历史紧密结合，难以分开。中国人一向将神话看成是远古的历史，站在古文明的立场上，即可发现中国是用"历史"的概念包含了"神话"的概念。作为远古历史的回音，神话真实地记录了中华民族在童年时代，面对未知世界的绮丽幻想和面对险恶环境的顽强抗争，以及由此而踏上文明之路的蹒跚足印。

历史经过时间的沉淀成了神话，神话经过人们的改造，又演变为传说。美丽的神话传说在中华大地上历史悠久、璀璨多彩，是中华文化宝库中的一朵奇葩。数千年来的口耳相传和文字加工，让能工巧匠们将一个个以开天辟地、为民造福、追求光明等为主题的神话雕琢得剔透完美，令人心醉。

当然，中国神话也是有缺点的。它既反映了先民天真执着的生活追求，也反映了那一时代的稚气和局限。特别是"不语怪力乱神"的儒家学说一统中国思想界近两千年来，中国神话也有了一定的局限性：

首先，中国神话没有一个完整的神话体系。相比希腊神话以奥林匹斯山为中心，以宙斯为主神进行衍生，从而形成成型、成熟的神祇系统，中国神话的神仙世界其实混乱无序，有时甚至是自相矛盾的。上古时代、奴隶制时代、封建时代所出现的各路神灵，互不统属，却又彼此藕断丝连。一些相同的神祇，在不同时期，又以不同的面目出现，始终没有一个按时间线索贯穿起来的、由上至下的完备体系。

其次，在上古神话表达了古人对世界的幼稚认知后，继之而起的中国本土道教神话，对中国古代神话进行了大规模的改造和改写。道教把天地万物作为一个整体来看待，其教旨就是探求贯穿其中的"道"。而"道"的外在表现形式，大多以修炼成仙来体现。经过道教过滤的"仙话"与神话相互杂糅，相对显得自私自利，与拯救苍生、自我牺牲的纯神话相比，精神力量大打折扣。

第三，原生态的中国神话流失严重，经过历史潮水的无情冲刷，我们今天所能见到的神话，特别是上古神话，只是一些零碎的片段，这对深入汲取神话的精魂而言，不能不说是种遗憾。

虽然中国神话不像西方神话那样具有完整的系统和深远的世界影响力，但它也拥有自己独特的个性与魅力。许多神话传说在民间代代相传，有些还成为典故和熟语，其提供的丰富的素材，更开启了古典神话小说的大门，使得中国神话被赋予了更为强大的生命力。进入21世纪以来，奇幻文学的兴起、奇幻电影的风靡，都有理由让我们重新细心梳理老祖宗留下的这笔珍贵的精神财富。高举起"中国神话"这面让国人精神还乡的引魂之幡，让幻想插上双翼，在纷繁的时代里再度书写巍峨瑰丽的传奇吧！

穿越神话的天空，在云之彼端，一个神话就是莲花一朵，一个神话就是明珠一颗。水天相接处，千古烟波浩荡，史书册册、丰碑座座，承载着神话岁月悠悠的歌。中华神话之多，浩如烟海；所蕴藏的人文内涵之广，辽阔深邃。它就像一本读不完、写不尽、博大精深的书，洋洋洒洒、蔚为大观，令人一世痴迷，一生探究。而本书所萃取的神话传说，不过沧海之一粟，但尽钩沉辑录之微劳，唯愿读者能管中窥豹，披上神话华美的羽衣，弄彩人世，逍遥凡间。

王新禧
序于福州

目录

第一章　开天辟地我来也——上古创世神话　001

第二章　战,英雄们　021

第三章　杰出青年与劳动模范——上古人文之神　038

第四章　五帝时代　051

第五章　太公封神,仙家势成　072

第六章　我命由我不由天——哪吒的前世今生　082

第七章　领袖群仙——道教元祖神　089

第八章　万千星辉耀天河　106

第九章　常沐岚风听疾雨　豁然霹雳观惊雷——风雨雷电　126

第十章　冰肌玉骨殊人间——中国仙女　136

第十一章 御风逍遥天地间——剑仙传奇　151

第十二章 三山五岳尽拱伏——山神漫谈　158

第十三章 神仙也要无厘头——谐仙笑佛趣谈　171

第十四章 彼岸花开——中国冥界诸神　185

第十五章 天下财富我掌管——财神到　206

第十六章 中华食神　220

第十七章 情人节让我做主——中国也有爱神　231

第一章
开天辟地我来也
——上古创世神话

宇宙是怎么诞生的？世界是如何形成的？人是从哪里来的？这些万物起源的问题，是每一个民族在童年时期都懵懂探寻过的本原命题。屈原在《天问》开篇就问道："遂古之初，谁传道之？上下未形，何由考之？"但先民们朴素的世界观，是不可能给予这一终极命题一个符合现代科学的合理解释的。他们只能将世界的生成归功于隐身天穹的神。

于是，盘古开天的巨斧，开辟出天清地浊；女娲造人的黄河土，捏出生命的绵延；伏羲神奇的八卦图，演化出阴阳的玄妙；炎黄伟岸的身躯，则化作了不朽的民族魂。

一、盘古开天辟地

在时间的沙漏尚未开始流转的太古之初，没有天，没有地，宇宙还处于元始状态，世界的一切都黏糊在一起，混沌得像一个密不透风的大鸡蛋。蛋里混沌漆黑，只有一团看不见的气，可以说什么也没有，却什么都包含着。就在这一片鸿蒙中，孕育着一位伟大的天神，他的名字叫盘古。

咱们最老的老祖宗盘古在鸡蛋中呼呼酣睡，从婴儿到巨人，足足孕育了一万八千年，才终于从沉睡中倏然醒来。他睁开蒙眬的睡眼，不见一丝光亮，只觉四周黑黝黝的，酷热憋闷，浑身就像被绳子束缚住了一样难受。他想站起来，舒展一下筋骨，可是鸡蛋壳紧紧裹着他的身体，手脚连摊开也办不到。

"这该死的地方！"盘古心里禁不住愤怒起来，他恼怒这无边的雾状的黑暗束缚，他愤恨这看不见的无形拘束。压抑使他奋然跃起身，挣扎着要冲破周身的樊笼。于是他巨手一张、巨腿一蹬，凝聚了一万八千年神力的拳脚雨点般地向四面砸去。一番拳打脚踢之后，大鸡蛋逐渐裂开了几条缝隙，透进了一缕缕纤细的光芒。

盘古见此情景，大为振奋，继续加力踢摇蛋壳。可是任凭他怎样使劲，蛋壳依然只是裂开几个小口，无法被彻底打破。上下左右，四面八方，依然是黏糊一团、混沌难分。盘古大急，伸手在四周乱挥乱舞，无意中竟然摸到了一把巨斧。原来这是他沉睡之际呼出的先天元气所凝化成的神斧，与盘古共生共育，重逾万斤，锋利无匹。

盘古手握神斧，大喜过望，心想："好，好！有了这斧，我非用它砍开这团混沌，劈出一个光明世界不可！"他使出浑身气力，大吼一声，奋力挥舞巨斧，振臂向面前的雾状混沌猛劈过去。

盘古这一斧着实厉害，但闻"轰隆隆"一声巨响，接着是"哗啦啦啦"的碎片散落声，浓重无边的漆黑被砍开了一条大缝，从缝隙中射进了大片璀璨耀眼的光芒。盘古连声欢呼，手中加劲，将一柄斧头耍得出神入化。但见一斧、两斧、三斧……紧紧缠住盘古的混沌浓雾，慢慢分离了。"鸡蛋"中清而轻的气体冉冉上升，飘飘扬扬地升到高处，变成了清澈的天空；浊且重的气流则缓缓下沉，变成了厚实的大地。

天地一分开，盘古放眼望去，但见一片豁然开朗，澄清空阔，实在是舒坦多了。他长长地透了口气，自由地舒展四肢，想歇息一下。谁知刚升起的天却又慢慢向

盘古

中国的创世之神。太古之初,宇宙处于元始状态,混沌得像一个密不透风的大鸡蛋。盘古在鸡蛋中呼呼大睡,足足孕育了一万八千年。从酣睡中初醒的盘古奋然跃起,挣扎着要摆脱周身的樊笼。在盘古的抗争下,天地分开,世界出现。

下压来，而地也往上抬高，眼看天地间的距离越来越窄，那才闪现片刻的光明，即将随着天地合拢而消失。盘古大惊，急忙弃神斧于地，举起双臂"嗨"地大吼一声，双掌用力撑起了蓝天。就这样，盘古手撑天、脚踏地，用自己的身躯支撑在天地之间，努力地不让天地归拢。

日复一日，年复一年，又过去了一万八千年。天每天升高一丈，盘古浑身的骨骼也像竹笋拔节一样日生夜长，随着天的拉升而每天长高一丈。一万八千年来，天升得极高，盘古的身长也达到了极长。至此，天地再无重返混沌黑暗的可能，盘古这才真正放了心。

在这一万八千年间，盘古每天仰面呼吸着上天的灵气，俯首吸饮着地上的甘泉，他的心情时而沉重，时而欢欣。随着他的喜怒哀乐，天地也会发生各种相应的变化。他睁眼是白天，闭目是晚上；开口为春夏，闭口为秋冬；发怒时，天空阴沉，乌云滚滚；哭泣时，大雨如注，洪水横流；叹气时，狂风大作，飞沙走石；一眨眼，天空闪电连连；睡觉时一打呼噜，惊雷隆隆，震耳欲聋。只有在他高兴的时候，才会万里无云、风和日丽。这就是风雨雷电的由来。

天空高远，大地辽阔。创世神盘古长久撑持天地，终于耗尽了全部精力，流尽了所有汗水。他缓缓睁开双眼，满怀深情地望着自己亲手开辟的崭新世界。啊！太伟大了，太美丽了。盘古露出了欣慰的笑容。突然间，心血净尽、神崩力溃，盘古高大的身躯顿然摧山倒壁般崩塌，擎天的柱子轰然倒下了。

盘古大神开天辟地，宏伟业绩举世无双。这样一个高尚、纯粹的神，心里唯有无私奉献。他临终时觉得没有给世界留下什么财富，颇为遗憾，于是决心用仅有的躯体来造化世间，装扮天地。

霎时间，风雷激荡，天地动容，盘古倒下的躯体迸射出万道金光，随着金光的射出，其身躯的每一个部位都起了变化：他的左眼幻化成灿烂耀眼的太阳，右眼化为皎洁明亮的月亮；四肢和身躯成了大地的四极和五岳名山，群峰挺立，迤逦雄伟；千万缕须发散飞成密布天空的繁星；血液四溢流淌，奔流成滔滔的江河湖海；肌肉化作了千里沃野，筋脉蠕动延伸，化作了丘陵沟壑，皮肤和汗毛变成了平原和花草树木；牙齿与骨骼散开来，生成了闪光的金属、温润的玉石、晶莹的珠宝；汗水和唾液则化作漫天雨露甘霖，滋润着万物；而寄生在他身上的各种小虫也起了质的变化，演变为鸟兽虫鱼等各类生物。

总之，盘古将自己所能贡献的一切，都毫无保留地交给了世界，丰富和充实了大自然。他的生命，完成了一次完美的升华。从此，天上有了日月星辰，地上有了山川树木，万物欣欣向荣，鸟语花香的美妙世界正式诞生了。

二、女娲抟土造人

话说盘古开天辟地有了世界之后，日月经天，江河行地，万物井然有序，一年四季在时光中轮回交替。就这样过了不知多少岁月，从亘古中醒来了一位人首蛇身的女神，她叫女娲，"女"代表她的神性，"娲"则是宇宙间最美好、最令人崇敬之意。

女娲在茫茫原野上行走，放眼四望，但见山岭起伏、飞瀑流泉，丛林茂密、草木争辉，天上百鸟飞鸣、地上群兽奔驰、水中鱼儿嬉戏、草中虫豸跳跃，好一个美妙瑰丽的世界啊。按理说这世界也算是相当美好了，但女娲总觉得有一种说不出的孤寂感，这世界似乎缺少点什么！

她向山川草木诉说心中的烦恼，山川草木听不懂；她对虫鱼鸟兽倾吐困惑，虫鱼鸟兽哪能了解她的心事？女娲颓然坐在黄河边，茫然对着水中自己的影子。忽然，一片树叶飘落池中，静止的池水泛起了小小的涟漪，使她美丽的影子也微微晃动起来。女娲心头猛地一震：对呀！为什么会有那种说不出的孤寂感呢？原来是因为世上缺少与自己一样的同类啊！

想通了关节所在，女娲立刻行动起来。那么用什么来造同类呢？黄河河床上满是黄泥，而且泥土松软，最易造型，女娲就地取材，挖了些泥土，和上水，按照倒影里自己的形貌开始抟捏揉搓起泥人来。她心灵手巧，为泥人分五官七窍、

伏羲和女娲

传说中的伏羲、女娲人首蛇身，本为兄妹。他们是以蛇为图腾的原始民族所奉祀的始祖神。

安五脏六腑、贯百千血脉、画骨节三百六十、点汗毛十万八千，又雕顶头额角，连起十指心肺，然后将蛇尾改换成两条腿，一个"小东西"诞生了。女娲将小东西往地上一放，轻轻地吹了一口气，这小东西有了灵气，居然活了起来，在女娲身边活蹦乱跳，小手小脚不停地往女娲身上蹭，口里喊着"妈妈！妈妈！"女娲满心欢喜，给小东西取名叫"人"。因为人是用黄河的泥土捏出来的，所以皮肤是黄的。接着女娲又捏了许多"人"，这些"人"是仿照神的模样造出来的，气概举动自然与别的动物不同，他们直立行走、能言会语、聪明灵巧、形神秉性一应俱全，乃是活脱脱的高等动物。他们围在女娲身旁唱着、跳着，欢呼雀跃，用最热烈的肢体语言向女娲表达获得生命的快乐和感激。

女娲寂寞的心一下子热乎起来，她想把世界变得更热闹，让天下到处都有她亲手造出来的人。于是她不停地工作，捏了一个又一个。可是世界毕竟太大了，她双手都捏麻木了，捏出的小人分布在大地上依然稀稀疏疏。她想这样下去不行，必须提高工作效率，于是顺手折下一条藤蔓，伸入河床，蘸上泥浆向地上信手挥洒。霎时间，从枝条上甩落下来的泥土，纷纷化为一个个泥人，这样一来广袤的大地上到处都布满了芸芸众生。

女娲感到十分满足，就想放个假，停止工作到四处走走，看看那些人的生活怎样。一天，她走到一处，见地上躺着不少小人，动也不动，用手拨弄，也不见动静。她俯身仔细察看，原来这是她最初造出来的小人，这时已头发雪白，寿终正寝了。

女娲见此情形，大吃一惊，心中暗暗着急，她想到自己辛辛苦苦地造人，人却会衰老死亡。这样下去，自己岂不是要永无止境地一直造人？这可不是办法。

她灵机一动，想到飞禽走兽等动物皆有雌雄之分，自行交配生育，何不让天下的人也自行繁衍后代呢？于是她把天地间的至阳之气注入一部分泥人体内，使之成为勇猛好斗、形如盘古的"男人"；而另一部分泥人，则注入纯阴之气，成了娇小可爱、体贴温柔的"女人"！男人与女人诞生后，因为人是仿神而造的生物，不能与禽兽同等，所以女娲又定婚姻制度、制嫁娶之礼，让人必须恪守夫妻伦常，有别于禽兽乱交。从此人类建立家庭传宗接代，生生世世绵延不绝，这一切都多亏了女娲之功，后人遂将女娲奉为媒妁与婚姻之神。

女娲之后，又诞生了大神烛阴，烛阴每天睁眼一次，给大地带来光明。同一时期还诞生了大量的创世神，有毕方、据比、竖亥、天吴等，分别协调着土地、树木、山与水，通过他们的努力，整个人类世界欣欣向荣，充满了蓬勃生机。

三、伏羲教化文明

1. 伏羲出世

盘古创世，女娲造人，而伏羲教化之。伏羲，东方天帝，因其人头蛇身，如蛇蟠曲伏于地，故称"伏羲"，又作庖羲、包牺、庖牺、伏戏等，乃上古神话中的人文始祖，居三皇之首。

据说伏羲乃雷神之子，他的出世充满着传奇色彩。相传在大西北有一个凡人无法到达的极乐国土，叫"华胥国"。那里的绝大部分居民都是半神人，是神与人的后代。他们不愁吃穿、没有欲望、远离灾害，一切顺其自然、乐天安命，故而生活自由自在，人人长寿。

华胥国有一位名叫诸英的美丽女子，是华胥国国君的女儿。有一天晴空丽日，诸英到郊外的雷泽散步，天真烂漫的她光着脚踯躅在草地上，忽然发现一只巨大的脚印深印在水潭边，诸英心想："有这么大脚印的人，该有多高多大啊！"好奇的她伸脚踏入巨人的脚印中想要对比一下，岂料霎时间祥光四起，一道彩虹从天而落，围着她久久不散。诸英只觉得全身震颤，不知怎的，腹中似有一股热气在凝结。

原来，这脚印是雷神留下的。雷神人头龙身，半人半兽，只需要鼓起肚子敲打，就能发出阵阵响雷。诸英从伸脚踏入雷神脚印的那一刻起，不知不觉间已经感应

玄天上帝

玄天上帝即真武大帝。据传，他是盘古之子，于玉帝退位后任第三任天帝，生有炎、黄二帝。曾降世为伏羲，为龙身，中华之祖龙。

受孕。她怀胎十二年，生下了伏羲。伏羲也长着人头蛇身的怪模样，"长头修目，龟齿龙唇"，很像他的爸爸雷神，众人皆觉怪异，都说该"弃之"。诸英却说："此子为龙也！他在我腹中屈伸有度、出海入天、翻云覆雨、变化无常，高瞻远瞩，必将成为天子无疑！"遂精心养育。

伏羲的出生神话，成为后世帝王降世均伴有神异传说的滥觞。从此以后，历代开国皇帝的母亲，都要与神龙云雨一番，才能生下"天子"，开创一番丰功伟业。

2. 河图八卦

伏羲氏（"氏"者，古代的尊称。古文献中，上古神话时代的伟人，几乎都享受这样的称谓）是中国文献记载中最早的智者，他生下来就是个天才，华胥国最伟大的智者也会被他要得团团转。不单智商高，他还具有超凡的神力，能够沿着都广之野的天梯"建木"爬上天国去。他长大后，散发披肩，身披鹿皮，目光深沉、睿智，一派远古智者风范。

"始作八卦"是伏羲一大功绩。上古时期，孟津东部有一条孟河与黄河相接，天生聪慧的伏羲想把大自然的一切奥秘都搞清楚，经常来到河边遐思。一天，他漫步孟河边，突然听到一声奇怪的嘶吼，河里云雾蒸腾，跃出一匹马身龙鳞的龙马来。伏羲在一片烟雾朦胧中，遥见龙马背上似乎有什么图纹，便默想："果有利于世者，当近以示我。"那龙马果然跳上岸来，站立在伏羲面前。伏羲仔细一看，龙马背上有一图，图上共画有五十五个点，皆含阴阳之数。他受此启发，就想参照此河图，发明一种符号，用来解释天地万物的演化规律以及人伦秩序的变幻无常。

于是他来到位于黄河古道、秦晋峡谷上被称作"乾坤湾"的大湾。此湾转了近三百度的大回弯，甚为壮观。当地人说，这是一幅"天造地设的太极图"。伏羲在此"仰则观象于天，俯则观法于地，观鸟兽之文与地之宜，近取诸身，远取诸物"，终于发明出了"八卦"，"以此通神明之德，类万物之情"。

这八卦可了不得，仅仅用"乾（天）、坤（地）、震（雷）、巽（风）、坎（水）、离（火）、艮（山）、兑（泽）"这八种简单的符号就概括了周而复始、变化无常的自然万物和人世百态。其两两相配，象征天上地下、日东月西，山镇西北、泽注东南，雷震东北、风起西南，十分符合天地造化之理，堪称谶纬学的鼻祖。后经周文王、孔子等人的演绎，由八卦而六十四卦，由六十四卦而三百八十四爻，形成了博大精深的周易哲学。

后世为与"文王八卦"相区别，将伏羲八卦称为"先天八卦"。八卦可以推演出许多事物的变化，预卜事物的发展，是人类文明的瑰宝，更是宇宙间一个高级"信息库"。当代许多学科都深受其影响，并从中得到启示。而八卦中的许多奥妙神奇之处，至今还在研究探索中。

先民们对伏羲神而异之，公推他为天帝，授其宰制万民之权。伏羲遂成为中国历史上第一个帝王。

3. 文明教化

伏羲的别称"庖牺氏"，其中"庖"指厨房，"牺"指牲口，所寓即捕鱼、打猎、养牲畜之意。是他教会了初民结网捕鱼、打猎畜牧，并首创观察天象、演绎数理、文字刻画、乐曲演奏等科学文化知识，将茹毛饮血的初民一步步引领进文明时代。

在炎帝神农氏还没有教会初民农耕之前，先民们不晓得种庄稼吃米粮，一天到晚只知道打野兽、采野果。野兽野果少，就少吃一些；打不到采不着，就得饿肚皮。那时填饱肚子真是个大问题，伏羲苦苦思索着怎样改善人民的"菜篮子"。

有一天，他来到河边一面转悠，一面想办法。转着走着，偶然抬头一看，只见河里一条条又大又肥的鱼在欢快畅游着，伏羲灵机一动：这些鱼又大又肥，弄来吃不是很好吗！他打定主意，就下河去抓鱼，可是河里的鱼十分滑溜，用手去抓，很难抓到。

伏羲回去后，开动脑筋，找来不少石块、树枝、木棒、绳索，试制了多种捕鱼工具，但使用起来都不趁手，收效甚微。一天傍晚，他独自坐在树下，出神地琢磨着，一抬头，发现树枝间悬挂着一只大蜘蛛，正不紧不慢地结着蛛网，左一道线，右一道丝，一圈又一圈，一张圆形的蛛网很快就织成了。一只只小飞虫只要一触到网，立即就被粘住难以挣脱。

伏羲觉得很有意思，就目不转睛地瞧着。突然间，灵感一闪而过，心中豁然开窍。他立刻回到山洞，找了一些草绳、葛藤，仿照蛛网的形状编结起来。不大一会儿，一张粗糙的网编成了。他拿着织好的网跑向河边，一网下去，几条活蹦乱跳的鲜鱼立即就被捞了上来。"成功了！"伏羲高兴地叫起来。用这个办法捕鱼不但速度快，而且效率高，人也不用下水。

后来伏羲又根据蛛网原理，发明了捕鸟的"罗"。他还耐心地教导人民如何放牧及饲养家畜。上古文明的曙光，在先民们的笑脸中开始显露出来。

随着原始畜牧业迅速发展，天下一片太平景象。腹中既足，乃思爱欲，人民纷纷搞起"多角恋爱"来。伏羲惊讶地发现出生的婴儿中，出现畸形怪胎的现象越来越多。经过长时间的观察，伏羲发现，这与当时普遍存在的男女群婚有关。于是他"制嫁娶"，实行男女对偶制，将血缘婚改为族外婚，结束了长期以来子女只知其母不知其父的原始群婚状态。接着又定姓氏，以防止乱婚和近亲结婚。他让民众或以所养动物为姓，或以植物、居所、官职为姓，中华姓氏自此起源，绵延至今。

此外，伏羲还制琴瑟、造书契、作历算，一系列的发明创造，犹如永不熄灭的明灯，照亮了中国几千年的人文史。

四、赫赫始祖，炎黄子孙

堂堂神州，巍巍中华，五千年的文明长河、五千年的灿烂文化，龙的子孙扬眉东方、屹立世界，俱由炎黄而始。

1. 炎帝

伏羲制定好姓氏后,天下的人群就逐渐分为不同的氏族。在姜水流域(位于今陕西渭水中游)有一个姜姓部落,部落里的头号美女任姒多愁善感,总是喜欢到姜水岸边散步抒怀。一天,她为姜水边迷人的黄昏景色所陶醉,久久不愿离去。

突然,一道红光自碧波深处激射而出,任姒猛抬头,只见一条赤髯神龙正升至半空,双目发出两道神光,与她的目光相接。四目相交的刹那,任姒只觉心灵悸动,似有所感。她忙用手揉一揉眼睛,再定神望去,但见暮色渐合,波澜不惊,天空河水,一片幽寂,神龙见首不见尾,已渺渺无踪。可任姒却就此有了身孕。她肚子里的龙种也特别,在娘胎里只待了一个足月就呱呱坠地了。刚一落生,其家周围平地涌现九眼泉井,并且各井彼此相通,从其中一眼汲水,其他八眼井的水也都会跟着波动起来。部落里的人都认为这是一种吉兆,因此对这孩子呵护备至,满心希望他长大后为民造福。

此子牛首人身,少而聪颖,兼且天生神力,三天能说话,五天会走路,三年知稼穑之事。长成后,身高八尺七寸,龙颜大唇,一副圣人之相,是继伏羲之后出现的又一位上古大神。由于他生于烈山石室,长于姜水,故以姜水之"姜"为姓;又因以火德王,以火名,遂号"炎帝",又称赤帝、烈山氏。他"在地为火,在天为日",是中国最早的"火神"和"太阳神"。

在中国传统观念中,向来认为"食为天",而食为天的基础则是以农为本。但炎帝所生活的时代,先民尚不知农业为何物,他们靠打猎、捕鱼、采摘野果为生,挨饿、受冻、遇险,过着原始游牧生活,朝不保夕。炎帝见百姓们个个面部浮肿、四肢乏力,显然系饥饿所致,心里极为不安。他又想到禽兽、果实等自然资源的生长怎么赶得上人类繁育的速度?一旦野生的动植物被吃完,天下苍生岂不都要饥饿而死?忧患意识迫使他冥思苦想,要让大家都过上丰衣足食的安稳日子。

炎帝因此走遍了名山大川,尝尽了千辛万苦,奔波往返于森林田野,想要找到一种可以由人们自行栽种、按时收获的植物代替自然食物。一天,他独自待在

炎帝

传说炎帝牛首人身，姜姓，是中国最早的火神和太阳神；他教人民播种谷物，以农具工作，被人们尊为『神农氏』。

野外，无意识地摘下几株野草的穗子，放在手中揉搓着。不知不觉中，穗子被搓破，掉下许多小颗粒。神农灵光一闪，这东西能不能吃呀？他捡起地上的草籽闻了闻，有点香味，便放进嘴里咀嚼，味道还挺不错。于是，炎帝找来很多同样的野草穗，搓出里面的果实，大口大口地吃起来。他发现这些草籽既好吃，又能充饥。这意外的发现，使炎帝受到很大启发和鼓舞。他把能吃的草籽一一挑拣出来，教先民们如何把草籽撒播在土地上，如何施肥灌溉，待秋季再去收获食用。这就是最早的农作物，叫"禾苗"。

炎帝不辞辛劳为民谋福的善举感动了天帝，天帝派一只朱红的丹雀来看望他。丹雀嘴上衔着一株有九个穗的禾苗飞过炎帝的头顶，轻轻地扇动了几下翅膀，天上登时下起一场谷雨，黄澄澄的谷粒纷纷落地。炎帝拾起谷粒一看，啊，是新品种，和自己在野外找到的禾苗不可同日而语。他大喜过望，情知这是上天相助，就细心地把九穗谷种在田间，不久便长出又高又大、金黄色的"嘉谷"。这种天赐的谷物颗粒肥大，味道甘美，吃过之后可以百病不生，强身健体，被人们称为"神谷"。

就这样，人们学会了播种谷物，自己生产粮食。为了减轻人民耕作的劳苦，炎帝又斫木为耜、揉木为耒，发明了多种农具，教人民进行农具耕作。从此天下丰登足食，民众鼓腹而歌，万分感念炎帝的杰出贡献，遂尊称他为"神农氏"。

炎帝解决了民以食为天的大事，促进了农业生产的发展，为上古文明由原始游牧生活向农耕定居文明转化创造了条件。有了稳定的食物来源后，先民们的生活逐渐安定下来，有了闲情逸致，自然开始追求精神文明。于是炎帝削桐为琴、结丝为弦做五弦琴，"长三尺六寸六分，上有五弦，曰：宫商角徵羽"。接着，他又教民制陶、绘画、舞蹈，让百姓懂得礼仪智德。社会文明得到了全面的重视与发展。

炎帝一族最初的活动地域在今陕西的南部，后来族群扩大，就沿黄河向东拓展，与黄帝部族发生了剧烈冲突。阪泉之战中，炎帝为黄帝所败，炎帝部落的大部分与黄帝部落合并，组成华夏族。剩下的一小部分随炎帝向南方迁徙，将农业文明的种子传播到了南部蛮荒之地，极大地促进了南北文化和生产的交流。

炎帝来到偏僻的南方后,做了掌管南方的天神。他的佐神是火神祝融,祝融兽身人面,手里握着一杆秤,乘着两条火龙。他们齐心协力治理着南方一万二千里的地界。

2. 黄帝

黄帝,中国上古神话时期第一圣帝,统领宇宙的中央天帝。这些终极头衔实至名归,是黄帝靠着身经百战、艰辛开创,好不容易才得来的。

话说五千多年前的仰韶文化时期,在嵩山东麓的新郑一带,居住着一个以熊为图腾的有熊氏部落,其首领是少典。少典娶了一位名叫附宝的女子,在姬水之畔的轩辕丘产下一子。按照伏羲氏"就地为名"的原则,此子遂姓"姬",名"轩辕";因为他是有熊国君的后裔,所以又称"有熊氏"。

轩辕氏的出生,在当时不见得多了不起,对后世而言却是惊天动地的大事件。中国第一部通史《史记》,就是从轩辕氏的出生写起的。《史记·五帝本纪》对此记曰:"黄帝者,少典之子,姓公孙,名曰轩辕。生而神灵。弱而能言。幼而徇齐,长而敦敏,成而聪明。"司马迁的记载还算忠实客观,没有对黄帝过分吹捧,最多也就是生下来就会说话,无论什么东西一教就会,是个典型的天才儿童罢了。

但到了后来,有关黄帝出世过程的记载就变得神乎其神起来,比如《帝王世纪》就记载:轩辕氏的母亲附宝,有一天晚上去郊外森林散步,森林里一片黝黑寂静,只有微弱的星光闪烁着。突然,附宝看到天边起了一道青白的电光,光华炫目,照耀得四野通明。这电光围着北斗七星的第一颗星天枢不停地打转,转啊转,转得附宝一阵头晕目眩,竟然就此受感应而怀胎,肚子里的孩子就是轩辕氏。轩辕氏在娘胎里硬是待了整整二十五个月,才呱呱出世。临盆的时候,紫气满屋、百鸟来朝,端的是一派命中注定要做天帝的奇象。而他出生的时间是农历二月初二,从此民间也就有了"二月二,龙抬头"的吉祥之说。

轩辕氏生下来还没满七十天就会说话,十岁就对天下形势明了洞察。到青少黄帝出身于有熊氏,姓公孙,名轩辕。他融合万国部落为华夏族,统一了黄河流域,并画野分州,奠定了中华民族最基础的版图。黄帝与炎帝并称中华民族的始祖。

黄帝

年时，更是长成了身高过九尺，"河目隆颡，日角龙颜"的一条汉子。

十五岁那年，少典辞世，当时部族首领的继承并非血统制，而是由族人共同推举。轩辕氏由于出生时的大异象，得族人一致拥戴，成为有熊部落的领袖。以此为基础，黄帝开启了他此后近百年的风云岁月。

有熊氏一族初期的势力范围在西北黄土高原，黄土高原坦荡浑朴、博大雄沉，山丰地厚、土色金黄。土乃五行之尊、万物之本，黄更是帝王之色、地之正色，象征吉祥喜庆、尊贵荣耀。轩辕氏遂以土德王，号曰"黄帝"。

黄帝敦厚能干、聪明果毅，带领部族全力打拼创业。此时炎帝也从原先所在的姜水流域，向黄帝所在的姬水流域扩张，双方互不相让，终于在阪泉之野爆发大战，结果以炎帝败退南方告终。接着蚩尤又起兵反抗，黄帝与蚩尤战于涿鹿，经过艰苦卓绝的血战，生擒蚩尤而诛之。从此，黄帝天下共主的地位得以确立，凡不顺从的部落，他都以天子的身份予以讨伐。又经十余次中小规模的征战，黄帝基本消灭了各地的武装反抗力量，统一了黄河流域，成为天地间最大的主宰者。

黄帝融合万国部落为华夏族，天下归心，乃坐镇天地中央，画野分州，定都有熊，又封官司职，拜风后为丞相，设三公（风后、天老、五圣）、三将（常先、大鸿、力牧）、六相、二史、左右双监，直辖中部八十一国。其疆域东至大海，西及陇右，北达燕山，南抵长江，奠定了中华民族最基础的版图。

至于东南西北四裔诸邦，则各分封一个天帝镇守：

东方三十六国的天帝是木德之帝伏羲，又称为太昊，辅佐他的是木神句芒。句芒手里拿一个圆规，管理着春天。

南方三十六国的天帝是火德之帝炎帝，炎帝自兵败南撤后，以火神祝融为辅神，总理南方，休养生息，深受民众爱戴，很难使别人取而代之。况且黄帝也知炎帝早没了争夺统治权的实力和野心，所以乐得做个顺水人情，将南方封给炎帝。火神祝融手里拿一杆秤，掌管夏天。

西方三十六国的天帝是金德之帝少昊，少昊是黄帝的儿子，辅佐他的是金神蓐收，手里拿一把曲尺，掌管秋天。

北方三十六国的天帝是水德之帝颛顼，颛顼乃黄帝之孙，辅佐他的是海神兼风神禺强（玄冥），手里拿一柄大锤，掌管冬天。

封毕四方天帝，黄帝接下来又任命禺号任东海王，禺号之子禺京与不廷胡余、贪兹，分别担任北海王、南海王、西海王。对于地下鬼国，黄帝则派土神后土为幽冥主神，神荼和郁垒兄弟俩辅助他一同掌管地府。一应诸神诸帝，统归中央天帝黄帝节制。

黄帝神通广大，能以震为雷，以激为电，以和为雨，以怒为风，以乱为雾，以凝为霜，拥有操纵大自然的超能力。在需要时，他还能变化出四张面孔，分别面对四方，同时注意着东南西北的动静，天上人间的任何事情，都逃不过他的耳目。该精明时，四面八目，明察秋毫；该糊涂时，浑无面目，大智若愚。

一次，钟山之神烛阴的儿子、人面龙身的鼓，勾结人首马躯的凶神钦䲹，将一个叫作葆江的天神诱骗至昆仑山的南坡杀害了，并且毁尸灭迹，企图掩盖罪行。整个谋杀过程全被黄帝清清楚楚地看在眼里。愤怒的黄帝派遣天杀星下凡，千里缉凶，在钟山东面的瑶崖追上鼓和钦䲹，一齐处斩，为可怜的葆江报了仇。

又一次，蛇身人面的天神贰负，受其家臣危的唆使，残杀了天神"猰貐"。这件事也被黄帝看到了，他派出四大天将擒下贰负主仆，将贰负绞决，弃尸于鬼国东南；用危的头发做绳索，反绑他的双手，再用镣铐锁住右脚，永久拴在西方的大树上，让其受尽折磨。

黄帝处理问题的果断、利落、公正，让他得到了天下臣民的敬重和崇拜，三界四方的新秩序得以迅速巩固。黄帝非常高兴，令乐官伶伦作了一部威武雄壮的庆功乐曲《纲鼓曲》。这部乐曲共分十章，有《雷震惊》《灵夔吼》《猛虎骇》《雕鹗争》等，演奏时配以特制的大鼓、金钲，果然气势磅礴。在铿锵的鼓声、钲声里，舞师们唱着凯歌，跳着劲舞。黄帝坐在殿上观舞听曲，接受来自四面八方、天上人间的神、鬼、人、兽的祝贺，一时间志得意满，唯我独尊！

不仅武功赫赫，黄帝文治也臻于一流境界。大一统后的黄帝之国，干戈止息、社会安定，可以腾出大批人才和时间进行民生方面的改善。

据《易·系辞》《世本·作篇》等各种文献记载，宫室、杵臼、凿井、陶器、蚕丝、布帛、冠冕、盔甲、舟楫、指南车、五方旗、弓箭、文字、算术、图画、律历、医药、祭祀、碗碟、铜镜、鼓、筷子、雨伞等等新事物，均是黄帝本人或者他的属下发明的。这些发明是文明进步的重要标志，历五千年而相传不衰，我们这些炎黄子孙，至今还享受着他的福荫。

黄帝晚年，用顺其自然、无为而治的方法，使三界大治。他功成名就，遂生退隐之心，常常带着风后和常伯，到各地去云游。有一次，他驾五象之车，采首山之铜，铸大鼎于荆山下。鼎成之时，突然晴天一声霹雳，一条黄龙长须飘垂，自天而降。它对黄帝说："你的使命已经完成，请和我一起升天吧。"黄帝自知天命难违，遂将主宰神的宝座传给了玄孙颛顼，自己乘龙飞往九重天。同行的朝中大臣、后宫夫人共有七十多位。其余大臣攀着龙髯还想爬上去，结果龙髯被扯断，他们纷纷跌了下来。跌落的大臣们望着远去的黄帝哭了七天七夜，流下的眼泪淹没了宝鼎，汇成了大湖，后人称此湖为"鼎湖"。

当黄龙飞到陕西桥山上空时，黄帝请求下驾安抚臣民。百姓闻讯从四面八方赶来，个个痛哭流涕。在黄龙的再三催促下，黄帝又跨上了龙背，人们拽住黄帝的衣襟一再挽留，然而只留下了黄帝的衣冠。人们把黄帝的衣冠埋于桥山，起冢为陵，这就是今日黄帝陵的由来。

神话与史实就这样互相印证，把黄帝和炎帝的传奇一一展现于后世。《山海经》《大戴礼记》《史记》等记载中华民族起源世系的书籍，皆溯源到炎黄二帝，因而海内外华人都尊崇炎帝、黄帝为中华民族的始祖，自称"炎黄子孙"。

第二章 战，英雄们

混沌初开，人类始诞，随着时间的流逝，人心渐渐不再淳朴，私欲、野心、贪婪、乖戾、暴虐，种种动物本能的劣根性开始降临东方这片辽阔的疆土。自大的人类在征服自然界后，又将屠杀的标枪投向了自己的同类，地面上的战争几乎一刻也未停止过。

可以说，人类文明往往都是由恢宏壮烈的神话战争来拉开序幕的。黄帝轩辕氏崛起后，生存的需要、时代的召唤，都促使他要四出征战，开疆拓土，于是斗争与抗衡贯穿了整个上古神话时期。英雄们纷纷出世，闹得个天翻地覆，直让后人荡气回肠。

炎帝是英雄，所以他敢与强大的黄帝一决雌雄，哪怕永世不得归故国，也决不后悔；

蚩尤是英雄，所以他敢造反，即使尸骨荡然无存，也毫不在乎；

刑天是英雄，所以他敢与天为敌，即使最后落得个身首异处，也在所不惜；

共工是英雄，所以他敢挑战霸权，即使天柱折、地维缺，也永不屈服。

因为他们都是英雄，都有着英雄的雄心、英雄的豪情，他们不甘庸碌、不愿平凡，他们最大的耻辱就是一生过得毫无价值。他们渴望威加四海，建功万里！

只要有机会，他们就一定要轰轰烈烈地去战斗。胜利的号角在哪里，他们的旗帜就在哪里！

听，万马齐鸣激流卷，军鼓震天；

看，风萧萧兮旌旗扬，金戈铁马。

战，英雄们！

一、华夏第一战——炎黄争锋

话说炎帝神农氏教会人们耕种、医病之后，得到人民的尊重与爱戴。他统一了周边各部落，逐渐形成了以农耕为主的炎帝部族联盟。其族沿黄河流域向东发展进入中原，占据了黄河中游地区。与此同时，黄帝也兼并了西方绝大多数部落，形成了以渔猎为主的黄帝部族联盟。他们由西向东，也逐步向肥沃富饶的黄河地区扩张。

两大部族为争夺土地和财富，时常发生侵伐征战。起初只是零星冲突，继而升级为村落械斗，规模不断扩大。但由于实力相当，谁也吃不掉谁，因此长期以来都属于"局部战争"。约公元前26世纪，当黄帝势力从泾水流域沿黄河向东发展时，不可避免地"踩过界"，侵入了炎帝的地盘，"第一次上古大战"终于在阪泉（今山西运城市，一说在今北京延庆）全面爆发！

阪泉之战在华夏军事史上占有重要位置，它是中华文明自有文字以来所记载的第一场真正意义上的大规模战役，因此堪称"华夏第一战"。

当时普天下所有的部落，都选择了依附黄帝或炎帝一方参战。炎帝带领的是农耕氏族，文明程度较高。黄帝率领的是游牧氏族，不需要花费大量时间耕种，精力大多花在了训练军队和制造锋利的兵器上；再加上长期的狩猎生活所练就的强壮敏捷的体魄，很明显，黄帝的战力要比炎帝高。但劣势也有，那就是经济实力与长期农耕、储备丰厚的炎帝部落没法比。

战争初期，雄才大略的轩辕氏充分分析了双方的优势和劣势，针对神农氏不习惯机动作战的弱点，采取后发制人、诱敌深入的谋略，以迅雷不及掩耳之势奇袭了炎帝大军，然后迅速撤退。一退于河南，再退于河北，最后退至适合游牧民族骑兵展开的大平原——阪泉之野。炎帝亲率旗下十二个部族的数万大军紧随其后，烟尘滚滚地追到了阪泉。双方摆开阵势，准备决战。

黄帝占有天时、地利、人和，炎帝则一样也不占。此时他已深入黄帝疆域的腹地，战线过长，后勤补给跟不上，只能就地解决给养。但炎帝士兵吃惯了谷物的肠胃根本无法消化牧区的食物，进入阪泉之野后，炎帝的许多部队基本上只剩下拉肚子的力气，士气低落。黄帝又施计，将锋利的铜兵器全都藏了起来，让士兵公开使用石斧竹箭、木枪骨矛，以此麻痹炎帝，令炎帝和他的将军们起了轻敌之心。

而黄帝的部队则是在他们熟悉的本土作战，使用着经改良后的青铜兵器，给养充足。可以说，决战的天平从一开始就向黄帝倾斜了。

由于双方都投入了所有的精锐力量，阪泉大战的规模颇为壮观。汉代贾谊《新书》云："炎帝，黄帝……各有天下之半……战于阪泉之野，血流漂杵。"

炎帝知道自己打不起持久战，因此决战一开始，他就想利用人数上的优势速战速决，命令部队发起了全线冲锋。他们以为黄帝的军队依然使用石斧竹箭、木枪骨矛，因此不加掩护地拼命往前冲。不料迎头一战，炎帝的军队全蒙了。先是一排排劲透百步的铜箭铺天盖地激射而来，瞬间射杀了冲在最前面的大批士兵。然后是以熊、罴、狼、豹、虎、䝙、貅、貔为前锋的黄帝先头部队，手持铜剑铜枪，狠劈猛砍，如切瓜砍菜般杀得炎帝军抱头鼠窜，血流成河。这便是后世所谓"黄泉"一词的来历，"黄"即黄帝，"泉"即"血水"，引申为"地狱"。

败下阵来的士兵慌忙向炎帝报告，黄帝部队使用的都是铜制兵器。炎帝听后大吃一惊，这才知道上了当，但后悔已经晚了。第一阵炎帝大败，折损了三分之一的人马。

第二阵，炎帝采用了火攻。他手下有一员大将，乃是大名鼎鼎的火神祝融，用火来摧毁敌人正是他的拿手好戏。祝融一出场，立即使出"火龙功"，但见一条十里长的火龙直向黄帝军营绵延烧去，烧得黄帝士兵哭天喊地。但身为一方天帝的黄帝，本身就主管天地雷雨，他拈指一算，念起"祈雨咒"，很快空中飘来一团团乌云，下起雨来，雨点由小到大，迅速变成了大暴雨，将祝融的火完全扑灭了。黄帝大军趁势掩杀，再败炎帝军。《吕氏春秋·荡兵》对此记述云："兵所自来者久矣，黄、炎故用水火矣。"

炎帝见连续两阵不胜，军心浮动，只好下令结营死守。黄帝见敌军已然胆怯，遂率领神兵神将，驱赶着老虎、豺狼、豹子、人熊种种猛兽，命雕、鹖、鹰、鸢在空中举着旗帜，向炎帝大营发起了总攻。各从属部落也四面出击，配合进攻。这最后的决战异常激烈，黄帝军连冲数次，以巨大的伤亡为代价终于冲开炎帝的防线，炎帝军兵败如山倒，纷纷夺路而逃，溃不成军。黄帝的追歼部队一直追杀了一百余里，直到黎明时，前面出现了蚩尤的救援部队，总指挥应龙才下令停止追击。蚩尤见炎帝大败，也无心与黄帝发生正面冲突，掩护炎帝撤退到了南方。这就是阪泉炎黄之战的结局。

炎黄之战是中国历史上第一次统一战争，斯役之后，黄帝归并了原来追随炎帝的部落，进而取代炎帝做了中原地区部落联盟的共主。炎黄两大部族的融合，使华夏民族正式形成，成为后来中华民族的雏形。

二、黄帝战蚩尤

阪泉一役，炎帝大败，好不容易逃到南方后，老态龙钟的炎帝已全无斗志。但九黎族的首领蚩尤不甘心就此向黄帝臣服，多次劝炎帝重整旗鼓，无奈炎帝只想偏安南方，一再拒绝蚩尤的提议。蚩尤一怒之下回到自己的部落，聚拢起忠于自己的战士，准备独自起兵复仇。

这蚩尤可了不得，乃是上古天地间第一魔神。据《龟甲记事》载，他在开天辟地时吸收到天地交合之气，又正好得到盘古创世神光的照拂，并受深埋于地下的盘古巨斧灵气影响，在与一小块息壤相融后，经过数百年光阴的修炼，才从地底破茧而出，出生时一声啼哭便惊死山潭中休眠的三条孽龙。他牛首人身，身高数丈，长着八条腿、六只手，四只眼睛闪着绿光，脚掌像牛蹄子，头上还生有两个尖锐的犄角，鬓边直竖着利如剑戟的毛发，外貌十分威武雄壮。更可怕的是，他还拥有源于三界之恶念戾气的强大破坏力，力量之强，号称神鬼莫当！

蚩尤不仅自身强悍无匹，他还有八十一个兄弟，个个都是虎背熊腰、铜头铁额，力大无比、勇猛异常。他们平时以沙子、石头为食，凶悍好战，擅长角抵，视打架斗殴为平生乐事。蚩尤带着这帮谁也惹不起的硬汉子，收编了山林水泽中的山精水怪、魑魅魍魉，又去动员骁勇善战的三苗之民。苗民因一向受到黄帝的"种族歧视"，早已怨恨在心，听说蚩尤欲反，纷纷摩拳擦掌，加入了蚩尤军团。

九黎族以牛为图腾，是南方最强的苗蛮部族，他们军事发达，族民很早就掌握了炼铜技术，善于制造各种精良的青铜兵器，尖锐的长矛、牢固的盾牌、锋利的刀剑、沉重的斧戟、强劲的弓弩等等，与黄帝的军队不遑多让。

一切准备就绪，蚩尤就打着炎帝的名号，正式举起反抗大旗，指挥军队浩浩荡荡杀向中原。黄帝急忙调集四方鬼神、猛兽精兵及联盟内的各大部族，于涿鹿（今河北省涿鹿县）布下战阵迎击。一望无际的平野上，军营环列、战鼓喧天，中国上古神话史里规模最宏大、过程最曲折、争斗最惨烈、历时最长久的一场大战，就此揭开帷幕！其史诗般波澜壮阔的气势，唯有希腊神话中的特洛伊之战能与之相比，各类重要的历史典籍，如《尚书》《战国策》《逸周书》《列子》《史记》《论衡》等对此均有完整记录。

黄帝第一阵派出了在炎黄之战时立下大功的熊、罴、虎、貔、貅、貙，这些野兽咆哮腾跃、张牙舞爪，怒吼着向蚩尤的军队冲去。蚩尤军猝不及防，一时乱了阵脚。但蚩尤的兄弟们不愧是铜头铁额，猛兽冲入他们阵中只是将阵营冲散，却半点也伤不了他们坚硬的躯体。蚩尤抓住机会，命令部下绕到猛兽两翼，避开正面的冲击，从侧面发起反击。猛兽毕竟没有人灵活，失去了攻击目标，咆哮着东扑西抓，乱作一团，牙齿和脚爪根本敌不过蚩尤军的铜铸兵器。一番厮杀，猛兽部队伤亡惨重。

蚩尤军士气大振，凶神恶煞般向前冲杀。黄帝军招架不住，四散奔逃。蚩尤趁机使出魔法，从鼻孔里喷出一片白茫茫的大雾，布下雾阵。漫山遍野的团团浓雾像一幅厚厚的白幔，从四面八方将黄帝的军队困住，五步之外，不见人影。黄帝竖起主帅大纛，聚拢起败兵，亲自指挥突围。岂料层层迷雾弄得大家都晕头转向，不辨东西南北。蚩尤和苗民却在雾中或隐或现、时出时没，进退自如地左砍右劈，直杀得黄帝军人仰马翻，狼狈不堪。

在这危急之际，一位名叫风后的谋臣推出了一辆"指南车"，这指南车是根据北斗七星指示方向的原理制造的，车前立有一个小铜人，不管车身怎样转动，小铜人伸出的一只手臂总是指向南方。黄帝大军依靠这辆指南车在前引路，终于冲出了重重迷雾。

黄帝初战就落了个差点全军覆灭的结果，但他毫不气馁，巡视各营，安抚伤众，众将士的斗志重新被他点燃。第二天，士气旺盛的黄帝军再度集结出击，英勇地发起了冲锋。蚩尤忙召集手下的魑魅魍魉出阵作战。"魑魅"是人首兽身的怪兽，"魍魉"的样子像娃娃，长耳朵，红眼睛，有一头乌黑光亮的长发，能模拟各种声响，专门迷惑并摄取人的灵魂。

魑魅魍魉一上战场，立即发出阵阵呜呜呀呀的怪叫声，黄帝的将士听了，如中催眠术，头昏脑涨、神志迷失，有的举起兵刃往自己人身上招呼，有的瘫倒在地，束手就擒。黄帝大惊，急忙下令收兵。回营一点，部队已是七零八落，许多士卒兀自东倒西歪，晕晕乎乎。

黄帝无奈，只好高挂免战牌，在营中与众大臣商讨对策。大臣们面面相觑，都不知道怎么对付魑魅魍魉。容成子便提议到崆峒山请教博学的广成子。广成子指点他们，魑魅魍魉最怕龙吟。黄帝立刻下令，让兵士们用野兽角做军号，由风后调音。几经调试，野兽角军号终于能发出龙吟。这龙吟声激越婉转，响彻整个战场。魑魅魍魉听到龙吟声，一个个吓得浑身无力，胆战心惊，蜷缩成一团，瑟瑟发抖，再也不能兴妖作怪了。黄帝的骑兵趁机冲杀，打了开战以来的第一个胜仗，总算挣回些面子。

黄帝胜了一阵，便想乘胜追击，但他前次吃了蚩尤雾阵的大亏，担心军队进攻时又会陷入迷雾中，于是召来神龙应龙布雨，想借雨驱雾。应龙生有一对翅膀，本领很大，善于蓄水行雨。他向黄帝献策："让我来筑堤蓄水，再决堤放水，足以把蚩尤营地没为汪洋！"黄帝觉得这主意不错，就让"应龙高水"，即利用位处上流的条件，在河流上垒石为坝，截取灵山河水，秘密提高水位。

不料蚩尤的谍报人员工作出色，窃取到了黄帝计划"水淹七军"的军事秘密。蚩尤将计就计，请来了风伯雨师，准备以水攻水。风伯雨师本是黄帝的部下，黄帝明知他们善风雨之术，行云布雨时却总让应龙上阵，这让风伯雨师感到十分屈才。为了体现自我价值，他们索性跳槽投奔了蚩尤。

当应龙蓄水过半时，风伯雨师施展法术先发制人，他们一个祭起乾坤风袋，一个祭起紫金水钵，青天白日登时转作晦暝，狂飙飓风、滂沱骤雨从天而降，席卷蓄水大坝。大坝由于水位猛涨而瞬间决堤，洪水以排山倒海之势，呼啸飞崩、裂岩荡崖，直冲黄帝大本营。乌云密布、雷电交作、天昏地暗间，黄帝军天地不辨，被淹得溃不成军，大多做了水鬼。应龙也慌忙水遁而走。

蚩尤大军杀气腾腾，紧跟风雨之后，杀得黄帝军败退数十里，仍然阻不住溃势，眼看就要全军覆没。在这危急关头，突然间风停雨止，晴空万里。蚩尤大惊，只见黄帝军中欢声雷动，众将士都对着空中挥手欢呼。原来，是黄帝的小女儿"魃"下凡前来助战。魃虽然是天女，但长得比较丑，秃顶、三眼，人见人怕。因为丑，所以老找不到对象，久而久之积了一肚子的火气，因此脾气十分火暴，体内储集了堪比太阳的热量。她来到阵前，鼓动青衣，将体内的热能尽数散出。顿时热浪滚滚，暴雨涓滴全无，都被蒸发了。天空中又是烈日当头，比以前还炎热十倍。蚩尤又急又怒，扑上来想杀魃，但魃浑身奇热难当，如何近得了身？黄帝抓住战机引军杀回，蚩尤被打了个措手不及，八十一兄弟折了九个。

女魃虽然助父亲赢了一阵，但因为热量消耗太大而无法飞上天，只好在地面上四处游荡。她到哪里，哪里就滴雨不降、赤地千里，人们痛恨她，管她叫"旱魃"。后来旱魃去了赤水以北的河西走廊一带定居，导致西北地区沙漠化严重。

蚩尤虽然损失了一些人马，但声势依旧浩大。随着战事变得旷日持久，黄帝军队的士气又渐渐低落，这使得黄帝暗中大为忧虑。大臣容成子想出了一个妙法，可以鼓舞士气。黄帝按这法子召来军中五大神将力牧、常先、大鸿、离娄、宁封子，命令他们到东海流波山上，去捕捉怪兽"夔"，剥它的皮做军鼓。

夔与世无争地生活在流波山上，独脚，苍灰色的身子像牛却没有角，吼叫的声音如雷霆轰鸣一般。每当它出入海水时，必定伴随着大雨大风，凡人别说捉它，连近身都不可能。但黄帝手下的这五员神将也了不得，个个神功非凡，上天入海无所不能。他们来到东海边，用兵器拍击海浪，不一时洪波涌起，夔昂首怒吼，分水而出。

神将们立刻跳入海中，四面将夔包围起来，夔左掀右扑拼力御敌。一场恶斗，直杀得惊涛拍岸、云昏海黑。五神将武艺高强，夔虽然勇猛，但寡不敌众，在恶战中身受多处重创，终于力尽被俘。神将们用捆妖绳套住夔的脖子，拔出铜剑，嗖的一声插进了夔的喉管，夔大吼一声，鲜血染红了半边大海。

五神将将夔的皮剥下来，晾干，兴高采烈地凯旋。黄帝一面命风后用夔皮赶制军鼓，一面嘉奖了五神将，又命令他们到雷泽去捕杀人头龙身的雷兽（最早的雷神），抽出骨头来做鼓槌。

无忧无虑、淳朴憨厚的雷兽，常在吃饱喝足后快活地拍着自己的大肚皮午睡。他每拍一下肚子，便放出一个响雷。从前华胥氏在雷泽边踩着了巨大的足迹，有感而结孕，生下了伏羲，那个足迹就是雷兽留下的。五神将赶到雷泽时，雷兽正躺在树下，悠然自得地拍打着肚皮。神将们互相递个眼色，四散包抄了上去。等雷神发觉危险时，已措手不及，五将一齐挥刀，雷神就这样稀里糊涂地做了刀下鬼。

神将们按照黄帝的吩咐，从雷神尸体上抽出一根最大的骨头当鼓槌。好鼓配好槌，雷神鼓槌敲打夔皮战鼓，一敲，震响五百里，连敲数下，能连震三千八百里。众将士听到鼓声，士气高昂，军威大振。于是黄帝再次约战蚩尤。

【女魃】

黄帝与蚩尤大战于涿鹿。蚩尤得风伯雨师之助,黄帝一方溃不成军。黄帝的小女儿女魃以体内热能将暴雨全数蒸发,帮助黄帝赢了一场。女魃因能量消耗太大,无法再飞上天,只好在地面游荡。她到哪里,哪里就滴雨不降,赤地千里。人们因此痛恨她,称她为「旱魃」。

次日两军阵前，黄帝军一连擂了九通神鼓，直敲得地动山摇、天地变色。蚩尤部下听到这响彻云霄、震耳欲聋的鼓声，魂飞胆落，无不吓得手颤足麻，战战兢兢。黄帝乘势命六路大军借鼓声威力，发动猛攻。蚩尤部完全无力抵挡，被杀得人仰旗倒，尸横遍野。

这一回蚩尤的损失相当惨重，检点残兵败将，伤亡竟达半数以上，八十一兄弟只剩三十六个。军心开始恐慌起来，但投降是绝不可能的。于是，有兄弟提议去请北方的巨人夸父族前来助战。夸父族是大神后土的子孙，每个人的耳朵上、手臂上都缠绕着两条黄蛇，且身材魁梧、力大无穷，个头比NBA打篮球的还高几倍，是名副其实的巨人。蚩尤的使者找到夸父族，向他们求援，正义感强烈、好打抱不平的夸父一口应承。

蚩尤得到夸父族的助阵，战争的天平再一次平衡。开战时，黄帝军的神将、勇士、猛兽，都只及巨人们的膝盖。在巨人们眼里，敌军都是袖珍的玩具，随便拎起来，一甩就是老远。一连九日，黄帝九战九败，不得不连连后撤，一直退到泰山。

就在黄帝一筹莫展时，主宰战争最终胜负的关键人物"九天玄女"登场了。九天玄女人首鸟身，是西王母特意派来帮助黄帝的，她传了黄帝一套兵法、一把利剑、一个对付夸父的方法。兵法是鬼神莫测的《阴符经兵法》，剑是以昆仑山赤铜铸造的"昆吾剑"。黄帝转忧为喜，以玄女兵法操练军队，直练到进退合宜，不可捉摸。

待阵法操练谙熟，黄帝率军重返涿鹿，最后的决死大战开始了。夸父族一马当先，首先出阵挑战。黄帝按照九天玄女授予的计策，对夸父族的首领夸父说："夸父，你超凡的速度和神力，我军都相当钦佩。但你的速度再快、力气再大，也肯定追不上、抓不住一样事物！"夸父骄傲地回答说："天下没有我追不上抓不住的东西！你说，那是什么？"黄帝用手一指挂在天边的红日："太阳，你永远也追不上、抓不住！"

此时正是中午，太阳看上去似乎离地面很近，夸父一拍胸脯："那就让我和太阳比比脚力，看谁快！"说完，中国第一位马拉松运动员夸父抬起长腿、迈开巨步，风驰电掣般向天上的太阳追去，瞬间就是千里。山川、河流、树木都被他甩到脑后。可是他跑啊跑，太阳似乎一直和他保持着一段距离。他使出法术，使身高增长数倍，挥着桃木杖继续追赶太阳，可无论怎么努力，就是追不上太阳。

燃烧的太阳有如巨大的火炉，热辣逼人，晒得夸父口干舌燥，焦渴万分。他来到黄河边，见到滔滔黄水，立即伏下身去用嘴一吸，黄河水转眼间就被他喝干了。他又来到渭河边，渭河的水更不够他一吸。两条大河的水都被喝干后，夸父仍感到口渴难忍。于是，他便想去纵横千里的大海喝个痛快。

然而还没等他跑到海边，骄阳的炎热就已经炙干了他的身体，这位勇猛的巨人在半途中像大山崩塌一样倒下了。倒下之际，夸父顺手甩出了手里的桃木杖。桃木杖被抛出有千里之遥，落地化成了一片枝叶繁茂、鲜果累累，绵延三百里的桃林，供来往的路人乘凉解渴。这就是壮美动人的"夸父逐日"神话。

黄帝使计支走了夸父，夸父族的其他巨人见首领走了，也纷纷散去，只剩下蚩尤孤军作战。黄帝令军队摆开玄女阵法，将蚩尤军团团围住。玄女阵变化多端、阵势严整，如铁铸铜砌，蚩尤和他剩下的兄弟们左冲右突不能脱身。黄帝把昆吾剑使得似车轮儿飞旋，青色剑锋喷射出赤色光焰，削落蚩尤兄弟的铁额铜头；应龙展开一对金翅飞龙在天，声如裂帛般嘶叫，在它爪子的阴影里，堆满了魑魅魍魉破碎的尸首；五大神将挥舞神兵，三苗之民迎刃而倒，尸积如山。经过一整日血战，蚩尤军尽数阵亡。

最后只剩蚩尤孤身苦战，奋力溃围南出。应龙见蚩尤欲逃，急忙飞上前拦截。蚩尤怒吼一声，用尽最后一丝力气，奋力一纵，一头向应龙撞去。只听得一声脆响，应龙跌落尘埃。蚩尤精疲力竭，五神将、八骠骑挠钩铁索齐出，将他掀翻在地，生擒活捉。

坠地的应龙负了重伤，无力振翅。他和天女魃一样，再也上不了天，只好悄然来到南方，蛰居在山泽里。龙属水性，所居之地，云气水分自然而然汇聚而来，所以至今南方多雨。多年后，应龙复出，助禹探水脉、开江河，也成为治水功臣之一。

华夏与九黎的涿鹿之役，双方均付出沉重代价。黄帝自然不会宽容搅得他寝食不安的蚩尤，他下令立即处决蚩尤。杀蚩尤时怕他逃跑，还不敢把手脚上的枷铐除去。直到蚩尤身首异处，才从他无头的尸身上摘下血染的枷铐，抛掷在大荒之中。当时正是深秋时节，枷铐化作了一片枫林，每一片枫叶的颜色都鲜红如血，那便是蚩尤飞溅出来的斑斑血迹点染的，象征着他永远无法消除的悲愤。黄帝又害怕蚩尤复活，再起兵争，就将他的身首分葬两处：一处在东平郡，坟高七丈，平日常有红色云气从坟内直冲天穹，形似一匹绛红色的锦帛，当地人叫作"蚩尤旗"。另一处在山阳郡。蚩尤被斩首的那个地方取名叫"解"，直到如今，解县还有盐湖，湖里的水是殷红的，当地人呼之为"蚩尤血"。

一剑砍去，犹如史笔一挥，历史便在这斑斑血迹中沉淀！黄帝击败了生平最强劲的对手，完全控制了中原地区，他的威望也达到了顶峰。从此，千古文明开涿鹿，各部落一致拥戴黄帝为天下共主，华夏族就此成为不断融合九州大地众多部落的核心力量，为中华民族的发轫、凝聚、形成，奠定了坚实的根基。

三、刑天舞干戚

战神刑天是炎帝的近臣，他不但力大无比、神功盖世，还颇具音乐和文学细胞，曾为炎帝作乐曲《扶犁》、诗歌《丰收》、咏颂《卜谋》等，热情歌颂炎帝治下人民幸福的生活。

自炎帝败于阪泉后，忠心耿耿的刑天不离不弃，一直伴随在炎帝左右，定居于南方。炎帝年老志衰，唯有忍气吞声，不敢再和黄帝抗争，但他的部下们依然不服气，始终想着夺回天下的主宰权。特别是刑天，毅然放弃了所有艺术修为，枕戈淬刃，时刻准备着复仇。蚩尤举兵反抗黄帝时，刑天就曾想去参战，只因炎帝的坚决阻止才没有成行。

刑天

刑天是炎帝的近臣。炎帝在阪泉之战败于黄帝后，刑天依然手持干戚进行反抗，结果被黄帝砍去了头颅。但他以双乳当眼，肚脐做口，再次挥舞着干戚扑向黄帝。

然而，当铁哥们儿蚩尤被黄帝削平的噩耗传来后，刑天再也按捺不住心中的愤怒了！他偷偷离开南方，挥舞着刑天盾和刑天斧（即干、戚），直奔中央天庭杀来，重重的神兵天将都挡不住他的威武凶猛。刑天一路直捣黄帝正殿，欲与黄帝争个高低。

黄帝见刑天英勇非常，顿起爱才之心，劝道："勇敢的刑天啊，我听过你的乐曲和诗歌，被你描绘的美丽与和平所深深打动。你为什么不去做一个温和的天神，而非要当一个可怕的战神呢？"

刑天气鼓鼓地回答道："所有仁爱的天帝都应该以德服人，你为什么非要用武力杀戮那么多不肯臣服于你的人呢？"

黄帝辩解说："混乱的世界，唯有用强权才能抚平。为了天下的安宁与稳定，我是不得已才动用武力啊！"

"胡说！没有人生来是愿意被奴役的！黄帝，我要摧毁你布满天地的牢笼！"刑天说着举起了大斧。黄帝怒不可遏，挥剑与刑天大战。两人剑刺斧劈，从宫内杀到宫外，从天庭杀到凡间，斗得天昏地暗，直杀到常羊山旁。刑天想：天下本是炎帝的，现在被你窃取了，我一定要夺回来。黄帝想：现在天下国安民乐，我轩辕子孙昌盛，岂容他人染指！于是都使出浑身解数，拼死力战。三千回合后，黄帝毕竟久经沙场，艺高一筹，刑天渐渐不敌，被黄帝觑一个破绽，斩断了头颅。像小山一样巨大的头颅，从刑天脖颈上滚落下来，落在常羊山下。

断头的刑天愤恨地不住跺脚，他蹲下身摸索头颅，巨大的手摸断了突兀的山岩，摸秃了山上的树木。黄帝知道他身为战神，刚猛异常，神通难绝，害怕他找到头后会复活，连忙挥剑劈向常羊山。随着"轰隆隆"的巨响，常羊山被劈成两半。黄帝一记飞脚，刑天的头颅骨碌碌地被踢入了山缝中，常羊山又"哗"一声合上了。

可怜的刑天感觉到周围异样的变动，他停止摸索头颅，知道黄帝已把他的头颅埋葬，他将永远身首异处。他愤怒极了，不甘心就这样败在黄帝手下。

幸运的是，刑天尚有一灵未灭，精魄犹存，顽强的生命力在极度愤怒的状态下得到超常舒展，他用两乳当双眼，以肚脐做大口，重新站了起来，再次拾起干戚，猛劈狠砍着扑向黄帝，"黄帝，我们再战一场！"战神刑天呐喊着，胸前的眼睛喷出了愤怒的烈焰，圆圆的脐上发出了仇恨的咒骂，不泯的斗志震得大山"嗡嗡"作响。

看着无头刑天还在暴怒地狂舞盾斧，黄帝心里一阵战栗，不由自主地害怕起来。他不敢再对刑天下辣手，悄悄地溜回天庭去了。那断头的刑天，至今还在常羊山附近，永不屈服地挥舞着干戚呢……

四、共工怒触不周山

水神共工，是中国最早的水域系统神祇，本姓姜，系炎帝的后裔。他人脸、蛇身、红发，驾黑龙，掌管着海洋、江湖、河泽、池沼等水域。他是上古神话里有名的反调分子，与驩兜、三苗、鲧并称"四凶"，古书中谈到共工氏的传说相当多，其中最著名的当属"怒触不周山"和"水火大战"。

话说炎黄之战以炎帝的失败而告终，多年后，中央天帝的位置传至黄帝之孙颛顼。"五帝"之一的颛顼施行"绝地天通"的治理方略，用强权压迫他所不满的天神。更为无理的是，贪图享乐的颛顼有一次因为睡过了头，日上三竿，耀眼的太阳刺痛了他，他一怒之下，竟把太阳、月亮、星星都拴系在北方的天空上，使它们固定住不能移动。这样，大地上有的地方永远明亮，刺得连眼睛都睁不开；有的地方却永远黑暗，伸手不见五指，搞得不但众神愤怒，地上的人们也怨声载道。

由于共工是炎帝的后裔，炎黄两大家族本来就矛盾重重，炎帝一脉的人始终都不服气，排着队来复仇。著名的硬汉子像蚩尤、榆罔、刑天都曾揭竿而起来闹事，在他们失败后，共工愤慨于颛顼暴政，又起而造反。他约集心怀不满的天神们，决心推翻颛顼的统治，夺取主宰神位。故此战实为炎黄战争之继续。反叛的诸神推选共工为盟主，组织大军同颛顼展开连场血战。

力气上，共工要强；但论机智，他却不如颛顼。酷烈的战斗从天上杀到凡间，颛顼的部众越杀越多，共工部众渐渐不支，最后辗转厮杀到西北方的不周山下。这不周山乃是当年女娲补天斩龟腿所立的四根天柱之一，直上云霄，何止万丈！共工举目望去，但见山势奇崛突兀，顶天立地，挡住了去路。他知道，此山撑天，是帝颛顼维持统治的主要凭借之一。身后，喊杀声、劝降声接连传来，天罗地网已经布成。共工在绝望中怒吼一声，一个狮子甩头，朝不周山拼命撞去，只听得天崩地裂的一声巨响，轰隆隆，那撑天拄地的不周山竟被他拦腰撞断。

顷刻之间，西北边的天空因失去支撑而倾斜下来，日月星辰纷纷挣断系缚，迅速向着西方滑落，再也不能固定在原位，只能在白昼、黑夜每天交替出现。同时，东南面的地表也因巨大的震动而塌陷下去，形成了中国西北高、东南低的地势，百川之水顺势向东奔流归海。天地从此改观！

"怒触不周山"还有另一个版本，共工不是跟颛顼打，而是与火神祝融斗。《史记·补三皇本纪》："诸侯有共工氏，任智刑以强，霸而不王；以水乘木，乃与祝融战。不胜而怒，乃头触不周山崩，天柱折，地维缺。"在这里，不周山一役为"水火之争"，是"光明与黑暗之争"。因为水与火都是人类生活必需的东西，但人们因为祝融传授了用火熟食的办法，从而结束了茹毛饮血的日子，所以更崇敬火神祝融。共工大为光火，遂与祝融爆发大战。

虽然在神话传说中，共工都是以失败收场，但对手的胜利只能反衬出共工的悲壮卓绝，无论如何也掩盖不了他身上那股刚烈之气、豪雄之力。其形象勇武之极，凛乎不可侮。

值得一提的是，世人大多念及共工作为悲剧英雄的一面，却忽略了他的本职是水神。治水是上古要事，而共工则是治水的祖师爷，他比大禹治水要早上百年。《左传》载："共工氏以水纪，故为水师而水名。"这一记载不仅说明共工的氏族很古老，而且和水有着莫大的渊源。《国语·鲁语》载："共工氏之伯九有也，其子曰后土，能平水土，故祀以为社。"这位后土的正名叫句龙。后土、社神及句龙都与水有关。共工的从孙叫四岳，后来协助禹治水。这也证明了共工氏是个治水世家。《国语·周语》记载鲧治水采用的就是共工的方法,即把高地铲平,低地培高,在平坦地面上修筑堤防。这种用土堤挡水而不疏通河流的不当方法,导致洪水漫流,不遵其道,依然会泛滥成灾,所以共工和鲧治水都遭到失败。

可叹的是,历史和神话学家讲治水,向来只从鲧讲起,水神共工倘若地下有知,也该来造一回反才是!

第三章 杰出青年与劳动模范
——上古人文之神

智者创物，圣人制器，巧者述之。远古时代，面对莽莽洪荒、凶禽猛兽，民生艰难困苦，各个氏族的先民们无不奋力战天斗地，以图改善生存条件。这期间涌现出了一批优秀的创新人才，他们以超凡的智慧，"发明创造，开物成务"，为中华民族留下了诸多宝贵的人文财富，成为上古神话时代当之无愧的杰出青年与劳动模范。

一、赤脚医生神农氏

人食五谷杂粮，谁没个头疼脑热、腹痛拉肚的时候？可上古时没有大夫、没有药材，瘟疫和伤病导致许多人死亡，人们却束手无策，唯有听天由命。好青年神农氏眼见人们被疾病所折磨，心中非常难过。他听老人们说，繁茂幽深的神农架资源丰富，兴许藏着宝，便决心进山寻找可以治病救命的药物。

神农架里花木丰茂，奇卉异草满山遍野，神农氏瞧瞧这个有感觉，看看那个够新鲜，可就是不知道哪种花草才能治病，更无法得知哪种草木针对何种病症有效。正当他为此发愁时，只见自己的肚子慢慢地、慢慢地，竟然变得水晶般透明，从外部能清楚地看见五脏六腑。神农氏登时领悟：这是上天的安排，要自己亲自品尝试验药性，看看它们在肚子里发挥的作用啊！

于是，他以身试药，在山野中遍采各种草木的花、实、根、茎、叶，细心辨识形状，一样一样地认真品尝，并体会服食之后的感受。他准备了两个口袋，分别挂在左右肩膀上，凡是好吃且无毒的草木，就放进左边的袋子里做食物；不好吃但有特殊功效的，则放在右边的袋子里做药用。这些草木品性不同，味道也酸甜苦辣大相迥异。吃下去后，有的使人寒冷，有的令人燥热；有的清凉爽口，有的温润滋养；有的能止痛消肿，有的使人呕吐腹泻，还有的甚至具有强烈的毒性，服食之后腹痛如绞、痛苦难当。神农氏曾多次吃到有毒的植物而中毒，有时候一日中毒次数竟高达七十多次，多亏一种叫作"荼"的植物帮他解了毒。

这"荼"是一片片鲜嫩芬芳的小绿叶，清香沁脾。当初神农氏吃进它时，发现绿叶如寻，在胃里上下来回旋动，把肠胃清洗得干干净净，整个人顿时变得清爽舒畅，精神大振。由于小绿叶在肚子里上下翻腾，就像来回巡查一样，神农氏就把这种味道甘醇而略苦，能够止渴生津、提神醒脑的树叶，取名为"查"，后来逐渐演变成了"茶"，至今神农架民间还传唱着"茶树本是神农栽，朵朵白花叶间开。嫩叶做茶解百毒，每家每户都喜爱"的山歌。

就这样，神农氏一中毒，就立即吞下几片茶叶解毒，逐渐地把百草尝了个遍。他左肩的口袋里有花草四万七千种，右肩口袋里的药草更是多达三十九万八千种。他将各种草木的形状、味道、药性等详细记下来，后人将温、凉、寒、热诸般药物各置一处，按照君臣佐使之义，撰写成医书药方，中医一科由此方始建立。

神农氏抱着为民除病的信念，不惧风险，坚持尝草。可是常在河边走，哪能不湿鞋？有一天，他见到一种开着黄色小花，叶子在风中一开一合的葛藤植物，觉得有趣，就采来吃了。谁知这是剧毒的"断肠草"，刚被吞进肚，它就将神农氏的肠子腐蚀得节节寸断。由于毒性太猛，神农氏根本来不及食茶解毒，瞬间即倒地身亡。

当然，如果他就这么死了，就没咱们炎黄子孙了。神农氏舍己为人、大公无

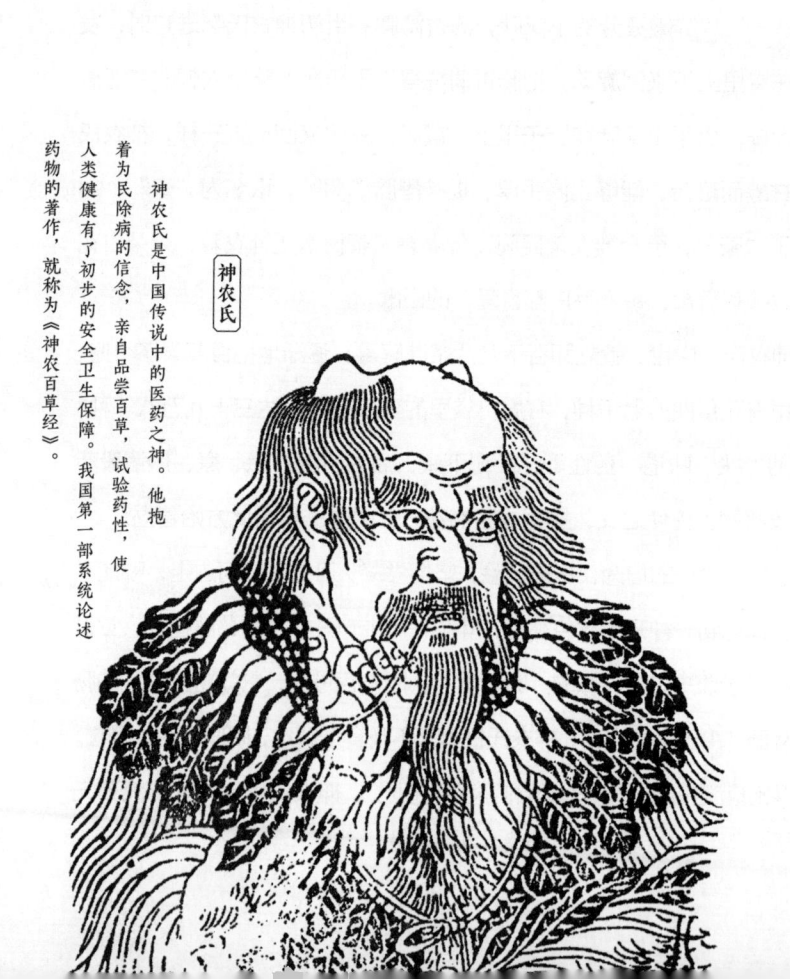

神农氏是中国传说中的医药之神。他抱着为民除病的信念，亲自品尝百草，试验药性，使人类健康有了初步的安全卫生保障。我国第一部系统论述药物的著作，就称为《神农百草经》。

神农氏

私的精神感动了西王母,西王母派青鸟衔着解毒灵药,在森林里找到了神农氏,将灵药喂进他口中。神农氏竟然起死回生,活转过来。他感激涕零,高声向青鸟道谢,而后从嘴里取出还未吞下去的灵药,放在齿间慢慢嚼,只觉又香又辣又清凉,过了一会儿,肚子咕噜咕噜地响,泄泻过后,身子完全康复了。他想这种草药的功效如此神奇,要起个响亮的好名字。首先,它能够起死回生,要有个"生"字,又因为自己姓姜,所以这祛毒灵药就取名"生姜"吧!

天神们为了减少神农氏试药的危险,送了一条叫"赭鞭"的神鞭给他。用赭鞭抽打各种草木,鞭子变黑,表明有毒;变红,表明性热;变白,则此草性凉。有了这一利器,神农氏事半功倍,终于完全掌握了天地间所有草木的药性与功效。

成功掌握了医药方面的初步知识后,赤脚医生神农氏携带着各种草药,跋山涉水,深入到各部落为民治病,拯救了无数在病痛中挣扎的人。中医学与中草药的问世,使得人类健康有了初步的卫生安全保障。我国第一部系统论述药物的著作,就被命名为《神农本草经》,寓有尊崇怀念神农之意。

神农氏的事迹得到了天帝的嘉许,天帝敕封他为"医药圣祖"。从此神农氏大名远播,人民万分感激他活命愈疾的大恩,一致拥戴他做了"炎帝"。

神农氏由于太专注于工作,忽视了身边的亲人。他的小女儿女娃在没有家长监护的情况下,独自跑到东海游泳,结果被狂风巨浪卷走,不幸溺水而死。女娃死后,精魂不散,化成一只花脑袋、白嘴壳、红脚爪的小鸟,这鸟在鸣叫时,音似"精卫""精卫",所以被叫作"精卫鸟"。

精卫鸟恨无情的大海夺去了自己年轻的生命,因此常常飞到西山去衔小石子或是小树枝,然后再飞到东海,把石子树枝投入波涛汹涌的海中。日复一日,年复一年,不管是赤日炎炎还是雨雪霏霏,它立志要把大海填平,让大海再也不能无情地暴殄生灵。

大海奔腾着、呼啸着,露出雪亮的牙齿,嘲笑说:"小鸟儿,算了罢,你就算干上一百万年,也休想填平我呢!"精卫在高空回旋,回答大海:"哪怕是干上一千万年,一万万年,干到宇宙的终结、世界的末日,我也要把你填平!"

一只柔弱的小鸟几千年来持之以恒地为了一个目标而不懈努力，期盼以微木细石填平大海，这是何等的悲壮与坚强啊！人们赞佩精卫鸟坚忍不拔的精神，所以又称精卫鸟为"志鸟""誓鸟""冤禽"，民间又叫它"帝女雀"。

二、烧烤业祖师——燧人氏

中华美食源远流长，回溯五千年，最早的风味美食，该算是腴香酥脆的中式烧烤了。烧烤文化的起源，与上古"火祖"燧人氏有着一定的联系。

"巢燧之前，寂寞无纪"，"巢"指华夏先民学会了造屋居住，"燧"指的是先民们学会了用火。这是人类文明发展的两个最主要的标志。

当人类还处于蒙昧时期时，不懂得种庄稼，素菜吃的是草木的果实；至于荤菜嘛，因为不懂得用火，渴了就喝禽兽的血，饿了就将禽兽的肉连毛吞下，叫作"茹毛饮血"。

后来，先民们渐渐发现，打雷闪电、火山爆发时，森林草地会产生一种发光的炙热物体，人一靠近它就会被灼伤。所以原始人刚看到火，怕得要命，但是偶尔捡到被火烧死的野兽，拿来一尝，味道却挺香。于是就经常有人在打雷时守着森林，眼巴巴指望着天上掉烧鸡。然而这种由雷电造成的大火属于天然火，只能一次性使用，先民们想时常吃到大自然烧烤，却没这个口福。

这时候，燧人氏出现了。这小伙子心肠好，见大家伙儿生吃食物个个都闹肠胃病，但吃被天火烤熟的肉却没问题，就想找个法子，能够人工取火，并且可以将火种长期保存下来。于是他就到处拜访长者，请教取得火种的办法。一位年迈的智者告诉他，在荒远的大地极西处，有一个燧明国。这是一个太阳和星月都照不到的国度，一年四季昼夜不分，到处都是漆黑一片。外人都以为燧明国暗无天日，其实那里却是灯火通明。但具体是什么原因让燧明国亮如白昼，就不清楚了。

燧人氏知悉此事后，认为那里肯定有火种，就告别了智者，踏上了奔向燧明国的路途。他历尽千辛万苦，一路向死寂的极西之地前进，终于在黑暗中见到了燧明国发出的并非来自太阳和月亮的光芒。他万分激动，悄悄隐藏在光明与黑暗相接的地方，发现那里有一株高大无朋、闪闪发光的燧木。那燧木十分粗壮，枝干杈叶曲盘万顷，盘根错节。许多形似鱼鹰、专食树虫的啄木鸟在繁茂的枝叶间，用短而坚硬的利嘴啄木食虫。每啄一下，燧木上就有灿若宝石般耀眼的火花迸出，无数只啄木鸟啄出无数的火花，一簇簇汇聚在一起，把全国照得一片通明。燧明国人民便借此光劳动、生活。

燧人氏明白了燧木发光的原因，触类旁通，突然领悟到钻木生火的原理。他立即跑到燧木下，折下两根燧木枝条，然后用小枝条去钻磨大枝条，费了好大劲，摩擦了很久，只听"滋"的一声，燧人氏眼前一亮，闪烁的火花冒了出来。

燧人氏发明了钻木取火的办法，欣喜若狂，马上又千里迢迢地赶回自己的部落，把钻木取火的方法教给了大家。他还想法子把火种长期保存了下来，不用火时用灰土盖上，使其阴燃；到下次用火时，扒开灰土，添上草木即可引燃。这样火就能常年不灭，时刻为人类服务了。

燧人氏人工取火之法的普及，使得中华饮食文明有了长足的进步与发展。有了火，食物再也没有腐臭、异味和毒性了，增强了营养，人的体质也比以前强壮得多。天帝伏羲见燧人氏钻木取火有大功于民，遂颁旨封燧人氏为"司火圣君"，燧人氏就此位列上古神尊。《韩非子·五蠹》对此有着权威的记载："民食果蓏蚌蛤，而伤害腹胃，民多疾病。有圣人作，钻燧取火，以化腥臊，而民悦之，使王天下，号曰燧人氏。"《礼含文嘉》亦云："燧人始钻木取火，炮生为熟，令人无腹疾，有异于禽兽，遂天之意，故为燧人。"

三、自助建房第一人——有巢氏

有巢氏，又称"大巢氏"。"有巢"既不是他的名，也不是他的姓，而是他的发明与事迹。相传，是他在远古时代发明了巢居，教民构木为巢，使我们的老祖先们摆脱了居无定所的日子,安居乐业下来,才开创了有别于游牧民族的悠久的农耕文明。可以说,华夏文明的序曲,正是从人类有了安身之所的那一刻开始奏响的。

远古之世,人少而禽兽多,人们在荒野穴居,不但时常受到野兽虫蛇的侵害,还因为地面炎热潮湿,瘴疠疫病流行,生存环境十分恶劣。有巢氏看在眼里,急在心里,便想发明一种既牢固又安全的建筑物,既方便起居,又可防备野兽的攻击。有一次,他看到各种鸟儿衔来沙砾、树叶、稻草,忙着在树上做窝。野兽想吃鸟儿,却只能绕着树干转来转去,就是爬不上去。有巢氏灵机一动,有了!

他立刻带领大家收集了许多粗壮的木头、结实的山藤,然后挑选又高又大、枝丫硬实的树,在树枝分杈处架上木头,用藤条缠绕捆绑扎实,然后铺置树枝、茎叶、松草等柔软物,形成居住面;上端则以枝干相交搭成棚架,再铺盖上茅草。最后用土和泥巴封抹好四壁、屋顶,一座理想的"树屋"就造好了。远远望去,就像一只巨大的鸟窝,在《礼记》里,它被称为"巢"。

虽然只是简单的木质结构,承重力学也不一定合理,但这最原始最简易的房屋,既能遮风避雨、祛暑避寒,又可躲避野兽和洪水。人躺在里面,脱离了潮湿的地面,极目楚天,风轻云淡,森林江河尽收眼底,十分惬意舒服。人们白天采摘狩猎,夜晚栖宿树上,从此不再过那担惊受怕的日子。开拓者的生存有了可靠的保证,开辟出新领地的机会自然就大大增加了,文明的脚步开始变得踏实而坚定。

就这样,上古时期的百姓们都住上了户型合理、阳光充足的"经济适用房",他们万分感激有巢氏的大功德,尊他为"圣人",天帝伏羲也封他为"居神",号"筑巢圣君"。

四、养蚕能手——嫘祖

女娲造人之后,在最初的洪荒岁月里,人们根本没有穿衣服的概念,每日里赤条条地奔波劳碌,为了糊口、为了房子,谁也没工夫理会装扮臭皮囊的问题,嫘祖是黄帝的妻子，她带领妇女们在桑树林发现了口吐细丝作茧的蚕。在她的指导下，中国人开始了栽桑养蚕的历史，结束了『衣禽羽兽皮』的原始衣着时代。后人为了感激嫘祖，尊奉她为『先织娘娘』。

嫘祖

顶多拿片树叶遮一遮私处。

但自打燧人氏和有巢氏让大家有吃有住后，该穿啥、怎么穿的问题就变得要紧起来。这人一吃饱喝足，就必然开始追求精神文明，于是服装潮流成了热门话题。那时候虎豹遍地走，狐狸到处窜，上古先民们个个都有貂皮大衣、狐裘皮草穿，着实阔气了一阵子。

可惜这兽皮衣中看不中穿，皮既粗糙，缝制又难以密合，穿在身上外头光鲜，里面穿帮。走起路还四面透风，"冬凉夏暖"，这可把先民们给愁坏了。于是黄帝任命自己的元妃（也就是正妻）嫘祖为"纺织部部长"，专职研制开发新一代服饰。

嫘祖，又名累祖，是西陵（昆仑）一带的骥旌之女。郭璞注《世本》云："黄帝娶于西陵氏之子，谓之累祖。"《史记·封禅书》也说："黄帝娶西陵氏之女，是为嫘祖。"她走马上任后，立即与三位部下做了明确的分工：胡巢负责做冕（帽子），伯余负责制衣，于鱼负责做履（鞋），而嫘祖则负责提供原料。她带领妇女们上山剥树皮、织麻网，再混合以猎获的各种野兽皮毛，进行综合加工，希望能制造出比单纯的兽皮衣质量好的服装。然而事与愿违，混合制衣的成品比兽皮衣质量还次。嫘祖反复试验，仍然失败，又急又气之下病倒了。

病中的嫘祖没有胃口，吃不下饭，一日比一日消瘦。她的好姐妹们焦急万分，想了各种办法，希望嫘祖能吃点东西。这几个女子悄悄商量，决定上山摘些野果回来给嫘祖开胃。她们一早进山，跑遍山山岇岇，摘了许多果子，可是一尝，不是涩的便是酸的，都不可口。直到天快黑了，才在一片桑树林里发现满树结着白色的小果。她们以为找到了鲜果佳品，赶忙摘满了一大筐，但谁也没顾得尝一小口。

回来后，女子们尝了尝白色小果，没有味道；又用牙咬了咬，怎么也咬不烂。大家你看我，我瞧你，谁也不知道是什么果子。于是就有人提议把这些白色小果都倒进锅里，加上水用火猛煮。可是煮了好长时间，捞出来用嘴一咬，还是咬不烂。正当大家不知如何是好时，嫘祖支撑着病体走到大家跟前，她随手拿起一根木棍，放进锅里搅动。搅了一阵子，把木棒一拉，木棒上缠着很多像头发丝一般细的白线。

这是怎么回事？嫘祖继续搅，边搅边缠，不大工夫，煮在锅里的白色小果全部变成了雪白的细丝线，看上去晶莹夺目，柔软异常。嫘祖把缠在棒上的白线细细端详，又询问众女子白色小果是从什么山上、什么树上摘的。在得到答复后，她高兴地对周围女子说："这不是果子，不能吃，但却有大用处。你们找到的这些细丝不但能治好我的病，还为部落立下一大功哩。"

嫘祖亲自带领妇女们上山，在桑树林里观察了好几天，终于弄清这种白色小果，是一种虫子口吐细丝绕织而成的。她把此事报告给黄帝，并要求黄帝下令保护山上所有的桑树林。黄帝答应了。

从此，在嫘祖的指导下，人们开始了栽桑育蚕的历史。蚕结茧后放在水中浸泡，可以抽丝，织丝为绸，缝绸做衣，绸衣穿在身上柔软透气、体贴温和。织麻为衣，始有遮羞，人类结束了"衣禽羽兽皮"的原始衣着时代，体面地进入了锦衣绣服的文明社会。

嫘祖育桑养蚕、抽丝织帛、缫丝织绸的技艺，解决了人们的穿衣问题，为促进人类社会的文明进步做出了杰出的贡献，黄帝对此十分钦佩，赐封她"先蚕神""织帛神"双神位。后人为感激嫘祖，也尊奉她为"先织娘娘"。每到植桑养蚕时节，人们纷纷设坛祭祀嫘祖，以求桑壮蚕肥，织丽绣美。

另外顺便一提，黄帝的其他三个妻子也都很有本事，次妃方雷氏发明了梳子，彤鱼氏发明了筷子，嫫母发明了织机和盘线的木拐子。

五、华夏首位知识分子——仓颉

仓颉，本姓侯冈，号史皇氏，相传是黄帝的史官。作为中国最早的知识分子，他的来历可不一般。"实有睿德，生而能书"，特别是他的相貌，"虎头燕颔，日月角起，伏犀贯顶，大耳垂肩"，更奇的是他的眼睛，《论衡·骨头相》《历代神仙通鉴》中都说他"双瞳四目犹似电闪"，也就是四只眼睛金光四射，这就

仓颉

上古时代没有文字，人们只能结绳记事。相传仓颉是黄帝的史官，他观察万物造化的特征，终于依照天下万物各自的形态发明了文字。文字的发明是一个民族文化成熟定型的重要标志，仓颉因此成为中华文化的奠基人。

使他具备了远超常人的洞察力,可以看得更多、更远、更清。

上古时没有文字,人们只能结绳记事,支离破碎的记载既麻烦,又无法记录稍微复杂点的事。作为黄帝的"御用笔杆子",仓颉经常为无法充分表达思想而苦恼。

于是,仓颉来到洧水河南岸的一个高台上专心致志地造起字来。可他苦思冥想,想了很久也想不出该用什么形式的符号来表达各种事物。一天,当仓颉正皱眉思索之际,天边突然飞来一只怪鸟,怪鸟落在河滩上,啄食河边的一只大龟。大龟奋力挣扎反抗,湿润的河滩上留下了清晰的龟纹鸟迹。仓颉心中猛地一震,大受启发,心想,这鸟迹纵横、龟纹交错,说明万事万物都有自己的特征,如能抓住事物的特征,画出图像,大家都能认识,这不就是字吗?

从此,仓颉便处处留意观察万物造化的特征。他仰观日月星辰,俯察江湖山川,鸟兽虫鱼、草木器具、人情事理无不详察备至,终于依照天下万物各自的形态,依类绘形、描摹比拟,造出许多象形字来,并定下了每个字所代表的含义。

譬如"日"字,是照着太阳红圆的模样绘的;"月"字,是仿照着月牙儿的形态描的;"人"字,是端详着人的侧影画的;"爪"字,是观察着鸟兽的爪印摹的。这些是独体字。而把两个字合起来,形成另一个有意义的字,就叫作"会意"字:比如一棵树是"木",比较多的树是"林",更多树木就是"森";人在树旁边歇息,就是"休"字;把女人留在家里最安心,生活也安宁,就有了"安"字;"明",由"日""月"组合而成,借日月之光,来表示"明亮"的意思,等等。后来文字不够用了,又在象形文字的基础上加上形或声的符号,成为"形声"字,如把鱼字和里字合起来就是"鲤";另外还有"转注"字,是把形声意义相近的字,互相转用,像"依"和"倚"。

一法通,万法通。仓颉掌握了造字的诀窍及要领后,举一反三,越来越有灵感,发明的字也越来越多,日积月累,终于形成了以六大原理为基础的中国文字,称为"六书",即象形、指事、会意、形声、转注、假借。从这时起,我们中华民族就有了最早的文字。

仓颉创字成功的那天，白日竟然下粟如雨，晚上则鬼哭魔号。为什么下粟如雨呢？因为文字造成，"从此领理万事、传心达意，愚者得以不忘，智者得以志远"，天地众神为此感动，所以"天雨粟"，表示祝贺，这就是人间谷雨节的由来。但也因为有了文字，民智顿开，民德日离，欺伪狡诈由此而生；而且人类变得聪明了，不再受鬼神的控制，万物不再有秘密，天下从此永无太平，连鬼也不得安宁，所以鬼要哭了。

文字的发明是一个民族文化成熟定型的重要标志。仓颉的奇思驰骋、妙想天开，换来了中华浩浩文明的开元，他也成为中华文化的奠基人。黄帝为了表彰他崇高而伟大的神圣功绩，特赐姓"仓"给他。"倉"字表示君上只有一人，仓颉的功绩已在万人之上，可以与黄帝齐名了。但仓颉不愿接受如此尊贵的封号，就在"仓"上加了个草字头，变成"苍"，表示自己只是一介草民，因此"仓颉"又称"苍颉"。他以遗泽万世之大功，被后世尊为"字圣""文神"。

第四章 五帝时代

继三皇之后，五帝治世，上古神话由此转入信史与传说相结合时期。五帝者，少昊、颛顼、帝喾、尧、舜，他们上下承袭，一脉相继，定礼乐、正纲常、明法度，恩泽四海，德被遐方，将华夏原始文明盛世推向最高峰。

五帝时代，也是远古社会处于纷扰争斗不息的大转型期，社会矛盾不断积累、冲撞，并以神话的形式大量反映出来，从而涌现出一批我们民族最初的，也是最为记忆深刻的神话英雄。伴着上古罡风的吹拂，他们气吞山河，顶天立地，昂首阔步于神话的大舞台上，演绎出一幕幕壮烈哀婉的史诗活剧。

一、五帝事典

1. 鸟的王国与少昊

西方天帝少昊，姓嬴，名挚，又称"朱帝""西皇"。一说他是黄帝之子，《史记》载："黄帝居轩辕之丘，而娶于西陵之女，是为嫘祖。嫘祖为黄帝正妃，生二子，其后皆有天下：其一曰玄嚣。"玄嚣即少昊。

另一个传说则要浪漫得多，说少昊是太白金星与神女皇娥爱情的结晶。皇娥是天上的神女，在美玉砌成的宫殿里用五色彩丝织布，常常忙到深夜也不知疲倦，她织出来的锦缎，就是空中那流光溢彩的云霞。疲倦时，皇娥便轻摇桴木，在浩瀚的银河中徜徉休闲。一日，皇娥驾船顺着银河溯流而上，驶往西海边的穷桑。穷桑是一棵八百丈高的大桑树，树叶火红，一万年才结一次果，结出的桑葚色泽鲜紫、香气清远，又大又甜，吃了可与天地同寿。

银河畔、穷桑下，皇娥邂逅了一位容貌俊美、气韵超凡的少年。这少年是黄帝的同胞兄弟白帝的儿子金星，也就是东方天穹闪闪发光的启明星。两人一见钟情，订下了终身之约。

不久，一颗粲然夺目的大星从空中滑落在穷桑之野，皇娥便怀了孕，生下了少昊。因为少昊是金星的儿子，所以号"金天氏"；又由于父母是在穷桑下相识，因此别称"穷桑氏"。

少昊诞生之时，天空有红、黄、青、白、玄五只颜色各异的凤凰，飞下来环绕在他身边鸣叫，由此他又被称为"凤鸟氏"，并取名"挚"（古时"挚"与"鸷"相通，鸷是一种凶猛的大鸟）。

少昊具有神奇的禀赋和超凡的本领。他长大后，以鸟为图腾，在东海之滨建立了一个国家，并且设置了一套奇异的制度——以百鸟飞禽为文武臣僚，具体的分工则根据不同鸟类的特点来安排：

凤凰属吉鸟，通天时、晓福瑞，负责总管百鸟，颁布历法，名"玄鸟氏"。凤凰之下置治民五官，分别是：鱼鹰剽悍凶猛，任司马，主管军事兵权，名"雎鸠氏"；鹁鸪孝敬父母，任司徒，主管教育教化，名"祝鸠氏"；布谷鸟调配公平合理，任司空，主管水利及营建工程，名"鸤鸠氏"；苍鹰威严公正，任司寇，主掌法律刑狱，名"爽鸠氏"；斑鸠热心周到，任司事，主管修缮器物，名"鹘鸠氏"。以上合称"五鸠"。鸠，聚也。

此外，他还任用"五雉鸟"分别掌管金、木、陶、皮、染等手工业；用"九扈鸟"

分管农业上的耕种、收获等事项；让燕子掌管春天、伯劳掌管夏天、鹦雀掌管秋天、锦鸡掌管冬天。当真是鸟尽其才，各司其职，把鸟的王国治理得井然有序，令"民无淫，天下大治，诸福之物毕至"，人们无不佩服少昊的智能和德政。

鸟的王国是国家初立的特征，人类社会由此逐渐从松散的氏族部落向组织严密的国家形式过渡。

天帝见鸟的王国一派大治气象，遂封少昊为"西方金德之帝"，请他西迁，协助治理大地西极。少昊告别百鸟，留下人面鸟身的大儿子春神句芒做"东方木德之帝"伏羲的属神，自己带着人脸虎爪、遍体白毛、身乘双龙的小儿子秋神蓐收来到西方坐镇。他在位八十四年，寿百岁驾崩。因为他在位期间推行太昊之法，所以被追称为"少昊"。

2. 天梯与颛顼

在只有想象可以达到的上古时代，人和神之间的距离还不像今天这么遥远。那时候，有一座天梯作为天界与人间的通道而存在，只要有耐心和足够好的运气，凡人也可以一步登天。

古籍中明确记载天梯是一棵名叫"建木"的圣树，它生长在黑水都广（今成都），有百仞之高，紫褐色的树干直插九霄。一年四季树上都生长着可口的果实，各种祥瑞的飞禽走兽皆聚集树畔。建木的树枝柔软、树皮绵绵，如缨带，又似黄蛇，无法扯断。树顶枝叶茂盛，张开来好似一个大伞盖。中午时，太阳照在它的顶上，竟然连一点影子都找不着；站在树底下大喝一声，声音马上消失在虚空中，无声无息。

建木作为天地的中心，既是众神援之上天的途径，也是巫师上达民情、下宣神旨的连接所在，汉字"巫"就表示着巫师上下登临的情景。本来凡人与神都可以通过天梯自由地往返于人间天上，但自从颛顼即位天帝后，强行撤掉天梯，天界人间由此断了联系。

颛顼，姓姬，号高阳氏，是黄帝之孙。其母女枢因为见到"瑶光之星"穿过月亮，有感而生颛顼于若水。他十岁佐少昊，二十登帝位，在高阳受封，建都于帝丘。在位七十八年，寿九十八岁，死后化为半人半鱼的"鱼妇"。

颛顼统治的地盘比黄帝和少昊都要大，据《淮南子·时则训》载："北方之极，颛顼、玄冥之所司者万二千里。"又据《史记·五帝本纪》载："北至于幽灵，南至于交趾，西至于流沙，东至于蹯木，动静之物，大小之神，日月所照，莫不砥属。"领土既广，事务自繁，颛顼奉行积极的干预政策，做了许多他的先人想做而未敢做之事，得到了正反两面完全相悖的评价。

赞他的人，认为他泽被宇内，功德盖世，是位沉静、博识、有谋略的天帝，能根据不同的地域条件教民耕种，发展生产；又能观天象，创历法（颛顼历），按日月运行而定四时，并制定出各种礼仪制度来教化人民，按时祭祀祖先和天地鬼神；特别是他降伏黄水怪的传说，更是有大功于民。

黄水怪是出没于中原水域的一大害，经常口吐黄水淹没农田、冲毁房屋。颛顼初即"北方水德之帝"位，就决心降伏它。但黄水怪法术精深，与颛顼斗了八十一天依然不分胜败。颛顼便上天求女娲神帮忙。女娲偷来天王宝剑交付颛顼，并教他使用之法。颛顼以天王宝剑斩了黄水怪，而后将天王剑变成一座大山，取名付禹山；又用剑在山旁划一道河，取名硝河。他让人民都过上了好日子，受益的民众尊称颛顼为"高王爷"。

此外，颛顼还将曾祖父黄帝的军事征服成功地转换为政治控制，并设立中央行政机关，强化对地方的管理；他禁绝巫教，强令各蛮族顺从华夏族的教化，促进了族与族之间的融合。这都是有功的。

可是，颛顼也利用手中巨大的权势，干了不少不得人心的事，这给他带来了诸多负面的批评，"撤天梯，绝地天通"，就是一件影响极其恶劣的"谬政"。

颛顼刚登上天帝宝座时，天地虽也分开，但距离较近，神、人、鬼、怪、魔互相混杂，人间的智者、巫师、勇士，甚至魔鬼，都可以通过天梯建木直达天庭。凡人有了冤苦之事，可以直接到天上去向天帝申诉，神亦可以随意至凡间游山玩水，人与神的界限并不明晰。颛顼对此顾虑重重，他考虑到人、神杂糅混居弊多利少，不但刑天之类的造反者可以直接杀上天庭，而且九黎、共工、三苗等部落尚未完全平定，有捷径让他们直捣腹心，岂不是严重威胁到天界的安定和谐？

于是颛顼一不做二不休，索性派大力神"重"和"黎"去把天梯撤掉，把天地间的通路隔断，如此方可高枕无忧。

大力神重和黎接旨，运足了气力，一个在建木之上用力拉，一个抱住建木根部使劲拔，足足用了七天时间，终于将建木连根拔起。天更往上升，地更向下沉，本来相隔不远的天地变成了现在这样遥不可及，自此天和地的交通被彻底断绝，天上的神还能腾云驾雾私下凡间，地上的人却再也无法登上天庭，人神间的距离，一下子被拉得很远很远。神高高在上，享受着人类的祭奉，而人有了病苦和灾难，却上天无路、投告无门。而且天梯既去，凡人平步青云的途径完全封死，要想成神成仙，就唯有通过长时间的艰苦修炼了。

不过颛顼这番居心举动，竟也无意中成全了一个痴人。北方太行、王屋两山高有万仞，也能直通天庭，但它们阻碍了北山居民进出的道路，愚公下决心要挖开大山，造福后世子孙。这份理想与决心虽然超凡，但毕竟人力有穷，愚公本打算"子子孙孙无穷尽"地挖下去，哪知颛顼正好要撤天梯，重与黎也顺便搬走了太行、王屋山，北山的百姓因为交通的便利，生活质量明显提高，这不能不归功于坏心做好事的颛顼。

此后，颛顼任命重为南正，专管天地鬼神之事；命黎为火正，专管人间之事。两位大力神密切监视着天地间的动静，任何企图重新恢复天梯的举动都遭到他们的阻止，天梯遂不复见于人世。黎有一个儿子叫"噎鸣"，他协助父亲管理日月星辰的运行顺序，并按颛顼历将一年分为三百六十天，以免错乱。后来噎鸣就成了上古神话中的时间之神。

"撤天梯"的神话，实质上是专制制度强化的体现，反映了人类社会阶级初分的情况，远古时期人与人互相平等的大同社会从此一去不复返。

天地通道既绝，颛顼就开始胡作非为了，特别是他的几个坏儿子，更是把天上人间搅闹得一塌糊涂。他的四个儿子中，前三个都是出生不久即告夭折，第一个死后潜伏江水中,变成了"虐鬼",散布瘟疫疾病,害得人发寒热、打摆子;第二个变成貌似童子的魍魉隐匿在若水,在夜间施展迷惑人的鬼蜮伎俩,引诱行人失足坠河;第三个变为小儿鬼躲藏在人家的屋角,暗中惊吓小孩,使之痉挛、哭号。

因为前三个孩子都夭折了,所以颛顼对第四个孩子倍加呵护,哪知这孩子虽投胎在帝王家,却生来爱穿破衣烂衫,爱吃稀粥剩饭,搞得骨瘦如柴、形貌猥琐,正月三十日死于陋巷,成了穷鬼。他进谁家的门谁家就会很快衰败,一穷到死。凡人最怕穷鬼上门,千方百计要送走他。送穷鬼的日子就在农历正月廿九,常见的方式是打扫屋子院落,把扫出来的垃圾当作穷鬼,或投之流水,或倾倒街头,有的还在垃圾堆上插上香,放三个花炮,俗称"崩穷鬼"。唐朝文人韩愈更是穷怕了,曾作《送穷文》以送穷鬼。

不知是报应还是天惩,颛顼后来又有一子一女,也都是恶神,为人神所厌恶。第四子怪兽梼杌,长着人的面孔、老虎的身躯、野猪的嘴巴獠牙,披着三尺多长的狗毛,凶顽无比、丑陋无比,在西方的荒野里横行霸道,随意食人。还有一个女儿,叫作"鬼车鸟",原本有十个头,后来被狗咬去一个,便被人称作"九头鸟"。九头鸟被咬掉的那个头颅经常流血,血滴落在哪里,哪里就会发生凶事。她性情阴险,身上满是晦暝之气,人若撞上,顿时魂魄无归。所以只要鬼车鸟一出现,天下百姓都"斥犬灭灯,以速其过"。

颛顼这些不成器的子女,再加上人身龙头的计蒙神、双头长着蜂巢的骄虫神,他们为祸人间,搅得天地上下怨声载道。颛顼对一切的不满情绪都采取高压态度,甚至还荒唐到将太阳、月亮和星星都牢牢拴在天穹的北边,固定在北方上空。终于导致人神共愤,水神共工集合各路大神,起兵讨伐颛顼,遂引发怒触不周山这一重大事件。

颛顼的佐神是海神禺强,也是黄帝的孙子。他富有同情心和正义感,一定程度上弥补了颛顼治国的缺陷。

颛顼虽然在政治上名声不佳,但作为音乐家,却是公认的造诣非凡。他在十岁时就协助少昊料理朝政,干得很出色,深得叔父赏识。少昊见他常常累得嫩脸

梼杌

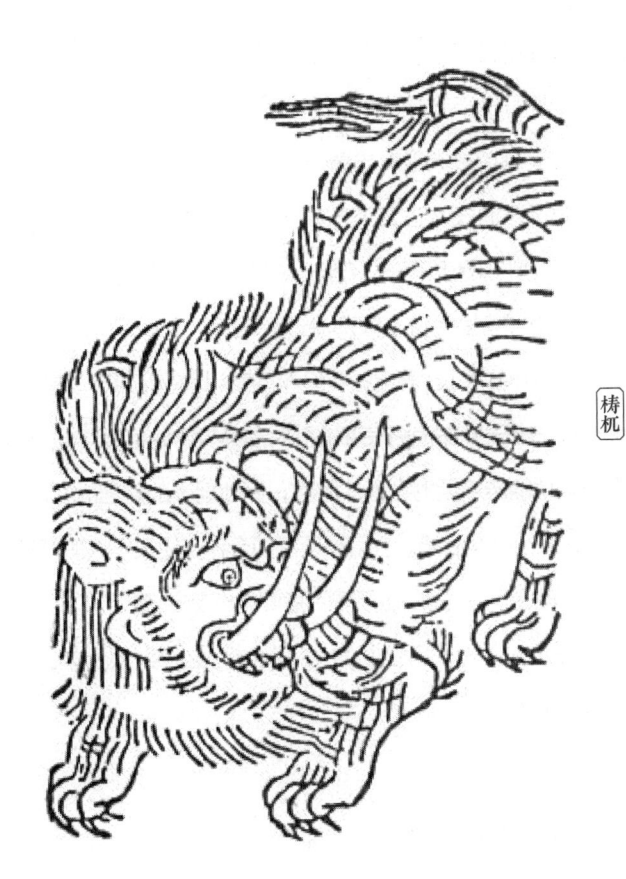

梼杌是黄帝之孙颛顼的第四子,他长着人的面孔、老虎的身躯、野猪的獠牙,身披三尺多长的狗毛,凶顽无比,在西方的荒野横行霸道,随意食人,是有名凶神。

上挂着汗珠，于心不忍，就将祖传的琴瑟搬出来，手把手地教他谱曲调弦，以资提神娱脑。颛顼聪颖伶俐，很快就谙熟音律，成为抚琴高手。他精湛的琴艺，赢得了百鸟的齐声喝彩，渐渐地超过了叔父少昊。

几年后，颛顼长大成人，回到了自己在北方的封邑。颛顼一离开，少昊心里便空荡荡的，别提有多寂寞了。每当看到琴瑟，只觉得睹物伤情，徒添思念烦恼。既然物在人已去，离愁难消，少昊索性将琴瑟扔进了东海的深沟里。从此，每当更深夜静、月朗星稀之时，湛蓝无波的海面上便会飘荡出阵阵婉转悠扬、凄凄切切的琴声，那正是少昊的琴瑟在鸣唱呢！

颛顼当上天帝后，爱乐之习未改，且修为日益精深。处理政务之余，他总是到各处去寻找灵感，在百鸟中栖息，在流水旁徜徉，在星辰下沉思，在花影下吟诵，无数动听悦耳的声音被他综合起来，制成了一首首清淙空灵的乐曲。有一次，他听到八方来风掠过大地发出萧萧锵锵的声音，感觉别有一番情趣韵味，便让八条飞龙仿效风声而长吟，又令无数飞鸟组合成众多的声部，谱出了上古时代最具代表性的"大型交响乐"——《承云之歌》。他把《承云之歌》献给黄帝，黄帝大悦，就让音乐奇才猪婆龙协助颛顼治理百乐。

猪婆龙身体很长，背上披有坚厚的鳞甲，短嘴四足，状如鳄鱼。它虽然乐感很好，却懒得很，成天躺在池沼底部的洞穴里睡觉。这回受了主宰神的委派，怎敢怠慢，只得乖乖地翻转笨重的身躯仰卧着，挥动粗大的尾巴敲打滚圆洁白的肚皮，"嘭嘭咚咚"，声音嘹亮清扬。它和颛顼密切合作，使天界人间都拥有了许多美妙的仙乐。

可叹的是，音乐的流行却使猪婆龙一族惨遭灭顶之灾。世人为求神曲，纷纷捕捉猪婆龙的后代，用它们的皮来蒙鼓，这种鼓很贵重，叫"鼍鼓"，最终导致了猪婆龙的绝种。

3. 鸟首猴身的帝喾

帝喾，姓姬，名俊，黄帝曾孙，自幼即聪明绝顶，极有才干，十五岁就辅佐颛颛帝治理天下，因功受封于"辛"。那时"辛"这个地方常闹水灾，洪水来了，老百姓唯有迁来徙去，长期无法定居。帝喾上任后，带领大家垒土奠基，把"辛"的地势抬高到水面以上，这样就再也不怕水灾侵袭了。"辛"便被人们称为"高辛"，帝喾也随之被称为"高辛氏"。高辛氏三十岁时代颛顼为帝，建都于亳，又称"帝俊"。

相传帝喾鸟首猴身，头上有两只角，只有一条腿，常常拄着拐棍蹒跚行走。虽然模样不怎么英武，但他却有大功于民。《史记·五帝本纪》载："高辛生而神灵，自言其名。普施利物，不于其身。聪以知远，明以察微。顺天之义，知民之急。仁而威，惠而信，修身而天下服……日月所照，风雨所至，莫不从服。"可见他是一位好帝王，在位七十年，天下大治，人民安居乐业，堪称上古太平盛世。

不但文治了得，帝喾在武功方面也取得极大成绩。他初即位时，有驩兜、三苗、鲧相、共工等四凶相伴作乱，共工为四凶之首。共工氏虽曾败给颛顼，但依然保有一定的实力，帝喾即位后，他时不时地发起游击战，不断骚扰地方。帝喾先是命令火正黎带兵攻打共工，黎不敌，大败而归。帝喾处死了黎，让黎的弟弟吴回继任火正，再次领兵出征。吴回在黄河边与共工血战三百日，终于擒杀共工，彻底平定了四凶之乱。各荒蛮部落也相继宾服归顺，普世太平。后来又有房王在云梦大泽作乱，龙狗盘瓠智取房王，帝喾就把女儿许配给了盘瓠。帝喾以其卓越的功勋赢得了崇高的威望，被人们赞颂为"总天地六合之英华"的伟帝。

帝喾也知人善任。羿的箭术天下无双，帝喾就提拔他担任射官，赐予彤弓和蒿矢。羿也不负帝喾深望，当白难族反叛时，他三箭平叛，威震两酋。咸黑、柞卜长于音乐和制作乐器，帝喾就命他们为乐官，创作出《九招》《六列》《六英》之乐，还发明了鼙鼓、钟、磬、笭、管、埙等新乐器。

帝喾有四妻，分别生四子：姜嫄生农神后稷，为周族祖先；简狄生契，为商族祖先；常仪生挚；庆都生尧。其中以契的诞生最有意思：某天简狄和两个妹妹去温泉洗澡，看见玄鸟（燕子）从天空堕下一个蛋来，简狄争着将这个蛋吞吃了，后来就怀孕生下契。这就是著名的"天命玄鸟，降而生商"的神话。作为天帝的帝喾，还与太阳女神羲和生下十个儿子，与月亮女神常羲生下十二个女儿。

此外，帝喾还有两个在星界非常出名的儿子，一个叫阏伯，一个叫实沈。这两个儿子资质相近，年龄相仿，因此互不相让，一碰面就要争个高低，时常大打出手。帝喾无奈，遂将他们天各一方分隔开：派阏伯往商丘主管东方的商星，派实沈去大夏主管西方的参星。"参"和"商"从此只能在天空中遥遥相对，一个升起，另一个就会落下，此起彼落，永不相见。杜甫诗句"人生不相见，动如参与商"即取自该典故。

帝喾寿至一百零五岁，驾崩后，他儿子中最聪明的帝挚即位，九年后帝挚再传给其弟放勋，放勋就是帝尧。尧登位九十年后，传位于重华，是为帝舜。尧贤舜仁，二帝事迹已颇近世俗帝王，然本身却无神话传世。

二、女娲补天

颛顼统治天下时，水神共工发动了一场起义，起义失败后，共工愤恨地朝着象征颛顼统治的不周山撞去。哪知这一撞好比彗星撞地球，把撑天的不周山撞得崩裂断折，登时塌掉了半边天，天上出现了好多个可怕的大窟窿。

天破了这么多个大洞，那还了得？外层空间强烈的紫外线辐射，令大地脉气失常，不断有陨石和天火从天洞中落下，森林燃烧着炎炎烈火，地底喷涌出滔滔洪水，地面也陷成了一道道大坑，恶禽猛兽趁机出来吞食人民，天空不能包容大地，大地无法承载万物。史无前例的大灾难将整个人间变得如同一座炼狱，人民哀号残喘于水深火热之中。

绝望的人们对着苍天高声呼喊着："母亲啊，请你看一看我们难以忍受的痛苦吧！请你救一救我们吧！"听到孩子们的哀求，在云中看到人间惨祸的女娲，决心竭尽全力，将人类从破天之灾中拯救出来。她要补天！

然而补天可不像补衣衫那么简单，天的材质既柔软又坚硬，极其特殊，需要许多极难收集到的五色石，还需要寻觅一个集天地灵气精华的圣地，将这些石头熔炼凝固，方能补天。

五色石晶莹璀璨，分散在人间各地。女娲遍历乾坤，终于从江河山川中收集来数十万块五色玉石。之后她又选择了山高顶阔、水足云多的天台山作为炼石圣地，开始铸鼎熔炼补天石。

女娲在天台山上炼了九九八十一天，炼出了三万六千五百块厚十二丈、宽二十四丈的五彩巨石。她举着五彩巨石，忍受着天空的灼热，一块一块地将彩石填入天上残缺的窟窿里，细心地逐一补好。五彩石将天空牢牢地粘在一起，举头望去，补后的天空青碧一色，一道道彩虹、彩霞飞天横跨，五彩斑斓，绚丽极了。天空仿佛从未破损过。

受伤的天空虽然补好了，但支撑天空的四天柱之一不周山却无法复原，而且其他三根天柱也是年久失修，随时都有倾塌的可能。当时有一只大乌龟，经常背着大山，游戏四海，导致海啸地震频频。女娲索性拿它开刀，既消除了地震，又可断其四足以立四极，真是一举两得。

大龟的四只脚被女娲斩了下来，当作四根柱子竖在大地四极，把天空支撑了起来，这样天空再也不会有塌下来的危险了。心地善良的女娲见大龟没了脚，心里过意不去，就将自己的衣服脱下来送给大龟，从此龟游水不用脚而改用鳍。

紧接着，女娲又擒杀了兴风作浪残害人民的黑龙，赶走各种恶禽猛兽，用芦苇烧成灰做堤坝，阻挡了向四处泛滥的洪流，填塞了大地的裂隙。终于，洪水归道，烈火熄灭，天地正位，一场弥天大祸得以平息，人类得到拯救，天地间重又恢复了宁静与欣欣向荣。以后天空中时常会出现彩虹云霞，那就是女娲补天神石的熠熠彩光。

三、后羿射日

帝喾与太阳女神羲和一共生了十个孩子，这十个小男孩全都浑身通红、金光闪闪，模样就像长着三只脚的大乌鸦，圆头圆脑的，挺招人喜欢。小时候，十兄弟总喜欢跟着妈妈去大海最东边的"汤谷"洗澡。洗完澡后，他们按年龄大小像小鸟那样栖息在一棵高大的扶桑树上。扶桑树高八千丈，树干有一千多围。在树的最顶端，有一只玉鸡在值班。每当黎明将至时，玉鸡就伸长脖子，扇动翅膀，"喔喔喔"地叫起来。随着它的第一声啼叫，天下的雄鸡也跟着报晓，此时天就亮了。

天蒙蒙亮时，扶桑树上的一个小太阳就从树枝上跳下来，跟妈妈一起乘坐由六条火龙拉着的龙车穿越天空，从东海到西方的昆仑巡游一圈，等黄昏时再回来。当最后几缕霞光抹到扶桑时，白天才算结束。就这样每日一换，兄弟们轮流为大地送去光明、温暖与欢乐。人间有了阳光的沐浴，处处鸟语花香、风调雨顺，人民生活幸福甜蜜，整个世界都是美丽的彩色。

可惜富贵出败儿，慈母出逆子，这娇生惯养的太阳十兄弟逐渐长大后，开始对父母之命阳奉阴违，特别是进入青春逆反期后，越来越觉得母亲的叮咛实在是啰唆，哥儿十个都是成年人了，完全可以自由自主了。更何况按部就班的生活太过于单调乏味了，于是他们就想叛逆一回，谁也不去理会母亲的管制，一齐飞离扶桑树，一人一辆龙车，在广阔无垠的天空中任意嬉戏飙车。

儿大不由爷，再加上帝誉与羲和十分溺爱他们，十兄弟就愈发变本加厉起来。他们白天无拘无束地疯玩还不够，还夜不归宿，十个太阳一天十二个时辰一刻不停地在天上火辣辣地烤着大地。地面被炽热滚烫的十个大火团烤得如同超级大火炉，到处是沸腾的湖泊、冒着浓烟的森林和充满烈焰的天空，土地龟裂、树木焦黑、禾苗枯萎、河流干涸，甚至铜铁沙石也晒得快要熔化。许多黎民百姓被高温活活热死、烧死。猰貐、凿齿、九婴、大风、封豨、修蛇，这六大怪兽也趁机出来危害人间，逞着它们贪婪暴虐的本性，到处吞食人民。继天破之后，人类再次面临灭绝的危险。老百姓们都在诅咒："毒日头啊，你什么时候才能熄灭呢？我们愿意与你同归于尽！"

每当人类面临重大危机时，根据东西方神话共同的定律，总会有一个英雄出来拯救世界。天帝帝誉纵子逞恶，地面上的尧帝不干了，他紧急召开大会，共同协商解决"十日并出"事件。会议上，神箭手后羿挺身而出，他拍着胸脯保证，只要有射日箭和落日弓，自己就能够解决那十个混球。

于是尧帝动员能工巧匠，以弱水的建木为弓干，以东海囚牛角为弓角，以吴西雷泽中的鼍龙筋为弓弦，合拢诸材，再以泰泽的龙龟制成龟胶，同北极冰蚕的天蚕丝和虢山漆胶合、丝缠、上漆，合成了强弓的雏形。而后再将弓置于昆仑之巅，吸取日精月华、天地灵气，七七四十九天后，天惊地动，晴空霹雳，昆仑山被硬生生劈短了八百丈，电光石火中，一张"落日神弓"终于铿然跃出。

紧接着，尧帝手下的八十一神将又用女娲补天遗留下来的玄石，炼制出一百零八支"玄石射日箭"！八十一神将因为耗尽精力，呕血而亡。他们的鲜血喷洒在射日箭上，令射日箭也有了灵气，上可诛神，下可弑魔，威力绝世无匹。

有了神弓利箭，后羿策马扬鞭，翻过九十九座高山，迈过九十九条大河，穿过九十九个峡谷，来到了东海边。他拉开万石强弓，搭上千斤神箭，瞄准天上放肆的十个太阳，警告道："尔等任性胡来，不依天道，不循天理，致万民倒悬，罪大恶极。现速速退下，还天下以清平，否则莫怪我不客气了！"

那十个太阳仗着天帝的威势，有恃无恐，对盘马弯弓、作势欲射的后羿不理不睬，依旧在天上嘻嘻哈哈、打打闹闹。后羿想起万里焦土、民不聊生，心头那股无名火顿时高涨，呵斥道："你们既然怙恶不悛，我就替天行道了！"他在马背上轻舒猿臂，搭弓、引箭、瞄准，使出平生绝艺连环箭法，左手如托泰山，右手似抱婴儿，弓开如满月，箭去似流星，嗖嗖嗖一连九箭划破穹宇，裂风而去。

时间在刹那间仿佛凝固了，天上起初没有动静，隔了片刻，"噗噗噗"连响数声，只见天空中的太阳由金黄色变成血红色，一个接一个地连续爆裂，漫天流火四散飞溅，太阳的光和热渐渐黯淡，金黄的羽毛飘洒飞落。又过了半晌，"啪啪啪"一阵乱响，九只红彤彤、硕大的三足金乌头朝下栽落地上，碎壳流浆凝结成大团焦炭，卷起数十里灰黄的沙尘，山崩海啸！

九箭连发，九日齐落，大地登时变得阴凉，绿色重新覆盖山谷，庄稼返青，花草树木郁郁葱葱，地上的人们都欢呼起来。这时剩下的最后一个太阳早已吓得

三足金乌

帝喾与太阳女神羲和生了十个男孩。这十个男孩浑身金光闪闪，模样就像是长着三只脚的大乌鸦，平日里他们便像乌鸦一般，栖息在东方一棵高大的扶桑树上。后来，十个太阳胡作非为，一起出现在天空，使得民不聊生。神射手后羿射下了九个太阳，仅剩的一个太阳从此悔过自新，以其光辉温暖着人间。

脸色昏黄，躲进海角不敢动弹。后羿踏在突起的海岩上，身体前探，又抽出一支箭对准这唯一的太阳。尧见状一把拉住后羿，说："人类还是需要太阳的，假如你把太阳全射下来，从此世间便没有了热和光，只有冰冷与黑暗。万物得不到阳光的哺育，就无法繁衍生存了。请你手下留情，留下这最后的太阳为苍生造福吧！"后羿恍然大悟，遂停止了射日。

从此，仅剩的一个太阳悔过自新，再也不敢任性胡闹了，他每日从东方的海边升起，按时巡行天空，以其光辉照耀温暖着人间，人们过上了气候适宜的正常生活。

后羿清除了十日之害后，又马不停蹄，赶到中原，射杀了形似牛、人脸马脚的怪兽"猰貐"；随后又来到南方名叫"畴华"的大湖泽，射死了怪物"凿齿"；在万里之遥的北方"凶水"，杀死了生有九个脑袋、九张嘴喷着水火的"九婴"；在东方的"青邱"射杀了鸷鸟"大风"；在南方的洞庭湖杀死了长百丈的"修蛇"；在"桑林"活捉了名为"封豨"的大野猪。天下凶顽被彻底铲除了，人们十分感念他的功德，把他敬成最伟大的英雄来传颂。

但是后羿的丰功伟绩，却受到其他天神的妒忌，他们到天帝那里进谗言，天帝正恼怒后羿杀了自己的九个孩子，便借机将后羿和嫦娥永远贬斥到人间。受了委屈的嫦娥耐不住人间的清苦，才有了日后的"奔月"神话。

四、鲧盗息壤

尧帝在位时，社会风气腐化糜烂，道德败坏。人间的堕落令天帝震怒不已，他命水神共工发起滔天洪水，意欲惩戒人类，灭世重生。霎时间，大暴雨从天而降，山洪暴发、海水倒灌，各大河流也同时决堤，中原大地四处浊水横流，汪洋一片。巨浪以雷霆万钧之势，吞没了平原谷地，吞没了生灵性命。广袤的肥田沃土全被大水淹没，高山在波涛中颤抖，大地在巨变中呻吟。人们失去了生息的故土，流离失所，饱受浸淹之害，苦不堪言。水魔搅彻万家怨，天公强逼人低头，世界仿佛又重新回到了史前的混沌时代，天下苍生陷入灾难的深渊，朝不保夕。

贤明的尧帝紧急召开部落首领会议，征求治水能手来平息水害。可首领们面面相觑，谁也没那么大的本事。正当大家束手无策时，天神鲧自告奋勇，承担起治水大任。鲧本是天帝的孙子，心地仁慈，不忍见民间苦受煎熬，曾多次恳求祖父赦免人间的罪过，收回洪水。但铁石心肠的天帝根本就不理会孙子的请求。鲧为了解救苍生，决定下凡协助尧帝。

尧帝大喜，任命鲧为治水总指挥。鲧亲临最前线察看水势，断然做出决定：筑堤堵水。他带领治水大军逢洪筑坝，遇水建堤，采用"堙"的方法，把高地的土挖下来，做三仞之城，垫在低处，堵塞百川。然而水越聚越高，堵不胜堵，鲧治水九年，洪水仍旧泛滥不止。正当他为此忧心忡忡之际，一只鸱鸟（猫头鹰）和一只神龟告诉他，可以盗取天庭至宝"息壤"来堙塞洪水。

息壤是一种常生不息、能无限膨胀的土壤，只要掰下一点投向地面，它马上就会生长增多，堆积成千丈堤堰、高山，水涨一寸，它亦随长一寸，用来筑堤挡水最是合适。

鲧作为天帝的孙子，自然深知盗取息壤是重罪，但看到受尽痛楚的人民，他一咬牙，把心一横，义无反顾地上天盗出了息壤。息壤果然神奇，撒到何处，何处就形成高山挡住洪水，并随水势的上涨自动增高。鲧用息壤东塞西堵、南挡北填，很快就控制了洪水。大地出现了新绿，百姓们逐渐脱离洪水的侵扰，准备重建家园。

正当鲧治理洪水即将功成之际，他偷盗息壤的事被天帝发觉了。天帝岂能容忍鲧这种胳膊肘往外拐的忤逆儿孙，他派火神祝融降临人间，追杀鲧并夺回息壤。鲧见祝融杀气腾腾而来，知道自己的时间不多了，就急忙拼命地向人间撒息壤。他向中部撒，形成了现在的秦岭；向西南撒，形成了现在的峨眉岭。正当他要向黄河撒时，祝融追得太急了，鲧一慌张，竟然将半包息壤都撒在了黄河边。这下坏了事，那息壤只会增高不会加宽，撒得不均匀，没有宽度，滔滔洪水从息壤两边穿过，再一次冲垮了黄河堤坝，庄稼又被淹没了，房屋在洪流中轰然倒塌，人们在滔滔浊浪中哭喊挣扎。黄河特大决堤事故宣告了治水一期工程的彻底失败。

鲧的心碎了,他在北极之阴的羽郊山痴痴地望着多灾多难的大地,无语哽咽。火神祝融趁机举起火焰霹雳枪,殛死了鲧。

鲧虽事败身亡,但他怀着满腹的怨恨,不但死不瞑目,而且尸身经过三年都不腐坏。天帝唯恐鲧的尸身发生什么异变,于是再派祝融用天下最锋利的吴刀将鲧的尸身剖开。刀锋过处红光闪闪,奇迹发生了,一个年轻英俊的好男儿从鲧的肚子里跳了出来。他就是鲧以身为孕,用全部神力与精血所聚化的继承人——大禹。而鲧的尸体则变为一条黄龙,跃入"羽渊"中,再也没露过面。

鲧不计个人生死安危,为拯救人民脱离苦海而不惜触犯天条的大无畏精神,堪与希腊神话中为了将火种带向人间而冒犯宙斯的普罗米修斯相媲美。

五、大禹治水

大禹从鲧的肚子里一蹦出来,就已经是一个身强体壮的成年人,因为洪水滔天,容不得他慢慢长大。命中注定他要继承父亲鲧的神力与遗志,继续完成未竟的治水大业。

自从孙子鲧死后,天帝对自己降下大洪水惩罚人类的做法渐渐有些后悔,更被鲧宁愿牺牲自己也要拯救世人的精神所感动,所以当曾孙大禹上天庭求要息壤时,天帝立时换了一副面孔,不仅将息壤送给了大禹,而且还应大禹请求,派应龙做禹的助手,一同下凡治水。此时尧已经将帝位禅让给舜。善治国者,必重水利,舜立即任命大禹为"水利部部长",率领天下各大部落再次向洪魔发起了挑战。

大禹详细考察了水势,明白了"堵不如疏"的道理。他接受父亲失败的教训,改用"疏顺导滞,凿山导流"的办法,利用水从高向低流的自然趋势,顺地形把壅塞的川流疏通,将洪水引入疏通的河道、洼地或湖泊,然后汇通四海,引洪入大海,从而平息水患。

计划订好后，大禹立即着手干起来。但诸多困难和阻力都摆在他面前。首先水神共工就不服气，他自恃奉天帝旨意兴风作浪，正是大逞威风之时，岂肯俯首听命于乳臭未干的大禹！他大发淫威，挟巨洪从西方滚滚而来，推波助澜，一直淹到最东方的"空桑"（今山东曲阜），整个中原几乎都被淹没。

面对共工的阻挠，大禹明白靠说理是行不通的，要根除水患，唯一的办法就是武力解决。他以天帝和舜的共同名义，向天下发出号令，在茅山大会群神，共同商讨征伐共工之计。茅山也因此改名为"会稽山"，即"会聚计议"的意思。诸神接令后，不敢怠慢，都如期赴会，唯有大神"防风氏"不把大禹放在眼里，故意姗姗来迟。大禹当即将不守约令的防风氏斩首示众，诸神无不凛然，军纪得以整肃严明。

大禹令行禁止，率众神与共工决一死战。第一战，大禹就擒杀了共工手下的九头蛇妖相柳氏。相柳氏是共工最得力的助手，人首而蟒身，贪暴无餍，常常同时张开九张大嘴，吞尽九座大山的动物，啃光九座大山的植被，所到之处平地立成溪泽。它被杀死后，流出的毒血臭气难闻，且十分黏稠，人畜一触即溺陷其中，难以自拔。这就是沼泽的来历。

相柳氏受诛后，共工虽然勇猛且作战经验丰富，但双拳难敌万手，不但诸神都各显神威向他发难，天下百姓也拿起锄头木棒齐声吆喝助阵。共工知道自己不是对手，只好仓皇逃跑。

赶跑了水神，大禹又遇到了九天河里的孽龙和九妖十八怪。这些水底的妖孽平日里为非作歹，残害生灵，洪水越大，它们受益越多。若水清河晏，它们便无处作孽，自然要百般拦阻治水。

这孽龙的本领也非同小可，丝毫不逊色于共工，一搅动龙尾，登时浊浪翻飞、天昏地暗，万丈狂澜排空而起，再加上九妖十八怪在旁助威，声势迫人。大禹起初斗不过孽龙，连败数阵。幸得天帝赠送了他一根叫作"定海神针铁"的宝贝，重达一万三千五百斤，可以随大禹的心意，变化成任何形状，谁都挡不住这宝贝当头一棒。大禹凭此屠龙荡蛟，横扫九妖十八怪，将水底一众妖孽灭得干干净净。

九头蛇妖相柳氏是共工最得力的助手,人首蟒身,贪暴无餍,常常同时张开九张大嘴,吞尽九座大山的动物,啃尽九座大山的植被。大禹率众神与共工决战时杀死了相柳氏,它的血化为沼泽,人畜一触便溺陷其中。

相柳氏

除妖成功后，神针被寄存在东海龙宫，日后孙悟空出世，龙宫夺宝，"定海神针铁"改名"如意金箍棒"，归了齐天大圣。

这时最后一个企图负隅顽抗、与人民为敌的破坏分子河伯一看形势急转直下，连忙弃暗投明，争取坦白从宽，向大禹献上了"河图"。这河图画在青石板上，密密麻麻、圈圈点点，把天下江河上上下下、左左右右的水情，哪里深、哪里浅、哪里好冲堤、哪里易决口，哪里该挖、哪里该堵，哪里能断水、哪里可排洪，全都画得一清二楚。至此，大禹既除去了所有的"反对派"，又有了河图做参考，终于可以专心致志地全力治水了。他命令手下神将太章、竖亥一个从东极一步步量到西极，一个从南极一步步量到北极，量得的长度都是五亿十万九千八百步。于是大禹就把中国分为冀、兖、青、徐、扬、荆、豫、雍、梁九州，按区划片，包干到户，动员了五十万治水大军踏上了轰轰烈烈的九州治水征途。

治天下洪水，首从龙门始。龙门山位于黄河中游，高高屹立，与吕梁山相接，其走势崎岖曲折，奔腾东下的黄河一到此处，河道渐狭，河水受到阻挡，奔腾澎湃，激山为浪，常常在龙门山溢出河道。大禹疏导至此，得伏羲之子相助，得到了两件宝物：神尺玉简、开山金斧。神尺玉简可以丈量天地间所有名山大川的高度与深度，开山金斧则有千钧神力，逢山开路，所向披靡。

大禹来到障碍重重的龙门山前，举起金斧，奋起神力，大喝一声："开！"龙门山"当啷"巨响，被劈开了一条二十丈宽、五十里长的大豁口，壅堵的黄河水一有了宣泄口，立刻顺畅地从峭壁间流过，形成了今天洛阳的龙门（"鲤鱼跃龙门"即在此处）。黄河穿过龙门下泻数百里，又遇到了一座砥柱山阻挡，不能通过。大禹再次用金斧开凿砥柱山，使河水绕山分流，水势如穿三道门，故称此地为"三门峡"。

大禹破龙门、开三门峡，而后命令应龙用如刀一样锋利的尾巴，在大地上划出一条条深邃的河道，又让一只大龟驮着息壤，随行在应龙身后，遇到洪泽或鸿沟，就用息壤将它们填平，以此加高人类居住的土地。经过九年辛苦努力，终于将黄河一线的洪水全部导引到了东海里，黄河水患被制伏了！

大禹治好黄河后，又着手整治淮河。治理淮河的关键是屏开桐柏山，这桐柏山方圆数百里，峰回路转，层峦叠嶂，山中盘踞着一只水怪"无支祁"。无支祁状似猿猴，一身青毛，头白如雪，脖颈伸出能有百尺之长，双眼闪耀着金光，身轻如燕且力大无穷。大禹三入桐柏山丈量考察，每次都被无支祁搅得狂风大作、飞沙走石，令治水工程无法进行。

于是大禹上天，请天神庚辰下凡收妖。庚辰与无支祁大战三昼夜，终将无支祁擒获，并用铁索金链锁住它的脖颈，在鼻孔里穿上金铃，镇压在淮阴的龟山脚下。淮水从此平静，畅通无阻地流入大海。

大禹历尽千辛万苦，前后凡十三年，克服了重重难关，疏通了九条大河，凿通了十二座山峡，终于彻底治服了上古时期的大洪水，使百川归海、地平天成，完成了流芳千古的伟业，成为万世称颂的大英雄。

因为大禹的功绩，人民赞颂他、感谢他、怀念他，还把整个中国叫作"禹域"，意为大禹治理过的地方。舜帝见大禹才华出众，又有平活水土之大功，就把帝位禅让给了大禹。

大禹即位后，熔天下铜器铸九鼎，将自己治水时所见到的种种妖魔形态都刻在鼎上。这九只大鼎巨大沉重、气势恢宏，象征着国泰民安、欣欣向荣，也象征着国家最高权力，"鼎"从此成为帝王社稷的标志。

第五章 太公封神,仙家势成

太公封神,蓬莱飞仙。从上古神话到道教神话,中间经历了一个过渡时期,这一时期从西周起到东汉终,绵延千余年,于多元文化的交织激荡中,书写了一章别样精彩的神话传奇。

一、封神大战

启建立夏朝,凡四百七十年,传至桀,为商汤所灭;商朝享国五百五十四年,为周武王所灭。商周争天下时期的"封神大战",搅得天翻地覆,人间天界一切权力重新大洗牌,王位爵位甚至神位统统重新"竞争上岗",为日后中国神祇排行奠定了原始的雏形。

封神之战,肇始于纣王为九尾天狐所惑,荒淫无道,倒行逆施。他杀皇后、斩二子、剜比干、逐飞虎,社稷倾颓,民心离背,短短几年就搞得天怒人怨,四海鼎沸。这一时期,儒、释、道三教教主都尚未诞生,领袖神界的是鸿钧老祖。他座下两大弟子,将神界势力分为两派——元始天尊的阐教与通天教主的截教。各路神仙分属二教，互相争斗。西岐周文王欲兴仁义之师，吊民伐罪。阐、截二教主遂设下赌局，立"封神榜"为据，赌商汤气运，各择其主，分别助纣辅周。

纣失天下，凤鸣岐山，西周当旺。周文王在渭水边"愿者上钩"，寻得奇人姜子牙。这姜子牙在昆仑山上经过整整四十年的苦修，才得以支起那根没有钩的鱼竿。他协助文王励精图治、厉兵秣马，到周武王时已时机成熟，遂联合各地诸侯，挥师东征。各路神仙也纷纷下山出世，一时间天地变色，山河动摇，揭开了轰轰烈烈的封神大战之帷幕。

由于众多神魔的参战，姬发的东征之途，也可称为"诛仙噬神"之路。腾云驾雾、呼风唤雨、搬山移海、撒豆成兵……数不清有多少奇人异士出现在这连绵的烽火里，道不明有多少奇珍异宝被投入这场血战中；斗宝、斗法、斗阵，种种幻术、魔法、奇阵、神兵，各逞神威。踏过无数神、人、妖的尸骸，西周终于战胜貌似强大的商纣，纣王于摘星楼自焚，周武王登基，开创了周朝八百年基业。

这场旷日持久的战争，详细过程可以参阅神魔小说《封神演义》。战争结束后，在大战中扮演重要角色的姜太公，受元始天尊之托，开始登台封神。他将这幕大戏里所有的登场者，不论道行高浅，哪怕是跑龙套的，都一一列入仙班，个个成神，人人有位。四大天王、四渎龙神、五瘟五岳、五斗星君、九曜星官、十二元辰、二十四天君、二十八星宿等等，一应天上地下诸神，俱皆封到。共计有三百六十五位正神名归"封神榜"。

此后创建的道教，大批神祇都是在"封神榜"的基础上进行增添补充的。比如赵公明、李靖、哪吒、木吒、杨戬等，日后都是道教的天庭大神。而文殊广法天尊、普贤真人、慈航道人、燃灯道人等若干年后也修成正果，加入佛教，分别成了文殊菩萨、普贤菩萨、观音菩萨和燃灯上古佛。由此可见，"封神榜"神话虽然只是上古神话向道教神话的过渡，但其中的人物却与后世的道教、佛教有着千丝万缕的联系，正是有了"封神"的传奇，才形成了日后中国庞大的神仙系统。

二、五神山与蓬莱仙话

中国神话可分为两大系统,一个是昆仑神话体系,另一个是蓬莱仙话体系。昆仑神话发源于西部高原地区,它那瑰丽的故事传到东方后,与浩瀚的大海相结合,形成了蓬莱仙话系统。八仙过海、秦始皇求长生药、汉武帝御驾访仙等,都属于蓬莱仙话。

神仙虽然遨游天地,来去自如,但也要有一个歇脚和聚集之地。山,高耸入云、幽深莫测,符合神仙的超凡身份,所以便成为众神群仙的集中活动场所。神话之后的仙话,仙与山的关系更为密切。《说文》:"仚(即仙),人在山上貌,从人山。"《释名》:"老而不死曰仙。仙,迁入山也。故制字人傍山也。"得道成仙,必须隐进深山长期修炼,吐纳导引、服食养生,方能"老而不死"。因此随着"仙"的形象出现,在与西昆仑相对方向的东部,又有了一个仙人的集散之所,那就是渤海中的"三仙山"。它起源于"归墟五神山传说"。

相传在渤海之东的极远处,有一个深得望不到底的大壑,叫"归墟",归墟中有五座神山,分别是岱舆、员峤、方壶(方丈)、瀛洲、蓬莱。五座神山都高三万里、阔三万里,山上有多座用黄金和汉白玉建成的巍峨宫殿,常年生长着结满珍珠和美玉的宝树,无数纯白色的飞禽走兽如朵朵白云般来往穿梭。更有许多身穿雪白仙衣的神仙住在这里,逍遥悠闲,自由自在。

神山虽好,却也不是十全十美,它们没有根基,随风漂浮,像浮草堆一样。风平浪静的日子还好,要是遇上风暴海啸,就不知会漂到哪儿去。没有根底的居所,总归住得不踏实,这令神仙们很烦恼,他们就请天帝想办法。

天帝也担心神山会漂到极边之地陷没,神仙们闹住房危机,于是派海神禺强去搞定这件事,务求把神山稳住,不要再东漂西浮。

禺强是天帝的孙子,人脸鱼身,大海正是他施展神通的好场合。他找来十五只巨大的神龟，分成五组，每组负责顶住一座神山，使之不再随波逐流。当一只大龟用头顶住神山时，另外两只就在附近守候，六万年更换一次，如此轮流当值，可保神山永固。神仙们从此快快乐乐地过着定居的日子，也不知过了多少个年头。

哪知好景不长，在距昆仑山以北不知多少万里的龙伯国，有一个巨人听说东方海外有五座神山，风景如画，还有大龟可钓，顿时兴致大发，就起了到五神山自助旅游兼垂钓的念头。

这龙伯国巨人的身量高大到难以想象，站直了比五神山高十倍有余，海水最深处也仅到他的腰际，归墟虽说深不知几万米，巨人却只当是一个小水池。他来到归墟之畔，取出一根奇特的丝线，尾端绑上神龟爱吃的大鱼，略事挥动，将丝线抛向海底。鱼钩沉到海水里，正巧落在头顶神山的巨龟嘴边。那龟已经饿了将近六万年，早就饥火中烧，见到好肥的一条生鱼寿司从天而降，也不管三七二十一，张口就吞，结果可想而知。龙伯巨人连甩六次鱼竿，收获甚丰，钓上了六只神龟。他高高兴兴地背着六龟回家，全家人吃了好几天的清炖龟、红烧龟、烤龟、龟羹，还剥下龟壳拿来占卜。

这边吃得满嘴龟油，那边神山可不得了。六只神龟本是负责顶住岱舆和员峤两座神山的，给龙伯巨人钓了去，岱舆和员峤失去了依靠，竟然被飓风大浪冲到了北极，不久就撞上冰山沉没了。山上的神仙发觉大祸临头，犹如晴天霹雳，慌忙收拾行李，狼狈搬家，一时东海上空，漫天飞着紧抱细软的各路神仙！等到神仙们在其他三座神山安顿下来，惊魂甫定，立即向天帝狠狠地告了一状。

天帝闻听怒不可遏，龙伯国的人竟敢如此大胆，非严惩不可。他亲自施展无边法力，将龙伯国的土地和人都尽量缩小，不让他们自恃身躯庞大，到处惹是生非。可是，龙伯国的人实在太高大了，不知过了多少年，他们的身躯仍有好几十丈长。

五座神山沉没了两座，剩下的蓬莱、方壶（方丈）和瀛洲三座，至今仍由九只神龟顶着，基本上所有的地仙都集中居住在这三山上。扶风荡云、云霞起伏的东海"三仙山"，也就成了蓬莱仙话体系的总策源地。

通常，人们习惯于将"神仙"二字连在一起称谓，其实"神"和"仙"是有区别的。神话中的"神"是天生的,而仙话中的"仙"却是修炼而成的。所谓蓬莱仙话,即指以三仙山为中心、为标志的关于仙人的系列传说。这些传说,既配合了宗教劝世之旨,又迎合了人们乐于长生之心,因此能较长时间地适应历史变化,千百年来盛传不衰。

纵观两千年的仙话史,它与神话既相联系,又有区分。仙话勃兴于神话之后,是对神话的延续与变革。昆仑、蓬莱东西对峙,神话、仙话各成系统,而超现实的想象本质相通,所以二者藕断丝连,其间有着明显的承继关系。那么,为什么会兴起仙话之风呢?这与先秦的战乱有关。战国时期,七国战事不断,人民生命朝不保夕,离乱之中自然渴望有一个超尘脱俗的环境,既能远离战火,又可修身养性、延年益寿,于是在神话幻想的启发下,想象出一个仙界来。秦、汉大一统后,最高统治者为了能永远享受舒适的生活,希望长生不死,由巫师转变而来的方士们巧妙迎合最高统治者的心理,大肆鼓吹神仙世界的美妙,于是从上至下掀起了狂热的神仙信仰。

作为仙境,自战国时期开始,以仙人为由头的蓬莱仙话便被方士们炒作得非常火爆。据史籍记载,蓬莱城北海面经常出现海市,散而成气,聚而成形,虚无缥缈,变幻莫测。那些好事的方士便以海市蜃楼的虚幻神奇,演绎出海上三仙山的传说,惟妙惟肖地描绘说:蓬莱、瀛洲、方丈三座仙岛深隐于海,其上诸仙神灵仙风道骨,超凡脱俗,所住的玉宇琼阁宏伟精致、金碧辉煌,璀璨得似星辰缀布,月华满镶,仿如水晶冰宫,晶莹剔透。而岛外茫茫浩瀚的海天中,环绕着祥云朵朵,碧波万顷,当真风光如画,一派空明。这是一个多么令人向往的神仙世界啊!

三、道教神仙系统

中国神话体系继经历上古神话及封神神话这两个历史阶段后,以蓬莱仙话为发端,逐渐转入"仙话"阶段。至道教出世,融会贯通东蓬莱、西昆仑两大系统,以无欲守真、清静无为、贵生养生为教旨，既有泰岳沧海的飘逸缥缈，又有西域雄峰的豪隽苍茫，乃蔚为大成，定鼎一尊。

道教的来历，可追溯到春秋战国时期。当时在今河南鹿邑这个地方，有个人叫李耳，人称老子，他看到世俗之人为了权力、金钱、欲望而犯下了弥天大罪，却从不知反省，于是就写了著名的《道德经》，记述黄帝时代的圣人之道与天地间的"道"理，来教化世人。《道德经》虽然只有五千言，却是玄而又玄，奥妙深藏，仿佛海纳百川，辽阔深邃。举凡宇宙本原、社会哲学、个人修养等等，无所不包。东汉时期，张道陵创立"五斗米道"，因《道德经》所倡导的自然世界观和性灵自由的人生观切合时代思潮，遂奉老子为道教教祖，此为道教定型之始。南北朝时道教逐渐完备，便尊老子为"太上老君"，以《道德经》《正一经》和《太平洞经》为主要经典，以追求肉体的永恒存在和灵魂的绝对自由为主要目的，历千百年发展壮大，终于演化成中国最大的本土宗教。

1. 道教修仙的途径

与西方神话里一生下来就是神的方式不同，道教仙的原型是人，仙是人的理想化状态，仙境则是人生的理想归宿。由于道教主张人人皆可通过修炼成神成仙，因此其神仙谱系非常开放，对于出身绝无限定，天神、地祇、真人、妖魔，只要经最高统治者点头，就都能在道教神明中占有一席之地。所谓"神仙终须凡人做"是也。由此可以认定，道教神仙在员工招聘上采用的是领导权威制。

正因为没有血统和门第的限制，凡人便个个煞有介事地修炼起来。而修仙的途径大抵有五种：

一是服药，包括到仙境中取得长生不死之药或方士们按方合药。战国时有大批方士到海外仙山去寻找长生不老药。然而遇仙得药终属可遇不可求，到了西汉时，有人开始用人工的方法来合药，所用的原料以金石为主，成品则称为金丹、金液、大丹。

二是服气和导引。仙家很早就将服气、炼气作为修仙的基本手段，服食金丹时，常将之与炼气结合起来。屈原的《远游》就提到过服气的法门。服气的道术包括服炼外气、存思、守一、胎息等，纷纭多姿。与之相配套的是导引和按摩，有汲引气血、吐故纳新的功效。

三是内丹。内丹术是在服气的基础上发展起来的。隋唐时，金丹服食的弊病越来越多地被人们所认识，所以道门中就有人转而重视开拓体内固有的资源——精、气、神，以炼成长生不老之躯。之所以有"内丹"之称，是相对于传统的以体外的金石为原料的金丹术（外丹）而言的。宋时，内丹术已渐渐代替外丹术，成为修仙术的主流。

四是举行各种宗教仪式，以积累功德，最后到达仙人的境界。道教素来擅长以道术为民众和社会消灾祈福，其中以斋法和醮法为主要表现形式。这些仪式是沟通人神的主要途径，施行的结果既为民众排难，又同时为自己积功。虔诚行之，久则成道，跻身于神仙之林。

五是在人间建功立业而又不忘根本，功成身退之后，也能成仙，或死后封神。大凡历朝祀典中能进入道教神谱者，如关帝、都天大帝（张巡）、岳元帅（岳飞）等，都是这一类以功业成神仙者。

道教的修仙途径虽然有上述种种分别，但在实际的修仙活动中，却是诸法共修，相互配合的。更有部分成仙者，走的还是捷径，比如张果老吃何首乌、嫦娥偷食灵药，都是毕其功于一役，瞬间登天，真是羡煞众多辛苦修炼者。当然，反正都是吹牛，何妨吹大点儿？

此外，低等动物不能直接成仙，必须经过长期的修炼，先成精，再成人，最后才有成仙的可能。中间若碰到意外挫折，还将前功尽弃。《缀异录》中就记载了一位狐仙陈述修仙艰难的历程："我们狐狸要学仙最难，首先要学人形，再学人说话；学人说话之前，还要把四海九州的鸟语先学全，无一不精，才能学会人语。这就要花掉五百年的工夫。而且在此期间，操行还得分优劣。你们人类多舒坦，凭空就比我们少修炼五百年。要是祖上积德，三代都是贵族、名士，修炼时间还可以打个对折。算起来，有些人只要两百年就能成仙，你们人类还嫌辛苦漫长，不肯用功，真是资源浪费啊！"

无论是人是妖，得道之后，都需清修三日，吐污浊，纳清思，而后沐渊泉、去俗尘，于金曜三刻参拜紫微殿，觐见玉帝，由玉帝颁赐仙籍。这仙籍就相当于天界户口簿和执业资格证，从此阁下真灵如虹，气冲九霄，就可以天长地久地做个逍遥快活仙了！

2. 道教神仙的级别与分类

从理论上讲，尊神皆由道气所化，而道气是无限的，无限的气可以化生出无数的神人、真人。同时，人得道可以成仙，而代代都有人学仙，所以神仙的队伍越来越庞大，历代仙真越积越多，神仙群体扩张不知凡几。由于其成员来源不一、背景复杂，如何将这众多的神仙排出有序的等级，就显得十分重要。因此道教自创建以来，就十分重视对神仙系统的综合排列和等级划分。

早在东汉的《太平经》中，即已开始对神仙排序，将他们分为六等：第一神人，第二真人，第三仙人，第四道人，第五圣人，第六贤人。谓"此皆助天治也。神人主天，真人主地，仙人主风雨，道人主教化吉凶，圣人主治百姓，贤人辅助圣人，理万民录也。"不过此时的神仙谱系还比较粗疏，呈初创时期的原始状态，所造神仙既多且杂，又漫无统序，使信众无所适从，于道教传播不利。南朝梁时，上清派陶弘景有鉴于此，遂作《真灵位业图》，根据世俗"朝班之品序"和尊卑原则，将杂乱无章的诸多神仙用七个阶次组织排列起来，清理出了一个较有次序的神谱，成为神仙排行榜的权威标准。

到了宋代，神仙谱系更发展到非常完整的地步，《道藏》中就有多本著作专门阐述群仙谱，而《上清大洞真经》则将神仙又细分为数个等级，详细分析了每个等级各自的司管所在。从此一个组织严密、等级森严的神仙世界，正式井然有序地呈现在世人面前。

道教的神仙谱系，以三清、玉皇和四御等主神为首，下属有各类仙真、俗神、地祇、人鬼等，给他们排序的主要依据是"位业"。业，指修道者的道行高低、贡献大小、内德厚薄；位，指其在仙界的地位。业越优者，位越高，业与位呈正比关系。一般说来，其划分的等级有九品：第一上仙，第二次仙，第三太上真人，第四飞天真人，第五灵仙，第六真人，第七灵人，第八飞仙，第九人仙。不过王重阳等内丹家则将仙分成天仙、地仙、人仙、妖仙和鬼仙五个级别。

神仙的等级又与其活动场所有关。群仙的日常活动范围为诸天、三岛、五岳、十州、三十六洞天、七十二福地等仙境，其中诸天属于上仙界，居住在这里的天仙地位最高；其他仙境都属于下仙界，居住着地仙、人仙、妖仙、鬼仙。

天仙，是指居于天界，在天庭有职位俸禄的神仙。他们道术高深，修行深厚，故待遇也是最好的。由于本身神格高贵，直接插手过问凡间琐事的情况很少发生。天仙里位尊者极多，如三清神，统摄三十六天，系最高尊神。"三清"的辅佐神"四御"则是帝王级别的神仙，其中玉皇大帝总管三界、十方、四生、六道；紫微大帝统率三界星神和山川诸神；勾陈大帝协助玉皇执掌南北二极和天、地、人三才，统御众星，并主人间兵革之事；后土皇则主宰阴阳生育、万物与大地河山之秀美。此外，如东王公、西王母、三官、斗姆、文昌帝君、诸天天帝、日月星辰、风雨雷电等等，都属于天仙阶层。

地仙，位列第二等，职司管理大地，社稷、山岳、林木、川泽、河海之神均属此列。这是一个能够畅游名山大川的仙人阶级，通常被任命管理遍布神州各地共一百零八处的洞天福地。他们有机会通过长期艰苦修行成为天仙，但是限于资质，极少有地仙能修成天仙。《西游记》中的镇元大仙就是地仙之祖，具有强大的实力，连孙悟空都不是对手。

人仙，道教是以人为本的宗教，神系中的许多神仙都是现实生活中的人所神化而成。本着有功于民则祀之的原则，道教将许多历史名人奉为人仙，包括了各民族的圣贤英杰，各行业的祖师、保护神，甚至各世家的先祖等等。孔子、孟子、关公、岳飞、妈祖、鲁班、陆羽、杜康等等，均为道教所崇祀的人仙。此外，通过修炼而悟得大道的杰出人物，也可成为人仙。

妖仙，人先死亡再蜕变成仙人，或者由低等动物先修炼成妖，再成仙。此乃仙之下者，远不及白日飞升直接成仙。妖仙中最常见的是狐仙。

鬼仙，与天界三十六天相对应，地也有九重，每重又分四地，每地皆有神主之。鬼仙即是主管地府各部门的神灵，如酆都大帝、十殿阎罗、判官鬼吏等等。

第六章
我命由我不由天
——哪吒的前世今生

随着动画电影《哪吒之魔童降世》霹雳一声横空出世,哪吒,这位曾经因为1979年的经典动画《哪吒闹海》而深入几代人心中的小英雄,再次由沉寂迎来了炽热。这一回,当史上最"难看"的哪吒说出"我命由我不由天"的台词时,感动了许多人。影片对哪吒这个传统的神话形象,通过解构、重塑等方式,做了一个全新的表达,并且融入新的思考,将不温不火的哪吒抛入了公众的热议与文化争辩中,勾起了更多人对哪吒身世经历的好奇心。那么,未被"魔改"前的哪吒到底是怎样的呢?

哪吒应读"nézhā",之所以产生各种读音上的分歧,在于"哪吒"是个外来的"洋名",出自古印度佛典《佛本行赞》,乃是梵文Nalakūvara(简称Nata)的音译,在北凉、南朝、唐时,又被译作"那罗鸠婆""那吒矩袜啰""捺罗俱跋罗"等。由于这些称谓烦琐难记,民间就逐渐将其简化为了"哪吒"。"哪"指傩,鬼神之偶像;"吒"为咤,即叱咤,有叱吓邪恶之意。两字合起来意即以傩叱咤驱赶鬼神,威力巨大,战无不胜。

《封神演义》里叙述哪吒出生在陈塘关,其遗址在今时的宜宾南广镇,据说三千年前,李靖就驻守在那里,于是宜宾人首先认定哪吒是自己的老乡。南广河流经多县，有九弯十八拐，民间称之为"九湾河"，与《封神演义》亦相符合。而九湾河入长江，长江连东海，哪吒在九湾河口入江处洗澡，动摇东海龙宫之说自然也成立。宜宾翠屏山还有座哪吒行宫，是中国唯一的哪吒祖庙，又有哪吒洞、龙脊石、金光洞、骑龙坳、还生阁等"遗迹"，这些似乎都印证了哪吒的确是宜宾人。可是江油人不服气，在江油也有太乙洞、肉身坟等与哪吒相关的遗存，民间传说中还有很多关于哪吒的故事，看上去都不是后人的牵强附会，所以江油可算是哪吒故乡的有力竞争者。不过说来道去，不管哪吒老家在哪儿，他是个"川妹子"，那是铁定无疑的了。

作为《封神演义》里重要的神灵之一，哪吒的形象主要来自古波斯神话、佛教信仰、正统道教神系、民间神系、神魔小说神系的互相交融衍生，颇为繁复。但万变不离其宗，他永远都是个孩子。波斯语的"Nuzad"意即新生儿、小孩；其最早原型波斯战神"努扎尔"（Nuzar）一词，在阿维斯陀语中也有"年轻、崭新"之意。在印度时，他是财神俱比罗的儿子，形象是个夜叉，因为沉迷享受而被仙人那罗陀诅咒，与弟弟Maigriva一起变成了树，后来被奎师那解放。佛教传入中国后，在汉化的过渡时期，哪吒又变为佛教四大天王之一的北方多闻天王毗沙门的第三子（后来的"三太子"之称即源自于此），《佛所行赞·第一生品》中说："毗沙门天王，生那罗鸠婆，一切诸天众，皆悉大欢喜。"他的母亲是吉祥天女，哥哥是护法神独健（二郎神原型之一），姊妹也是天女，属佛门中的豪门世家。《哪吒太子献佛牙》《开天传信记》等作品初步记叙了他的故事，基本确立了他作为佛教护法神的形象。不过这时的哪吒完全是"子凭父贵"的配角，扮演着孝子兼守护神的角色，职责是护卫佛法、扫除邪恶、保护世人，压根儿不存在闹海、屠龙、再生之类的说法。

到了宋朝，民俗文化的传承性与变异性相结合，宗教形态转为文化形态，哪吒开始与道教产生紧密联系，由外国之神完全变为中国之神。最初的记录是《夷坚志》中修行茅山正法的程法师以哪吒火球咒击退石精的故事，《汾阳无德禅师语录》《密庵和尚语录》《景德传灯录》《五灯会元》等记载中也有了哪吒"三

哪吒

作为《封神演义》里重要的神灵之一，哪吒的形象主要来自古波斯神话、佛教信仰、正统道教神系、民间神系、神魔小说神系的互相交融衍生，颇为繁复。但万变不离其宗，他永远都是个孩子。

头六臂、析骨还父肉还母"的情节,并出现"捆绣球"等兵器。但此时都还只是民间传说。

元代杂剧勃兴,哪吒传奇进一步发酵,形象较刚传入时期趋于饱满。先是出现了以哪吒为主人公的作品《猛烈哪吒三变化》,哪吒三太子奉佛陀之命,先后用两头四臂和三头六臂降伏了焰魔山的异鳞、狮头、铁头、金睛、天边、净饿等恶鬼与夜叉山的天、地、运、色四个魔女。接着受其影响,《二郎神醉射锁魔镜》中哪吒有三头六臂,手持六般兵器,击败并捕捉了九首牛魔罗王。杂剧话本《西游记戏文》中,哪吒有着三头六臂,以七宝杵与八瓣球为武器,是保护唐僧西游的十方保官之一,又奉其父之命搜剿花果山,与通天大圣孙悟空恶斗,被猴王称为"小孩儿"。这一幼童姿态源自《敦煌毗沙门天王赴哪吒会图》,图画中哪吒的形象为双手合掌高举过顶作拜姿的童子。这些特征都被后来的百回本小说《西游记》中的哪吒完全继承。与此同时,哪吒被纳入元朝编订的《道法会元》中,是灵官马元帅的属下之一,此书中还有不少篇目都提到了"威烈那咤"或者"威胜那咤",这象征着哪吒被正式接纳到道教神话体系之中。

既然跳了槽,出身与"工作环境"自然也要跟着变化。首先哪吒的父亲变成了托塔天王李靖。"因世间多魔王,玉帝命降凡,以故托胎于李靖妻素知夫人。"(《搜神大全·卷七》)之所以转而姓李,可能源自西域佛国于阗的传承。毗沙门天王以李为姓,按《大唐西域记》等文献的记载,于阗的王室以毗沙门为神祖,并视其为护国神。五代宋初时,于阗的某位统治者,在与敦煌归义军及中原王朝交往中使用的汉名为"李圣天",自称是"唐之宗属",追认唐朝李姓皇室为祖先,因此被称为"李天王"。作为护国军神的毗沙门与能征善战的唐朝名将李靖重合(李靖字"药师",与"夜叉"在唐音中相近),便成了哪吒的汉族生父。在敦煌唐代壁画中,就有不少他们父子的画像。天王为金色身,着七宝金刚甲胄,头戴金翅鸟宝冠,左手托宝塔,右手执戟,足踏夜叉鬼。天王两侧是夫人、天女及五位公子,哪吒即在其中。但此时的他,原先"蓄刘海,着荷衣"的模样,已被塑造成中国传统的"手举尖枪、臂缠红绫、肩挎乾坤圈、脚踏风火轮、三头九眼八臂"

的哪吒三太子形象。

哪吒传说在明代时有了很大的发展，特别是通过明人小说《封神演义》《西游记》《南游记》的渲染，愈发变得有声有色，以至在中国民间广为传诵，其主要形象也就此定格。在众多富有中国特色的哪吒故事中，尤以"出世""闹海"和"析骨还肉"最为脍炙人口，妇孺皆知。

哪吒肉球出世的神奇情节，原属于《搜神大全》中的殷郊，更早的原型大概是高丽文献《三国史记》中出生时为一个卵的朱蒙。《封神演义》直接拿来套用：商朝时期，陈塘关总兵李靖的夫人怀孕三年六个月，却产下一个肉球，滴溜溜乱转。李靖大惊，以为是妖怪，对着肉球一剑砍去，肉球分成两半，从中跳出一个小儿。只见他红光满面，右手套着一只金镯，肚上围着一块红绫，光脚、光屁股、丸子头、包子脸，目射金光，欢蹦乱跳，可爱至极。这正是女娲娘娘座下护法童子、灵珠子化身的哪吒。可是谁能料到，这么一个可爱的娃娃，很快就要上演一出令人惊心骇目的"陈塘关少儿杀人事件"。

由于哪吒父子都是佛教的护法神，而护法必须除魔，按民间传说的定律，为了烘托哪吒高大的正面形象，自然要有"恶势力"来做陪衬。于是，刊本《三教搜神大全》首先说哪吒"生五日，化身浴于东海，与龙王战，杀九龙"。宋代的《五灯会元》卷二亦说："哪吒太子析肉还母，析骨还父，然后现本身，运大神力。"而后《封神演义》进一步将之组合成一出"哪吒闹海"的大戏：哪吒去东海九湾河沐浴，因将师父太乙真人所赐宝物乾坤圈置于水中玩耍，引发东海龙宫震颤。东海龙王急令巡海夜叉察看，夜叉惹恼哪吒被打死。龙王三太子敖丙又调集虾兵蟹将与之大战，也被哪吒打死，还被抽筋剥皮。从小说原著来看，哪吒杀死夜叉和敖丙，很显然只是为了争强斗狠，根本无关正义。动画片《哪吒闹海》的创作者为了给哪吒的暴行赋予伟大正确的主角光环，将行云布雨的敖丙改编成肆虐百姓、残害儿童的恶魔，哪吒杀死作祟的妖龙，是为老百姓除害，动机与行为登时高大上起来。哪吒也瞬间成了善良勇敢、不畏强权的小英雄。

在动画片的宣传下，"哪吒闹海"基本上成为国民级故事，推其原型，有三种可能：其一是受到"张生煮海""八仙过海"等以与龙王产生冲突为主题的杂剧的影响。其二是其父毗沙门天王的于阗神话"天王决海"的演变。其三源自上述元代神话典籍《三教搜神大全》的记载，相较前两者，这里的剧情丰富得多，哪吒在东海洗澡时因踏上水晶殿宝塔宫，而被愤怒的龙王挑战，他先是击杀九龙，又在天门外截杀了想要"上访"的龙王，还诛杀了妖族大魔头石矶，降伏各种孽龙和鬼怪。后来降群魔有功，回归天庭，被玉帝和如来加封神位，永镇天门并镇天下群妖。

《封神演义》的情节结合了上述原型的特点，既有洗澡惹事，又有杀龙子、殴龙王，不过哪吒于天门殴打龙王，只是殴伤，不曾打死，被彻底黑化的龙王到陈塘关兴师问罪，虽然哪吒脾气暴躁，出手莽撞，连毙两命，但当时的他，不过是个七岁孩童，如果按照未成年人保护法的规定，可以不承担刑事责任。然而那时没这部法律啊，龙王逼迫监护人李靖"子债父偿"。李靖自幼访仙求道，怎奈资质有限，求仙不成，只学了五行遁术便下山辅佐商纣王。这些粗浅的道行，让他在龙王面前也只能唯唯诺诺。哪吒眼见双亲胆战心惊，被吓得"顿足放声大哭"，心中不忍，为了不连累父母乡亲，他毅然声言"一人行事一人当"，随即右手提剑，先斩去臂膊，然后剖腹、剜肠、剔骨肉，还于父母，散了七魂三魄，一命归天，以浓重壮美的形式成就了一幕悲剧传奇。

哪吒当场自戕后，太乙真人让他的魂魄托梦给母亲殷夫人，请地方百姓为他在翠屏山修建一座行宫，受三载人间烟火，便得重生。行宫建成后，四方远近居民俱来进香，香火不断。哪知只受了大半年香火，李靖知道此事后，立即打烂了哪吒金身，捣毁庙宇，焚了道场。太乙真人不得已，只得为哪吒以莲藕重塑身形。而哪吒方成人形，得了神通，便欲杀李靖而后快。

哪吒之所以追杀李靖，与龙王之事无关，就是因为李靖在哪吒死后还坏了哪吒庙宇，使其不得托生。在哪吒看来，既然身体发肤受之于父母，那么自己析肉还骨于父母，也就不再有父子情谊，两不相欠。李靖如此做法，"就是李靖的不是"。因而，哪吒追杀李靖，实在是恩怨分明的表现。但是，明代所看重的程朱理学，是不会让哪吒忤逆弑父的。《封神演义》里有一个非常关键的细节：燃灯道人秘密传授给李靖一座玲珑塔用来防身。李靖有了这座塔，后来才能成为托塔天王。所谓"棍棒底下出孝子"，小说最终让哪吒屈服于玲珑塔烧炼的淫威下，被迫与李靖言归于好，这才消释了父子冤仇。不过，哪吒弑父虽不成，但反抗父权却是坐实了。作者故意将李靖设置得卑琐懦弱，与哪吒的真纯勇猛形成鲜明对比，颠覆了"父为子纲"的先天合法性，打破了僵化的封建伦常权威。

哪吒肉身死亡后，被用莲花重塑身体而复活，很多作品里都有记载。《西游记》与《搜神大全》中助其复活者为世尊如来，而《封神演义》则因为作者崇道抑佛的立场而改为太乙真人，使用的材料多了一个金丹，并且加入了道教的三魂七魄观念。太乙真人将哪吒的魂魄带走，折荷菱为骨、藕为肉、丝为筋、叶为衣，使哪吒再生。中国人自古热爱莲花，莲花是佛道双系所尊奉的至纯至妙、至神至圣之物的象征。哪吒借莲重生，意味着他已彻底脱凡去俗，走向神圣和永生。他从世俗到神明、从凡躯到天神的身份转换至此得以圆满完成。

随后哪吒寻龙王复仇，又助姜子牙兴周灭商，战功显赫。整个大周营内，论战斗力，哪吒仅次于杨戬，不过杨戬是督粮官，很多时候不在战场上，因此论杀敌数量，哪吒稳居第一。作为西周伐纣阵营中有战神神格的先锋上将，他武艺高强、法力广大，可以变化为三头八臂，同时使用八件武器，足蹬风火轮，双手使一对火尖枪，其余六只手分持混天绫、乾坤圈、金砖、九龙烈火罩、阴阳双剑六件法宝，还会隐现法诀、五行遁术，堪称威力无穷，在伐商征途中过关斩将，屡立大功。改朝换代后，他本可论功排位，享受荣华富贵，但他不愿当官，回山潜修，最终肉身成圣，未登封神榜。

到得道教神话成为中国神话体系的主流后，李靖被吸纳成为托塔天王，哪吒也跟着父亲东荡西杀，降九十六洞妖魔、擒牛魔王、收降地涌夫人，深得玉帝赏识，受封三坛海会大神、三十六天将第一部领使、中营金环大元帅等显职，镇天护驾，救世护民。至此，哪吒终于从一个佛经古籍上的传说人物，进化成为中华民族一尊神通广大的青春战神。

第七章

领袖群仙
——道教元祖神

道教初起时的汉代是中国历史上第二个中央集权的大一统封建王朝。在这一历史背景下，从皇帝到庶民无不处于严格的等级秩序之中，每一较高等级都有权力支配更低等级，而皇帝则处于社会等级的最顶峰，其他一切社会权力只有取得皇帝的认可才是合法的、有效的。此际创立的道教，自然不可避免地将世俗的封建等级制也反映到了神仙世界里。更何况道教是多神教，神仙数量极其庞大，无数的神人、散仙、真人也需要得到有秩序的管理。因此尊卑有序的等级划定就显得十分重要。

经过长期演变，云霄之上的神仙社会逐渐被划分为七个等级，每个等级都设有一名中位主神，左右配有若干辅神。在这森严的等级排列中，以三清、玉皇、王母以及四御为首的主神，处于统治的最高层，下属成千上万的各类仙真、神司，可说是道教神系的最高领导核心。

一、母仪仙界——圣母元君（玄妙玉女）

道教有尚阴的传统，元君，是道教对女仙的尊称。圣母元君与无形天尊、无名天尊并列为道教三大始祖神，都是宇宙处于本始状态，无边无际、无阴无阳、无上无下、无表无里、无天无地之时出现的神。道教认为他们无所不包、无所不在，是宇宙的本原与主宰，是万物的开始与生化者。

圣母元君在《仙鉴后集》里又称"无上元君"，其他典籍则称她为"玄妙玉女"。

玄妙玉女其实是与天地同生的鼻祖级女仙，她在天庭拥有至高无上的权力，其位至尊至大，统制天地，三界众仙皆仰驱隶，人之生死，世之盛衰，也都出她决定，乃是主宰天地、名副其实的最高神祇。

玄妙玉女位尊名显、母仪仙界的另一层原因，是因为她生下了太上老君和西王母。

老子成了太上老君后，受到历代皇帝的持久崇拜，特别是在唐朝，李家天子为了抬高自己的门第，硬是与太上老君攀亲续谱，让一千多年前的老子做了自己的祖宗，赐号封尊登峰造极。玄妙玉女作为大唐皇帝们奶奶的奶奶，自然也跟着大大沾光，"圣母"之名传于寰宇，为天上人间所共同赞颂。

二、天庭"大哥大"——玉皇大帝

玉皇大帝，全称昊天金阙至尊玄穹高上玉皇大帝，简称天公、玉帝、玉天大帝、玉皇上帝等，是中国天界的最高主宰。尽管在道家仙牒中，他的地位还列于三清之下，但在普通百姓心目中，他的名气却是最大的。毕竟"玉皇大帝"这个头衔大得吓人，一般草民只知道看名下菜，自然认为他是万神之帝。不仅元始天尊、太上老君成为他的属神，就是佛祖如来也须避让他三分。老百姓若是遭了罪，朝天大喊："老天爷，你开开眼吧！"喊的就是玉帝他老人家。

玉帝居于太微玉清宫，集诸天之帝、仙真之王、圣尊之主等职衔于一身，上掌三十六天，下握七十二地，总管三界（天上、地下、人间）、十方（四方、四维、上下）、四生（胎生、卵生、湿生、化生）、六道（天、人、魔、地狱、畜生、饿鬼）

的一切事务，有制命九天阶级、征召四海五岳之神的权力，所有道教神、仙、圣都要听命于他，威权极大。

"玉皇"之名，首见于陶弘景《真灵位业图》，究其信仰，最初源于上古的天帝崇拜。道教玉帝由于出现较晚，形象比较单薄，资历比较浅，道教为了进一步将其正统化，编写了《高上玉皇本行集经》，详细全面地记述了玉帝的出身和履历：

很久很久以前（大凡神话和童话，都有一个这样的公式化开头），有个国家叫光严妙乐国，国王名叫净德，王后名叫宝月光。夫妻二人年纪一大把了，还没有子嗣。国王担忧社稷无托，便遍祷众真圣，希望上天能赐给他一个儿子。一连半载，从不间断，他的虔诚终于感动了元始天尊。一天晚上，王后梦见天上毫光亿道、瑞彩千条，太上道君坐在五色龙车上，怀里抱着一个身放异彩光焰的婴孩，在众仙真的环拥之下，从天而降。王后立刻明白了太上道君的来意，心中惊喜，慌忙跪于道旁连连磕头，乞求赐此子为未来社稷之主。梦醒之后，王后便觉怀有身孕。足足十二个月后，于正月初九诞下太子。

这太子幼而聪慧，长而慈仁，辅助国王俯含众生、行善救贫，深得民心。净德国王驾崩后，太子随即舍国，遁入普明香岩山修道，历三千二百劫，修得金仙，初号"清静自然觉王如来"；又经亿劫，得万方诸神拥戴，始证玉帝。他妙相庄严、法身无上，综领万圣、主宰宇宙，行天之道、布天之德，堪称天界的楷模、神仙的极品。"玉帝"之"玉"，即表示玉帝之位如白玉雕像那样纯洁清净、永不变色，象征他是永不退位的终身天帝。

别看道教把玉帝的来历编得晕乎玄乎，挺能忽悠人，其实熟悉佛教史的人一看就明白，这压根儿就是释迦牟尼成佛故事的翻版。而且从各种小说来看，玉帝似乎也没有什么大本事，论法力比不上如来佛祖，论法宝比不上太上老君，既没见他降妖除魔，也没见他礼贤下士，那凭什么天宫众仙会尊他为至高无上的玉皇大帝呢？

资历，玉帝最无可比拟的优势就是资历，这是他难以撼动的"从政资本"。

按照佛祖的说法，玉帝出生得比恐龙还早，《西游记》第七回："佛祖听言，呵呵冷笑道：'你那厮乃是个猴子成精，焉敢欺心，要夺玉皇上帝尊位？他自幼修持，苦历过一千七百五十劫。每劫该十二万九千六百年。你算，他该多少年数，方能享受此无极大道？'"由此可以推算，玉帝当出生于中生代的三叠纪，距今约两亿两千六百八十万年。想想，天上还有哪个神仙比他更早？

玉帝虽说至高无上、至尊无比，但在中国民间，老百姓似乎对他不是很敬重，他经常被当成揶揄嘲讽的对象。盖因在基督教的救赎观念中，最终的裁判结果掌握在上帝手中，上帝的羔羊们无论怎么努力，也无法确定自己能否在末日审判中进入天堂。只有在羔羊们无尽头的恐惧中，上帝的威严和神圣才能显现出来。而中国人的转世轮回，起决定作用的不是上天，而是自己前世今生行善或作恶的结果，即便是玉皇大帝也无法参与对人类命运的判决。

更何况玉帝还心胸狭窄，睚眦必报。凤仙郡的郡侯在玉帝巡行三界那天与妻子争吵，一时发怒将供桌推翻在地，泼了供品，让狗吃了，这就让玉帝勃然大怒，三年不给凤仙郡降雨，害得百姓民不聊生。沙僧本是天宫的卷帘大将，忠心耿耿，只因在蟠桃会上不小心打碎了一个琉璃盏，就被玉帝重打八百大板，贬到流沙河忍饥挨饿，每十天还要受百箭穿胸之痛。玉帝的妹妹真心与杨君相爱，在人间结为夫妻，生下一子杨戬（二郎神），可玉帝偏要棒打鸳鸯，把妹妹抓回天庭，压在大山之下，多亏二郎神长大后法力神通，劈桃山救母，才令一家团聚。单单欺软也就罢了，他更怕硬，一个孙猴子、一根金箍棒，就能把他搅得六神无主、心惊肉跳。这一桩桩一件件，又怎会令中国老百姓对他生出敬畏之心呢？

由于玉帝在中国民间的威望不是很高，所以流传有不少关于他的笑话。他如何坐上天界第一把交椅这个源头问题，也被老百姓拿来开涮。据说玉帝的俗家名字姓张名友仁，封神大战结束后，太公姜子牙分封众神，由于私心作怪，他想给自己留下玉皇大帝这个最高的职位。众神分封完毕，唯有玉帝宝座空着，就有神好奇地问道："太公何故留下玉皇不封？"姜子牙捋须笑道："自然'有人'受封。"话音刚落，只听台下一个普通将领磕头道："张友仁谢过丞相。"说完一缕白光，

玉皇大帝

玉皇大帝是中国天界的最高主宰,有制命九天阶级、征召四海五岳之神的权力,所有道教神、仙、圣都要听命于他。道教将玉皇大帝的诞辰定为正月初九,此日称为「玉皇诞」。

张友仁飞升玉帝皇座。把个姜子牙惊得痛心疾首,懊悔不迭。

因为玉皇大帝姓张,按照"为尊者讳"的老传统,人间帝王不能与最大的老大相冲突,所以"张"虽然是大姓,中国历史上却没有一个姓张的做正统皇帝(除了少数几个割据的短命政权)。姓张的只能做名臣做大将,如张良、张居正、张飞、张辽等,或者做神仙,如张天师、张三丰等,但皇帝宝座肯定不能坐!张轨(前凉)、张邦昌(伪楚)、张士诚(伪周)、张献忠(大西)这四个人不识好歹,硬是要过皇帝的干瘾,结果没多久就覆亡了。

道教把玉皇大帝的诞辰定为正月初九。正月为一年之初、四季之首,一切生命因而萌发;九为数字之极尊,代表"极大、极多、极高",所以一年中第一个初九(上九)为玉帝圣诞,与他至高的地位相呼应,此日称为"玉皇诞"。每逢是日,道观总要举行盛大隆重的祝寿道场,行"斋天"大礼,以祈福延寿。而每年的腊月廿五,据传是玉帝下巡人间的日子,届时他亲自视察各方情况,依据众生的品行良莠来赏善罚恶。

三、天界第一夫人——西王母

王母娘娘,又称西王母、瑶池金母、金母元君、九灵大妙龟山金母等,是一位在上古时期就已经名闻天下的女神。其信仰渊源古远,由来已久。据考证,早在母系氏族社会时,她就是青海湖以西一个游牧部落的女头领,后来逐渐被中国神话体系所吸收改造,历经三次演化,终于定型为我们现在所知的样子。

上古时代是西王母神话演化的第一个阶段。这一时期,西王母是一个人面兽身的怪物形象,诸多古籍对此都有记载,显示出浓厚的图腾色彩。《山海经·西次三经》云:西王母居住玉山之山,"其状如人,豹尾虎齿而善啸,蓬发戴胜,是司天之厉及五残"。意思是说西王母的外形大致像人,形态威猛,披头散发,长着一条豹子的尾巴、一口老虎的牙齿,经常用高频率的声音狂嘶猛吼,是上天派来掌管天灾、瘟疫、刑罚的神。她住在玉山（即昆仑山）绝顶的石洞中，有三只长着红色脑袋、黑眼睛，叫作"青鸟"的巨型猛禽，每天替她叼来食物和日用品。由此可见，此时期的西王母是介于人兽、人神之间的凶神。黄帝讨伐蚩尤时，她曾遣九天玄女授黄帝三宫五意阴阳之略、太乙遁甲六壬步斗之术、阴符之机、灵宝五符五胜之文，黄帝遂克蚩尤。

昆仑神话中的西王母虽然神通广大，但凶恶的模样在普通人看来毕竟太过恐怖，不利于西王母在神界地位的提高。所以慢慢地，西王母开始"整容转型"。《归藏》和《淮南子》中，西王母就变成了掌不死之药的吉神。《庄子·大宗师》又将西王母写成得道之人，说："夫道，有情有信，无为无形……西王母得之，坐乎少广，莫知其始，莫知其终。"西汉初奉行黄老无为之术，帝王多求长生以延年。西王母因能制造不死药使人长生不老，又有"其实如桃，食之不劳"的嘉果，而受到方士们推崇，为贪生怕死的帝王们所孜孜以求，因此汉代普遍把西王母当作赐福、赐寿、赐子，化凶消灾的吉神供奉。有些文人为了维护西王母的形象，宣称《山海经》中那个蓬发虎齿的怪物，只是西王母的使者"西方白虎之神"，而非王母真形。综上可见，从春秋战国至汉初，西王母或为凶神，或为吉神，或为人王，或为得道者，形象不一。

魏晋南北朝时期，是西王母神话传说演化的第二阶段。此时，人们把西王母神话传说和周穆王巡昆仑、汉武帝访仙的历史事实联系起来，西王母形象开始逐渐人格化、温和化，变得端庄漂亮起来。

"瑶池阿母倚窗开，黄竹歌声动地哀。八骏日行三万里，穆王何事不重来。"据《穆天子传》记载，周穆王风流潇洒，见多识广，爱江山更爱美人，听说西王母是绝代美女，特地乘坐由造父驾驭的八骏至昆仑山拜访。一见之下，西王母果然丽色天姿、风华绰约，又能歌善舞、姿态优雅，周穆王为之倾倒不已，居然"乐而忘归"。他赠西王母以"白圭玄璧"，两人同游瑶池，相谈甚欢。周穆王还在山上立了块碑，上刻"西王母之山"五字。分别之日，西王母和周穆王深情对唱。西王母唱道："白云在天，山陵自出；道里悠远，山川间之；将子无

西王母是在上古时期就已经名闻天下的女神。在形象形成的过程中,她经历了身份与相貌的三次大嬗变,终于成为神通广大、雍容华贵、谙熟世情、吉祥永寿的美娘娘。

西王母

死，尚能复来。"面对西王母的深情，周穆王回唱道："予归东土，和治诸夏，万民平均，吾顾见汝，比及三年，将复而野。"这里的西王母完全是一位温婉多情、半人半仙的西域女王。

　　光阴似箭，韶华易逝，几百年转眼过去，西王母对周穆王的思念渐渐淡了，凡间另一位君主汉武帝进入了她的视野。对此最为神奇玄幻的描述，莫过于汉晋时辑成的《汉武帝内传》《博物志》等书了。此类书叙西王母见武帝有志学仙，便下凡与之宴饮的逸事，洋洋洒洒、绘声绘色，极尽渲染铺陈之能事，读之令人一咏三叹，禁不住击掌称绝。其以笔酣墨饱的文字，把西王母的威仪、神情、衣着、容貌描写得淋漓尽致。且看：群仙数万伴驾，五十大仙侧立，青鸟使侍，确定了西王母神灵之尊的地位。狮虎麟鹤引导，天马乘舆君临，"神凤紫轮飞行羽盖二十四乘，五色仗幡命灵之节"，其姿态威严已经超过了当朝君主汉武帝。而恋爱中的女人是美丽的，所以汉武帝看到的西王母是"文采鲜明，光仪淑穆……修短得中，天姿掩蔼，容颜绝世"的美艳高贵形象，与人面兽身的形象迥然不同，也与会见穆天子时大相径庭。宴席间，西王母不但亲赐武帝仙桃，还命心腹侍女奏乐廷前，或鼓或钟，或簧或笙，或石或琴，或钧或磬，歌《玄灵》之曲，唱"大象寥廓"之词，"众声澈朗，灵音骇空"。诗文间杂，华丽丰蔚，把一个神仙化的西王母描绘得仪态万方、光彩照人。

　　经历了"美女"与"野兽"这两大演变后，西王母从人兽合一的凶神或图腾，到与穆天子相会的女王与佳人，再附会以女仙与汉武帝的传奇故事，其原始的象征意义已逐步淡化和失落。到了道教兴起，全面吸收西王母加入道教神系，西王母终于彻底脱胎换骨，成为领治群仙、雍容华贵的仙界领袖。道教既然推崇王母，自然要抬高她的出身，于是宣称她是元始天尊与太元圣母所生，将她列为七圣之一，号"太真西王母"。据《列仙全传》载，她生而飞翔，与东王公共理阴阳二气，分掌三界十方之男女仙籍，育养天地，陶钧万类。

　　民间盛行玉皇大帝信仰后，热心的道教更将女仙首领的西王母嫁给了玉帝，西王母又摇身一变，成为"天界第一夫人"，尊称"王母娘娘"。她配位西方，居昆仑之间，有城千里，玉楼十二，琼华之阙，光碧之堂，九层元室，紫翠丹房，左带瑶池，右环翠山。天上天下、三界十方，女子得道登仙者，都归西王母管辖。她"一月三登玉清，再宴昆仑，五校众仙"，有"三千侍女、上官金华玉女七百人"做其侍卫，其中主要有王子登、董双成等。她的神威，使"十方高圣同拥护，九曜仙真共策行"。神格崇高仅次于三清。

至此，王母完成了身份与相貌的三次大嬗变，性格也由兽性转变为人性、神性。每一阶段的变化都合情合理，令人信服，终成雍容华贵、熟谙世情、吉祥永寿、令人艳羡的美娘娘！

王母娘娘"总领仙籍，承统玉清"，与玉帝平起平坐，既不臣属灵霄殿，也不隶属玉清殿，在西昆仑自成体系。她居住在昆仑山上的空中花园——悬圃里，悬圃的"阆风苑"旁就是瑶池。瑶池湖水粼粼，碧绿清澈。仙鸟云集，或翔于湖面，或戏于水中，金风送爽，瑞气蒸腾，一派祥和景象。池畔有一平台，西王母的各种大型宴会都在此举办，特别是每年的三月初三，天界各路神仙齐集瑶池，"开金碧之灵园，奏笙簧之元乐"，大张寿筵为王母庆寿，称之为"蟠桃盛会"。《博物志》称："那蟠桃三千年一开花，三千年一生实"，吃了能长生不老，寿与天齐。

蟠桃大会作为天界一年一度、普天同庆的超级盛典，十分讲究礼仪规矩。不料起自草根的孙猴子偏不服气，一番蛮搅，硬生生将豪门盛宴弄成了自助餐会，让王母颜面扫地。

四、三清

在庄严肃穆的道教三清大殿中，供奉着神态端庄的三位至上尊神，这就是道教的最高神——"三清"。

三清是玉清、上清、太清的总称，乃道家哲学"三一"学说的象征。东汉末年以来，由于佛教传入中土，道徒为与佛教抗衡，便竭力扩充完善道教的神仙谱系，同时比附佛教三世佛，创立了"三清"尊神。

《道德经》曰："道生一，一生二，二生三，三生万物。""道"无所不在、无所不包，是一切的开始。有了"道"，才有宇宙，宇宙生元气，元气化生阴阳二气，从而产生天下万物。三清就是"道"的神格化体现，也可以理解为是"道"的三个化身。

"气"是道教塑造神灵的一大教理依据，据《道教宗源》记载，三清尊神生于天地之先，由混洞太无元之青气，化生出"元始天尊"，居清微天之玉清境，故称玉清；由赤混太无元玄黄之气，化生出"灵宝天尊"，居禹余天之上清境，故称上清；由冥寂玄通元玄白之气，化生出"道德天尊"，即太上老君，居大赤天之太清境，故称太清。三君各为教主，称为三洞尊神，为神王之宗、飞仙之主，统御诸天神。玉皇大帝与中天紫微北极大帝、勾陈上宫南极天皇大帝、承天效法后土皇地祇，并称"四御"，他们共同辅佐"三清"。四位天帝的排名还在三清之下，可见三清在道教的地位实乃最尊、最高。

1. 玉清元始天尊

元始天尊，又称元始天王、上台虚皇道君，是"三清"首席大神，道教神仙中的"NO.1"。"元始"一词本是道家叙述世界本原的哲学用语，后来被道教加以神化，《历代神仙通鉴》称元始天尊为"主持天界之祖"，在太元（宇宙所有劫数开始）之前出生，所以称为"元始"。

元始天尊的地位虽然高，但出现却比太上老君要晚。道教形成初期并无元始天尊，他被捧出的时间约在晋代，最早见于葛洪《枕中书》："昔二仪未分，溟涬鸿蒙，未有成形，天地日月未具，状如鸡子，混沌玄黄，已有盘古真人，天地之精，自号元始天王，游乎其中。"一开场就把这位道教新教主与上古神话中开天辟地的盘古大神拉上了关系，说元始天王其实就是盘古，在混沌玄黄的鸡子之中度过了四劫,又复经四劫,天地始分,相去三万六千里,元始天王独居于天界中心之上的玉京山,以仰吸天气、俯饮地泉为生。

再经三劫,出现了一位天姿绝美的玉女,号曰太元圣母(即前文的圣母元君)。一次,元始游行空中,邂逅太元,喜其贞洁美貌,便招她返玉京山,结成夫妻。不过,元始似乎有性冷淡,对夫妻生活比较漠视,竟然每经一劫才与太元圣母欢爱一次,先后生下了有十三个头的东王公、半兽半人的西王母、玉清真王等子嗣。此后天皇生地皇、地皇又生人皇,太庭氏、庖羲、神农、祝融、五龙氏等都是元始后裔。

又过了数劫,元始天王感到寿数将尽,躯体与元神都面临消亡。于是他化作青气,趁圣母仰头吸取天上灵气之时,杂在精气之中跃入太元圣母体内,借此法转世重生。太元圣母怀了他十二年后,终于从胳肢窝里生出了元始天王再世托生的婴儿。他一生下来就会行走说话,而且无论走到何处,都会有五色祥云簇拥着他。因其前身是盘古、元始天王,所以称为元始天尊。

南朝梁时,陶弘景作《真灵位业图》,将道教神仙分列班次,共分七阶,其中将元始天尊列为道教第一级的中位尊神,其级位已凌驾于太上老君之上。至此,经过道教笔杆子们的苦心经营,元始天尊终于坐上了第一把交椅,攫取了原属于老子的教主地位。道教安排他"居天最高",住在三十六天最上层的"大罗天"中,所居仙府称为"玄都玉清三元宫"。玉清境内,有紫云为阁、碧霞为城,黄金铺地、玉石为阶。众神仙定时上玉清境朝拜元始天尊,天尊禀自然之气,冲虚凝远,常存不灭。每至天地初开,元始天尊便以秘道授诸天仙,所度皆天仙上品,太上老君、太上丈人、天真皇人、五方天帝及诸仙官皆恭聆教诲。

元始天尊门下有十四位得意高足,后来都直接或间接参与了封神大战,极大地影响了中国神话的进程。他们分别是姜子牙、申公豹、广成子、赤精子、玉鼎真人、太乙真人、黄龙真人、文殊广法天尊、普贤真人、慈航道人、灵宝大法师、惧留孙、道行天尊、清虚道德真君。

元始天尊的形象是"顶负神光,身披七十二色",左手虚拈,右手虚捧,象征"天

元始天尊

元始天尊是「三清」首席大神，道教神仙中的「No.1」。《历代神仙通鉴》称元始天尊为「主持天界之祖」，在太元（宇宙所有劫数开始）之前出生，所以称为「元始」。

地未形，混沌未开，万物未生，阴阳未判"时的无极状态。其神诞之日为农历正月初一。

2. 上清灵宝天尊

灵宝天尊，又称灵宝君、玉晨大道君，是道教的第二尊神。他居于三十六天之第二高位"禹余天上清仙境"。

灵宝天尊出现的时间晚于太上老君与元始天尊，《洞真大洞真经》载，灵宝天尊乃玉晨之精气、九庆之紫烟所化，寄胎于洪氏。其母含苞凝元，怀了他三千七百年，才在"西那天郁察山浮罗丹元"之岳生下他。

灵宝长大后，先是无师自学，坐于枯桑之下启悟道真。精思百日后，元始天尊下降，授灵宝《大乘之法十部妙经》。于是灵宝拜元始天尊为师，成为中国第一个"研究生"。学成之后，灵宝搬进三十六天的第二天"上清境"，正式开始辅佐导师开展"度人"工作。他以灵宝之法，经九千九百亿万劫，度人有如尘沙之众，不可胜量。凡遇有缘好学之人请问疑难，灵宝天尊皆不吝教诲。他出入有金童玉女各三十万侍卫，"万神入拜，五德把符，上真侍晨，天皇抱图"，可见气派之大。后世更称誉《灵宝度人经》为"群经之首，万法之宗"。

作为一名"人民教师"，灵宝天尊是优秀的、称职的。然而，他其实只是元始天尊和太上老君的陪衬，三清的位置里本没有他，他在民间的名气也比较小。"封神榜"时期，世间有三大教，元始天尊的阐教、太上老君的人教，以及通天教主的截教。所谓成王败寇，由于截教在商周大战中全面失利，于是就成了邪恶的代表，三大教主之一的通天教主自然不被计入"三清"之列，道教便让灵宝天尊的灵宝派收编了截教的残余势力，陶弘景《真灵位业图》又列他坐第二神阶中位，灵宝天尊这才得以位列三清。

灵宝天尊的形象常是手捧如意，居元始天尊之左侧位。他的神诞日为夏至日。

3. 太清太上老君

宇宙元气之中蕴有精华，精华纯真，称之为"真精"，真精乃老子之本相。其大无边，称之为"太"；其高无极，称之为"上"；其尊无比，称之为"老"；为宇宙之首，所以称之为"君"——太上老君。

太上老君，又称道德天尊、混元老君，列"三清尊神"第三位，是道教初期崇奉的至高神。《云笈七签》云："老子者，老君也，此即道之身也。元气之祖宗，天地之根本也……乃元气道真，造化自然者也。"

太上老君的前身即老子，春秋时著名的思想家、哲学家，道家学派创始人。据《史记》载，老子姓李名耳，字聃，曾任周代守藏史（"国家图书馆馆长"），因见周德日衰，遂辞职西去。在西出函谷关时，守关的官员尹喜请老聃写部书，给后人留下点精神财富。于是老子一挥而就，著《道》《德》上下篇五千言传世。此书博大精深，是中国哲学本体论的第一部名著。

东汉末年，天师张道陵创立五斗米道，自称得老子亲传《道德经》真言，遂以《老子五千文》为道教经典，尊奉老子为道教教祖。这是一种极其高明的做法，因为张道陵本身的名气不足以与释迦抗衡，唯有抬出一位古代圣贤作为教门祖师，方能抬高道教身价。老子既是道家学说创始人，学问修养又连孔子都佩服，自然有资格与佛祖分庭抗礼。

而他的高寿，他的不知所踪、半云半雾，"神龙见首不见尾"，也都是进行神化的极好材料。张道陵所作《老子想尔注》和东汉王阜所作《老子圣母碑》都将老子演化为太上老君，并与"道"相等同。至此太上老君正式成为老子的神格化体现。

老子由人而神，升级为太上老君后，道经中关于他的神话事迹比比皆是，神乎其神。单就他的出生，就堪称轰轰烈烈，"神"气十足。尤以《老子内传》《仙鉴》记载最为详细：

在遥远的不可想象的年代，老子从宇宙中分神化气，寄胎到玄妙玉女腹中。玉女得胎后，她所居住的地方，六气和平、众恶不侵，冬无凝寒、夏无酷暑，常有祥光覆映左右，五行之兽守卫堂前。这样过了八十一年。一天，玉女梦见天开数丈，一群真人捧日而出，旁边玄云缭绕。醒来后，正值旭日初升，玉女站在李树上，只见日精渐渐变小，驾九龙从天空坠下，化作流星，如五色彩珠飞到口边，玉女忙捧住吞到口中，忽然从左肋下诞生一小儿。这孩子一生下来就走了九步，步落之处，莲花绽起。他左手指天，右手指地，说道："天上地下，唯我独尊，我当开扬无上道法，普度一切动植众生。"玉女将他扶坐到李树下，他又指着树说："这树名就是我的姓。"因待在娘胎里的时间太长，小儿一生下来就是满头白发，故名唤"老子"。

老子生下九天，身体便有了九次变化，广额宽鼻、方口厚唇，额上刻三五纹理，耳朵有三个耳洞；到了六岁时，耳大齐肩，于是取名叫重耳，又号老聃。

他长大后，顶有日光，面凝金色，身长一丈二尺；平时身穿五色云衣，顶戴重叠之冠，手持锋铤之剑，足纹八卦，居于金楼玉堂。出行时雷声隆隆、电光闪闪，青龙、白虎、朱雀、玄武四大神兽环列四周，俨然为最高神。

陶弘景《真灵位业图》将老君列为第四中位，以其为太清道主，下临万民，主宰象征天地形成、万物化生的"太初期"。他住的地方也不俗，乃三十六天之第三十四天，称为"太清境太极宫"。

至唐代，出于政治宣传的需要，李唐皇朝尊老子为族祖，追加尊号"太上玄元天皇大帝"，并建太清宫专奉老子，遂使道教直接与皇权相结合，一度成为国教，得到空前发展。太上老君之名益显，威灵更盛。他的"道"，是道教的信仰核心与基础，而进一步发扬为得道成仙、长生不老、列位仙班，是道教信徒追求的最高境界。信徒们都相信太上老君是"无上大道"的化身，是永世长存、常分身救世的至尊天神。

太上老君性情恬淡无欲，主张无为而治。在神仙世界，他既是众多神仙顶礼膜拜的教祖，又是逍遥自在、具无上法力的天仙。在红尘俗世，老子更是成了那些备受利益挤轧、疲于奔命以及厌倦名利的人竭力追求的偶像，成了许多中国人参悟人生的一份精神映照。

其度世之法，有九丹、八石、玉醴、金液等，尤以炼丹术最为高明。他炼的九转金丹，培自八卦炉，有起死回生之神效。由于太上老君熔金销银之术高明，因此金银业也奉太上老君为本行业的保护神。他的神诞日为农历二月十五日。

在三清殿中，太上老君常手持阴阳扇，供奉于元始天尊之右侧位。他双耳垂肩、长髯飘洒，那深邃的目光和额上的皱纹，仿佛正向人们讲述着玄妙的"道"理以及长生的秘诀哩！

第八章 万千星辉耀天河

"夫星宿者,体生于地,精成于天,列居分野,各有所属。在朝象官,在野象物,在人象事。"变幻莫测的星空,神秘幽远的星体运行,激发了先民无限的情思和幻想。他们崇拜星宿,认为星宿是山岳蒸腾的精华之气凝集而成,天上的每一颗星辰都是神,分别掌管着宇宙万物的运行变化,以及人世间一切休咎祸福。古代星象家又依据"伏羲仰观天文以画八卦,故日月星辰之行度运数……八卦无不统之"的原理,综合运用阴阳、五行、易经等学说,进一步解释了周天星辰的形成、运行与变化。星空被划分为三垣(紫微垣、太微垣、天市垣)、二十八宿(东方青龙、南方朱雀、西方白虎、北方玄武,各七宿)共计三十一个星区,并以北极为天中(太一),统领天体诸星,从而构成了一个层次分明的星宿神系,一个职司广泛的庞大星神团。

一、天宫外交家——太白金星

太白金星,在传统的星占中属西方,而西方在五行中为金,故名。中国古代又称之为启明星、长庚星、白帝子。

金星有别于其他星辰的一大特点是：它有时是晨星，破晓前出现在东方天空，这时为"启明"；而有时又是昏星，黄昏后出现在西方天幕，此际为"长庚"。它是太阳系中最接近地球的行星，犹如一颗耀眼的钻石，是人们在漫天星辰里肉眼能观察到的最明亮的星星，日出前或日落后，在地平高度48度范围内就可以欣赏这颗美丽的星辰。

金星因为出色的光芒，有史以来就一直是美的代表，不仅古中国人敬畏推崇它，欧洲、南美各国人民也对它有不同程度的感情寄托。在希腊与罗马神话中，金星即维纳斯（Venus）女神，是爱与美的化身。巴比伦人则叫它"天之爱姬""光之使者""牧者之星"。

太白（金星）与岁星（木星）、辰星（水星）、荧惑星（火星）、镇星（土星）合称"五星七曜星君"。在占卜术中，五星各有卦意。金星主杀伐，喻兵戎，当金星和天狼星不期而遇时，占卜师们往往会大惊失色，认为天下将烽烟四起，苍生浩劫。而在道教中，太白金星是地位仅次于元始天尊、太上老君和玉皇大帝的"第四把手"。他在民间知名度颇高，影响也很大，现今人们普遍认为他是一位白发苍苍、慈祥和蔼、忠厚善良的老人，但据《七曜禳灾法》描述，其最初形象是穿着黄色裙子、戴着鸡冠、演奏琵琶的美丽女神，明朝时候，才演变为童颜鹤发的年迈老者，身背一角天书，手持一柄光净柔软的拂尘，神格清高，是辅佐玉皇大帝的军机重臣，并时常奉玉皇大帝之命监察人间善恶，被称为西方巡使。

在整个天庭的官僚体系中，李姓干部占据了重要位置：文官一把手太白金星姓李，武将一把手托塔天王姓李，太上老君也姓李，还有铁拐李……在这么多李姓官员里，太白金星李长庚能够脱颖而出，绝非偶然。他能够做到一人之下万人之上，完全得益于他善良的本性、宽广的胸怀，以及圆熟的处世手腕。这几点，在对孙悟空的态度上得到了完整的体现。

《西游记》里能赢得孙悟空敬重的人少之又少。对于大权在握的玉帝，他鄙夷地呼之为"玉帝老儿"；对于太上老君，他毫不客气地偷吃金丹、打翻丹炉；

对于如来，也只是畏而非敬，去西天路上还嘲笑如来是"妖怪的外甥"；其他各路神仙更是被他呼来唤去，不拿正眼瞧。只有观音菩萨和太白金星让悟空敬重有加，悟空对观音的敬重源于她的帮助和指引，而对太白金星的敬重，则在很大程度上是由于太白金星高超的交际艺术和朴实的人格魅力。

孙悟空搅地府、闹龙宫，玉皇大帝第一次要发兵征讨，是太白金星替悟空说情，官封弼马温；猴子嫌官小，反出天宫后，又是金星出面，招安悟空做了齐天大圣，管理蟠桃园。他对孙悟空的心理拿捏得非常准确，出色地担当起调停人的角色，而不是狐假虎威的钦差大臣。尽管身居高位，但他能上能下，对猴子的无礼绝不放在心上，他在玉帝面前奉承玉帝，又在悟空面前夸赞悟空，表面上看似是"欺骗"，实际上是一种极有技巧的外交手段。在他的成功调停下，玉帝和悟空化干戈为玉帛，得了个"双赢"的局面。这个和善的老头儿对维持天庭的和谐，做出了巨大的贡献。

后来，在唐僧师徒西天取经的路上，太白金星又多次暗中相助：双叉岭救唐僧、力战黄风怪、扫荡狮驼洞，还在无底洞充当和事佬，为猪八戒"性骚扰"一案开脱，令取经团每个成员都深深地为他的高尚神格所折服！在民间，更传说诗仙李白正是太白金星转世，因此取名李白，字太白。

二、众星之母——斗姆

斗姆是道教尊奉的一位与众不同的女仙，在汉字语意里，"斗"在地为量器，在天为星斗，泛指"北斗"；"姆"即母亲。斗姆就是北斗众星的母亲。《正统道藏》中载："生诸天众目之明，为北斗星之母。斗为之魄，水为之精，主生。"所以她的地位十分高贵，道教宫观中，多在星宿殿中主供斗姆元君，配祀六十甲子太岁星君。

对斗姆的崇拜起源于古人对星宿信仰的延伸。宋代时，道教为了抬高重要星神的地位，造出了斗姆这一众星之母来统摄星宿体系。《北斗本生真经》和《云笈七签》都记载了斗姆的来历：

在遥远的古代，有个小国，国王叫周御王，他有一位漂亮而贤惠的妃子叫紫光夫人，深受宠爱。紫光夫人一心希望生下几个杰出的棒小子来辅佐社稷。某年春天，阳光明媚，百花竞放，紫光夫人来到御花园游玩，看到园中金莲花池的泉水清澈温润，热气升腾，氤氲喜人，遂入泉洗浴。洗着洗着，忽然间心有所动，池中放微妙光明，竟然出现了九个莲花骨朵。一会儿，这些骨朵上的花苞逐一开放，从里面生出九个胖小子来，个个天真活泼，可爱极了。他们长大后，老大勾陈星成了天皇大帝（四御之一），老二北极星成了紫微大帝（也是四御之一），其余七兄弟分别成了贪狼、巨门、禄存、文曲、廉贞、武曲和破军七星，合起来即"北斗七星"。

紫光夫人身为二位大帝和北斗七星之母，自然不同凡响，一下子被封为"北斗九真圣德天后"，又称"大圆满月光王"，全称"九灵太妙白玉龟台夜光金精祖母元君"。作为九皇之母，她以道母之尊号令九皇，凡九皇所掌神职，一概可以向她祈祷，比起逐一求祷九皇，更为集中有效。因此，她逐渐得到了人们的虔诚信仰。

斗姆的形象极为奇特：额上长有三目，肩上共有四头。上身左右各长出四臂，共有八臂；正中两手合掌作结印，其余六臂分别拿着日、月、宝铃、番天印、弓、金戟等法器。这种造型在道教艺术中是非常罕见的，但在密教里却很常见，所以也有一种说法，认为斗姆的原型来自佛教护法神摩利支天。摩利支天也是一位与星辰有关的女性神。

道教造出斗姆这位显神，又赋予她许多神通不凡的本领。不管你多么贫穷下贱、多么背运倒霉，只要诚心礼拜斗姆，称念她的名号，就会消灾灭祸，延生得寿。

既然礼敬斗姆功德无量，民间自然会有一些信奉斗姆而获庇佑的传说。清初笔记《坚瓠集》记载：康熙年间，有一城里民居发生火灾，蔓延到了张君安开的铺面房，危难中，张君安"合掌称斗姆宝号不辍，火光照耀人间，人见张君安屋上，有老人策杖巡行，火焰随灭"。原来"君安奉斗斋多年，极其诚敬，故斗姆垂救，及门而止。奉斗之力，昭然可信"。清代屈大均《广大新语》也载有明末总督熊文灿宣扬斗姆帮助其剿灭海寇之事。

这些斗姆灭火、助战之类的传闻轶说，证明了斗姆信仰在民间的影响力。不过纵深而言，她的影响力还是不如她的儿子们——文曲星、北斗七星等来得大。

三、北斗七星君

北斗七星，包括天枢、天璇、天玑、天权、玉衡、开阳、摇光这七颗大熊座星辰，以其在北方，聚成斗形，故名北斗。其中前四星为斗身，后三星为斗柄。北斗七星君，就是这一复合式星群的神祇统称。

中国是世界上天文学发展最早的国家，古人经过长期观察星空，发现北斗七星的三个特点：

其一，北斗七星中的天枢和天璇二星的连线永远指向北极星。古人把天想象成一个巨大的圆形屋顶，所有的星辰都在上面巡游。而北极星居天之中心，是永恒不动的，天帝的紫微宫就在这里，与人间的紫禁城遥相呼应。紫微宫的左右两列，分别是紫微左垣和紫微右垣，垣是城墙的意思。皇宫城墙外面有一驾御车整装待发，这就是北斗七星，天帝常驾其巡视四方。二十八宿也以北斗为中心。因此，北斗七星是夜间指示方向的极好标志。

其二，北斗七星的斗柄在一年不同的季节里，指示不同的方向。自古流传的节令歌诀曰："斗柄指东天下春，斗柄指南天下夏，斗柄指西天下秋，斗柄指北天下冬。"它不但可以指示季节，还可以按其运转规律将一年分为二十四节气，划分出十二时辰，定十二月，对于制定历法大有帮助。

其三，借助北斗七星在夜间可以区分时刻。由于地球自转的原因，北斗每天都要旋转一周，夜间就能够利用斗柄离开初始位置的角度，来推算当时的时刻。

北斗七星君

道教神话中，北斗七星为斗姆所生。分别为贪狼、巨门、禄存、文曲、廉贞、武曲、破军，合称『七元解厄星君』。这是道教吸收民间的星宿信仰，将北斗星进一步神格化、社会化的结果。

以上特点，相关古籍中都有完整的记载。北斗似乎控制着四方，隐然领袖群星。因此，北斗信仰在星辰崇拜中占有突出的地位。

道教神话中，称七星乃斗姆所生，一曰贪狼、二曰巨门、三曰禄存、四曰文曲、五曰廉贞、六曰武曲、七曰破军，合称"七元解厄星君"。这是道教吸收民间的星宿信仰，将北斗星进一步神格化、社会化的结果。七星君的神职专掌人间寿夭祸福。《老子中经》中称北斗君"持人命籍"。可见世间亿万生灵，都要由北斗星君决定其为男为女，寿长寿短。

拜北斗求长命的风气流传甚广，历史上许多名人都对北斗崇敬有加。《三国演义》第一百三回"五丈原诸葛禳星"中，即有诸葛亮在帐内祈禳北斗，踏罡步斗，企望增寿一纪的描写。《吴书·周瑜传》也写到周瑜命道士礼拜北斗，为己延寿的真实历史。

北斗七星君是玉帝的得力辅臣，协助玉帝处理春、秋、冬、夏、天文、地理、人道七大政事，自然界天地的运转、四时的变化、五行的分布，以及人间世事的否泰都由北斗七星君决定，所以民间又敬称他们为"七瑞星"。他们受命巡游四方，访查天下人的功劳过失，并以此决定其人的寿数际遇，对于凡人来说是拥有莫大权力的星神。相传在北斗星君出游之日置香案焚香祷告，祈祷之事万求万灵。因此自古以来供奉北斗七星君的香火就长盛不衰，秦始皇更是建立了北斗祠，把祭祀北斗列入国家祭典。

隋唐以来，随着佛教地藏和民间东岳大帝、酆都、阎罗信仰的广为流行，北斗总领世间人籍的职能削弱了。于是，有了本命星君之说。《北斗星君赐福真经》认为人的魂魄与归宿均在"斗府"，"斗"即是人的本命元辰，每个人的性命五体因出生干支的不同，而分属北斗七位星君管辖，某人属相归属于七星中的哪颗星，那么，哪颗星就是他的"本命星君"。若于本命日向本命星君稽首祈福，受其护佑，就能保全天命、延生注福。其中，肖鼠之人属贪狼星君；肖牛肖猪之人属巨门星君；肖虎肖狗之人属禄存星君；肖兔肖鸡之人属文曲星君；肖龙肖猴之人属廉贞星君；肖蛇肖羊之人属武曲星君；肖马之人属破军星君。

七星虽是一母所生，性格脾气却截然不同：

贪狼星生来任性妄为，古书称之为"杀星""桃花星"。"杀"代表杀气很重，个性冲动；"桃花"代表人缘。七星中贪狼星最为多才多艺，个性也最多变，善恶常在一念之间，一直被诸神视为异类。

巨门星古来称为"暗星"，在阴性星群里地位很特别，他心思细密，个性耿直，常直言不讳，好走极端，爱认死理、一意孤行是家常便饭。

禄存星掌爵禄，品性淳厚，待人热情，虚怀若谷，但凡事大包大揽，常做出些过犹不及的事情来。

文曲星天资聪敏，好文不好武，世间书卷，过目能诵，出口之言，字句珠玑，诗词歌赋、琴棋书画无不精通，俊雅磊落、口才便捷是他的特点。

廉贞星性情暴烈，心胸狭隘，好忿好争，得理不饶人。古书称之为"囚星"。"囚"字代表心高气傲，不肯低头，常常划地自限，逞强争胜，锋芒太露。

武曲星重视秩序，勇于任事，不畏挫折，举止沉稳威严。他好武不好文，是七子中武功最好的一个，使一杆紫纹龙音枪。世人知武曲星使枪，个个都学枪法，把枪称为兵器之王！直到唐代出了大剑客虬髯客，才破了枪乃百兵之王的说法。

破军星心性狡黠，倔强固执，待人欠缺圆通，权力欲望太大，以狠毒、冷血闻名仙界。他又被世人称为灾星，原因就在于他善施各类瘟法，从金、木、水、火、土五行中，创新出极具破坏力的奇门遁甲之术，有改变局势于顷刻的能力。

七星不同的个性，决定了后来的一场祸事，就是被称为"七星乱世"的天劫。北斗七兄弟大闹灵霄宝殿，连当时有十成功力的玉帝也压制不住他们，最后还是由七子的兄长天皇大帝与紫微大帝出面讲和，元始天尊做中间人，才把一场天界大乱平定下来。七兄弟在那场大乱中得罪神仙太多，自知各自性格奇特，不易合群，再留职天宫恐再生事端，一番商议后，一齐退出仙班，归隐而去。他们留下天枢、天璇、天玑、天权、玉衡、开阳、摇光等七个弟子，继任北斗星君，但此七子所学不到他们二成，北斗诸星名气渐弱，后与其余各斗合并听命于五斗星君麾下。

四、南斗六星君

南斗，即二十八宿中的斗宿，也就是北方玄武七宿的第一宿，由南方的六颗星星组成，形状如斗，因位置与北斗相对，故名南斗。秦时宇内一统，秦始皇敕令建立国家级别的南斗祠，南斗信仰由此开始流行。

古人相信星辰具有决定人类命运的超自然力，《星经》云："南斗六星，主天子寿命，也主宰相爵禄之位。"势位富贵是凡人热切祈求的，所以南斗与北斗一样具有重要的地位。后来民间又流行"南斗注生，北斗注死"的说法，道教吸收后将南斗六星进一步神格化，成为司命主寿的六位星君。《上清经》云：南斗六星，第一天府宫，司命星君；第二天相宫，司禄星君；第三天梁宫，延寿星君；第四天同宫，益算星君；第五天枢宫，度厄星君；第六天机宫，上生星君——总称"延寿六司星君"。这六宫都设在南极长生大帝的封地之中，隶属长生大帝管辖。从他们各自的称谓中，就能看出六星各自的职掌所在。

南斗六星君司职人类寿命，可使短命者寿命延长，据说彭祖就曾向他们求寿，活到八百多岁。关于南斗延寿有一个很著名的故事，载于晋代干宝的《搜神记》：

三国时魏国有位精通天象卜巫的术士叫管辂，最会相面，无不灵验。一天，他相看了一个叫颜超的年轻人的面相，认为他未及成年就会夭亡。颜超的父亲听后，十分着急，赶紧向管辂讨求解救的办法。管辂告诉颜超说："你回家后，赶快准备一大坛好酒和一大盘鹿肉干，于卯日那天，到麦地南头的大桑树下，会看到有两个人在那里下围棋。你不要言声儿，上前只管斟酒、摆鹿肉干，杯中酒尽，立即再给他们斟上，一直服侍到他们酒干肉尽为止。他们要是问你话，千万不要回答，只管叩头作揖，就有救了。"

颜超依言而往，准时来到桑树下，果见有两人南北而坐，全神贯注地下着围棋。颜超上前置脯斟酒，殷勤服侍。那两人只顾着下棋，顺手喝酒吃肉，丝毫也没留意有人在旁。几巡过后，不知不觉酒肉已尽，北坐穿白袍的弈者伸手不见有酒，猛地抬头，发现了颜超，叱问道："你在此干什么？"颜超连忙跪下，不断地磕头，就是不答话。南坐穿红袍者掐指一算，原来如此，便说："我们适才吃了他的酒肉，怎么着也得帮个忙了。唉，真是吃人的嘴软，拿人的理短！"北坐者为难地说："可是文书已经注定了。"南坐者说："请借文书一观。"一看，颜超阳寿只有十九岁，便取笔一改，将"十九"改为"九十"，对颜超说："我救你活到九十岁。"

颜超大喜，拜辞而归。管辂对他说："南边红袍者是南斗星君，北边白袍者是北斗星君。南斗掌生，北斗管死。人凡受胎，都要先在南斗那里登记，然后再到北斗那里报到。那文书正是生死文书。"颜超听了感叹不已，后果然高寿到九十岁方无疾而终。

道教在隋唐时又创造了五斗星君，除南、北二斗外，又加上了东、西、中三斗。道书《度人经》称："北斗落死，南斗主生，东斗主冥，西斗记名，中斗大魁，总监众灵。"除了南、北斗之外，其他三斗纯是为了说明道教五方五行的理论才拼凑出来的，全无根据。从中亦可看出南、北斗信仰才是最正宗、最源远流长的星宿信仰。

五、笔下自有千钟粟——文曲星、禄星

文曲星，位列北斗第四星，乃紫微垣星官，又名文昌星、文昌帝君。其在封建时代主科举文章、功名利禄，故又称为禄星。文曲代表口才、术数，文昌代表文运、文章，若昌曲齐会，则其人必定文韬过人，天下奇才。属于文曲星降世的，多为辅国良相，旧小说里就常称一些著名才子是"文曲星下凡"。

文昌帝君是文曲星神格化的具体崇拜对象。他原是天上六星之总称，《晋书·天文志》云："文昌六星，在北斗魁前，天之六府也，主集计天道。"六星各有星名，称上将、次将、贵相、司命、司中、司禄，古代星相家认为这六颗星是吉星、福星、贵星，掌有建威武、正左右、理文绪、定老幼、主灾咎、行功爵等神职。其中，

以司命、司中、司禄信仰最显，尤以司命影响最大，可见当时文昌神主功名取士的职能并不十分显著，人们更多关心的是自己的年寿灾咎。不过，随着封建科举制度的完善，文昌神主宰功名利禄的功用日显，"职司爵禄科举之本"，成为文人求取禄赏仕进而虔信礼拜的尊神。

文曲星与禄星合二为一，始于宋元之际。禄，即官吏的俸禄，高官厚禄是士人们一心向往的。科举制度的兴起，让平民百姓有机会靠读书做官改变自己的命运，无数读书人耗费一生光阴来背诵圣贤的经典文章，为的就是圆蟾宫折桂的美梦。宋代时科举已成为文人入仕最为重要的途径，求取功名的学子们为了在激烈的竞争中脱颖而出，莫不是自身努力读书之外，又祈求神明的帮助。只不过读书既然是为了当官，何必再浪费精力逐一叩头拜神，索性将文昌神和禄星糅合到一块儿，文运爵禄一起求，烧香许愿都省事儿。

禄星的原型，本是梓潼神张亚子。张亚子是蜀人张育与亚子两位人物合并而成的神灵。东晋宁康二年（374），张育自称蜀王，起兵抗击前秦苻坚，英勇战死。蜀人在梓潼郡七曲山建张育祠，尊奉他为雷泽龙神以资纪念。而张亚子又名张垩子，于周初降生于黄帝族裔，历代显化，至晋时化为张垩子。《太平寰宇记》记有他显灵的神异故事：张亚子曾经在长安见到姚苌，说："劫后九年，君当入蜀，若至梓潼七曲山，幸当见寻。"姚苌在前秦建元二年（344）果然来到梓潼七曲山，见到一神人。神人说："君早还秦，秦无主，其在君乎？"姚苌请问那神人的姓名，神人说他叫张亚子，说罢就不见了。姚苌回到秦地后果然称帝，于是就在秦地立庙来祭祀张亚子。

唐"安史之乱"时，唐玄宗入蜀，夜宿七曲山，梦见张亚子显灵，谓玄宗不久将退位为太上皇。唐玄宗遂举行隆重祭祀，追封张亚子为左丞相。唐末，僖宗避乱奔蜀，加封张亚子为"济顺王"，并亲解佩剑赠给亚子。由于唐朝帝王的推崇，张亚子的影响迅速扩大，逐渐由地方神演变为全国性的大神。张育祠后与梓潼神亚子祠合并，张育随即传成张亚子。

宋朝，张亚子神信仰传衍益广，庙宇遍布各地，宋皇复加封其为"英显王"，禄星的原型，本是梓潼神张亚子。宋代张亚子神信仰流传，张亚子被加封为「英显王」。各种传说使其成为主宰「千钟粟」的禄神。到了元代，禄神与文昌神正式合为一神，同时掌管天上的文昌府和人间的禄籍。

其显灵之事也越传越神。陆游《老学庵笔记》载："李知几少时，祈梦于梓潼神。是夕，梦至成都天宁观，有道士指织女支机石曰：'以是为名字，则及第矣！'李遂改名石，字知几，是举过省。"后来果然省试及第。吴自牧《梦粱录》亦云："梓潼帝君庙，在吴山承天观，此蜀中神，专掌禄籍，凡四方士子求名赴选者悉祷之。"又传说梓潼神独具慧眼，能在万千人中分辨出哪一个将来会做宰相，而他暗示的方式就是以风雨相送。大文豪王安石在幼年时曾陪父亲远游，途经梓潼庙，突然风雨大作，父子二人赶忙进庙躲避。但这风雨却让庙中一位书生非常兴奋，原来他是专程来此祭拜梓潼神的，求功名的读书人如果赶上梓潼神"风雨送贵人"，那就表明此番赴考必定金榜题名，甚至可以官至宰相。这位书生因为这场风雨高兴坏了，自负轻狂地认为自己必定高中，结果却名落孙山。失意的书生再次来到梓潼庙，向当地人抱怨说梓潼神根本就不灵验。直到若干年后，王安石高中状元，后来又一直升到宰相，梓潼人才恍然大悟，"风雨送贵人"的说法果然灵验，只不过这贵人不是那位倒霉的书生，而是当时才七八岁的小王安石。

这些传说，使得梓潼神名正言顺地成为主宰"千钟粟"的禄神。禄神在民间很受欢迎，民间常有"加官晋禄""福禄寿齐""官上加官""马上封侯"等题材的年画、风情画和吉祥图案等。这一类画还常常使用谐音的方法，以某种实物来代替字义，如以"鹿"代替"禄"，身穿官袍的禄神骑着鹿，或是一官人模样的人以手抚鹿，无不突出着"进禄"及官运通达的主题。

元仁宗时，封禄神张亚子为文昌帝君，司文事，主大比制科，禄神与文昌神正式合为一神，同时掌管天上的文昌府和人间的禄籍。一位是在人间屡屡应验的功名科举神，一位是天上主管提拔人才的星官，二者强强联手，相得益彰。司文，则贵贱命运所系，文武医卜、士农工贾，凡一民一物之枯荣贵贱，皆隶文昌帝君之造化；掌禄，则主宰凡人之食禄、财禄、寿禄、官禄、俸禄，是决定人们在世间能享受多少利禄的主神。于是，文人们向这一幸运之星祈求应试顺利、升官发财的香火数百年来旺旺旺，从未有断。每逢文昌帝君诞辰，童生、秀才、廪生、贡生、举人以及私塾老师都要准备全牛及供品，至文昌庙行"三献礼"祭祀之。

关于文昌帝君的灵验，《宋稗类钞·科名》里还记载了这样一个故事：两个穷举子赴京应试，夜里宿在文昌庙内，午夜时忽然惊醒，听到文昌帝君正为来春的状元拟一篇殿试卷，并决定招来未来状元的魂魄以传授试卷。这两个举子把文昌神的答卷都记了下来，心想必中状元无疑。谁知临考之时，题目虽然和神灵所拟的一样，但答案两个举子却忽然一句也不记得了，只好交白卷而出。后来看到新科状元的卷子竟和文昌帝君所作一模一样，这才悟到禄命是上天注定的，自己命里没有，强求也没用。遂就此罢笔绝试！

文昌帝君虽然是道教的神，但又带有浓厚的儒家色彩。按照儒家"君子坦荡荡"的原则，他的身旁常有一聋一哑两位贴身亲信相伴，即俗称的"天聋""地哑"。因为文昌帝君掌管文人仕途穷达，特意安排聋、哑二仆相随，"使其知者不能言，言者不能知，天机弗泄也"。这也反映了士子们对考官的极度不信任和对考场黑暗的愤懑不平。

六、寿星

道教是一个以追求长生不老为目标的宗教，因而在其神谱中，有一位能够令人健康长寿、命数绵久的神仙特别受欢迎，这就是寿星。

寿星，又称老人星、南极仙翁、南极真君，是天空中亮度仅次于天狼星的恒星，也是南极星座最亮的星。由于寿星在夜空中能持续不断地发光，象征人寿久长，因此备受人们的追捧。

南极老人最初是掌国运兴衰的神仙，后来才逐渐演变为司人长寿的神祇。《史记·封禅书》唐司马贞索隐："寿星，盖南极老人星也，见则天下理安，故祠之以祈福寿。"《天官书》认为，老人星出现，天下安；老人星不见，兵祸起。《史记正义》对此解释说："老人一星，在弧南（天狼星东南），一曰南极，为人主占寿命延长之应……见，国长命，故谓之寿昌，天下安宁；不见，人主忧也。"因此古人对寿星极为关注，常常在秋分时节到城南郊外观测南极星，以卜吉凶。

对寿星的崇拜自古以来就极为普遍，秦汉时，即立寿星祠祭奉，将寿星视为主人间寿夭之神，列入国家祭典。东汉以后，还将祭祀老人星与敬老活动结合起来。据《汉书·天文志》记载，每年仲秋之月，国家都会对迈入七十岁的老人"授之以玉杖，铺之糜粥。八十、九十，礼有加赐"。借此祝老人饮食不乏，身体安泰。可见，尊老敬老自古就是中华民族的传统美德，后世为老人祝寿，以南极仙翁作为长寿吉祥的象征，正是这种民俗的延续和继承。唐开元二十四年（736），唐皇又诏示所司特置"寿星坛"，祭祀老人星。

不但国家礼敬，寿星在民间也备受尊崇，在弹词《白蛇传》以及后来的《三仙宝传》里，南极仙翁均作为好心肠的慈祥老头儿出现。《盗仙草》一段，白蛇饮雄黄酒现形将许仙吓死，她潜入昆仑山盗取仙草，途中与鹤、鹿二童斗法，不敌，南极仙翁怜惜白蛇对爱情的坚贞，赠以灵芝将许仙救活。而在明代冯梦龙的《警世通言·福禄寿三星度世》中，也专门讲述了南极星翁的故事。元明杂剧中，亦有《南极登仙》《群仙祝寿》《长生会》等讲述寿星的著作，可见寿星已深深植入了中国传统文化之中。

明洪武三年（1370），乞丐皇帝朱元璋认为"命在己不在天"，曾经下令罢黜寿星祀。然而，寿星信仰已深入民间，广大民众对之笃信不疑，道教中的奉祀也依旧不废，《真灵位业图》把南极仙翁排在"太极左位"，称"南极老人丹陵上真"，还将其与赐福天官、文昌帝君并列为"福禄寿"三星。"人间福禄寿，天上三吉星。"这三颗亮星高悬照耀，象征幸福、富贵与健康长寿，最是讨巧讨喜。

寿星的形象是在明末定型的，此前的寿星一般是"如意莲花冠、鹤氅、牌子、玎珰、白发、白髯、执圭"，而现今普遍供奉的寿星公相貌，神味已极淡薄，但人味儿却很浓：他身量不高，大耳白眉，披着过腰的飘逸银发，袭一领广袂仙衣，左手拄着龙头拐杖，右手捧着瑶池仙桃，笑容可掬地望着世间的善男信女，好一副慈祥和蔼、雍容富态的气派。特别是他的额头，硕大的脑门光秃秃地向前突出着，酷似仙桃，异常醒目。寿星的身畔通常还点缀有松、鹤、龟、灵芝、葫芦、梅花

[寿星]

寿星是天空中亮度仅次于天狼星的恒星，因为其在夜空中不断发光，故古人以之象征人寿久长。作为神的寿星形象定型于明末，他脑门突出，慈祥和蔼，雍容富态，身边常点缀着松、鹤、龟、灵芝等吉物，更增添了吉祥的意味，突出了长寿主题。

鹿等吉物，更增添了吉祥的意味，突出了长寿的主题。

寿星这一最终定型的形象，系各种元素糅合而成。白发，因耄耋长寿联想而来；长拐杖，出于东汉时的敬老仪式，七十以上老人都赐以九尺长鸠头玉杖。至于他的特大号脑门，据《通俗编》记载还有一则传说：寿星母亲怀上寿星已经九年，尚不能分娩。母亲不知天降异人，至少都要怀胎十年方能出世。她焦急地问肚子中的孩子："儿啊，你为什么还不出来呢？"寿星在娘胎中说："如果家门口的石狮双眼出血，我就可以出生了。"这话被隔壁的屠夫听到了，就用猪血涂在石狮双眼中，母亲告诉了肚中的儿子，寿星急忙从母亲的腋下钻了出来。因为未足年份，发育不全，他的头就变得长而隆起了。

凡间以年过半百入寿龄，五十岁起的生日正式称为"祝寿"。到时虽无各路神仙前来祝贺，但大厅正中却少不了悬挂一张为西王母献桃祝寿的《寿星图》，以此祝老人家福如东海，寿比南山，既亲切又包含着浓浓的敬意。

此外，也有一说法认为寿星是仙人彭祖，这在《神仙传》或《列仙传》中都有记载。彭祖，姓钱名铿，系上古五帝之一颛顼的玄孙，轩辕黄帝的第八代传人。因"制羹献尧"而受封于大彭，因此号为"彭祖"。他经历了尧舜、夏商诸朝，到商末纣王时，已七百六十七岁，儿孙都死过五十四个，依然不见衰老。相传他活到八百岁，然后不知所踪，是中国正统史书中记载的寿命最长的人。

彭祖生性恬淡，不关心世俗名利，不追求虚名荣耀，只是专心致志地讲求养生长寿之道。对于上古时期的《九都》等养生的经书，他潜心研习，融会贯通，学以致用；并且经常服用水桂云母粉、麋角散等，使得颜面长葆青春。

他对气功也颇有研究，经常盘腿危坐，调理气息，揉拭双目，摩挲身体，凝神屏气地练功。他脸无怒容，笑口常开，有时生病或疲劳时，就运用气功祛病，内气潜转，直达五脏六腑，最后到四肢毛发，那气流像轻云一样在体内流转，既驱除疲劳又能治愈疾病。

由于以上原因，再加上他擅食补、懂导引，因此寿命绵长，成为中国文化中长寿的象征。

七、读书人的主宰——魁星

爱喝酒划拳的人,在行酒令时,一定知道"五"的酒令喊什么。对,是"五魁首"。不过划拳者未必知道,"五魁首"的确切含义其实跟酒毫无关系,倒是跟古代的文人颇有渊源。这要从魁星崇拜说起。

魁星,又名大魁夫子、大魁星君,乃北斗第一星,《史记·天官书》称为"璇玑"。张守节《史记正义》谓:"魁,斗第一星也。"魁星又是北斗前四星(天枢、天璇、天玑、天权)的总称。因四星排列成方形,形似斗,故又称"斗魁"。

魁星原为奎宿,即仙女座和双鱼座,居二十八宿中西方七宿之首。汉代纬书《孝经纬·援神契》云:"奎主文章。"所以奎宿被看作主宰文运之星,相传大文豪苏轼便是天上奎宿降世。而秘书监则称为"奎府",皇帝写的字称为"奎书""奎章"。后来文人们为了科考功名"一举夺奎",互相不择手段,明争暗斗,于是有好事者心血来潮,将"鬼""斗"二字合而为一,造出一个同音的"魁"字,取代了"奎"。魁星由此成为文人学士所尊崇的神星。

魁星既主宰文章兴衰,自然和文曲星一样,在古代知识分子心目中具有极高的地位。唯一的区别是,文曲星经过历代帝王正式册封,已被纳入道教的"体制内",享受官祭,属于"公务员"性质,福利俱全。而魁星虽然流传甚广,但一直只是民间信仰,香火再盛也还是"国家高级合同工"。

魁者,第一也。科举考试中进士第一名(状元),称作"魁甲";乡试第一名(解元),称作"魁解"。在古代,科举的成败,往往决定着一个书生一生的命运。明清时期科举制度达到顶峰,科举考试实行的是"五经取士"制。所谓"五经",就是《诗》《书》《礼》《易》《春秋》这五部儒家经典。每经所考取的头一名称之为"经魁",在乡试中,每科的前五名必须分别是其中一经的"经魁",就是五个第一,故称"五魁首"。这非常不容易获得,就像现代考试中语文、数学、

魁星主宰文章兴衰，在古代知识分子心目中具有极高的地位。其形象张牙舞爪、赤发蓝面，一脚独立于鳌头之上，另一只脚向后跷起如踢斗状。左手横胸擒龙状，托起一具墨斗；右手高举一支饱蘸浓墨的大笔，笔尖指斗，表示以妙笔点定才高八斗之人。

魁星

英语、物理、化学各科头名一样。

人们不仅以魁代奎,还给魁星的来历以美好的解释:魁星原本是一位书生,虽然长相奇丑无比,脸上布满麻点,又是个跛脚,但他志存高远,发愤苦读,终于高中三甲。皇帝殿试时,问他脸上为何全是麻点,他答曰"麻面满天星";皇帝十分高兴,又问他为何跛脚,答曰"独脚跳龙门"。于是龙颜大悦,钦点他为状元,死后成为星神,专主文运。

另有一则传说认为,魁星生前是个孤儿,虽满腹经纶,却因相貌丑陋,殿试时惊吓了皇后娘娘,导致屡试不中。他怒火万丈,仰天疾呼:"有才无貌,天何生我?"愤恨之下将装书的木斗踢掉,抛服去冠,投海自尽。霎时间雷霆霹雳、狂风巨浪,惊动了东海龙王,龙王忙令灵鳌浮头,将其救起。此事也震惊了天庭玉皇,又敬又悯之下钦赐他为魁星。所以魁星神像,脚下必有鳌头。唐宋时,皇宫正殿的台阶正中石板上,雕有龙和鳌(大龟)的图像,考中进士者要站在台阶下迎榜,头名状元则荣幸地站在大鳌的脑袋上,遂有成语"独占鳌头"。

综上所述,文士们自然十分乐意奉祀魁星,希望对自己能有所庇护,最起码也求得心理上的寄托。农历七月七,女子乞巧,读书人也没闲着。这一天不但是中国的情人节,还是魁星的生日。想求取功名的人一定会在七夕这天祭拜魁星,祈求他保佑自己"考运"亨通,一举夺魁。从汉代开始这位读书人的保护神即香火鼎盛,到唐宋更盛,几乎每个城镇都有魁星楼、魁星阁。

楼建了,阁盖了,但魁星长什么样呢?谁也没谱,索性就在"魁"字上打主意。先对"魁"字中的"鬼"加以艺术化,上半部变成个头,下半部的左撇变成举笔的手,右面的弯勾变成向上反踢的腿,"厶"则变成墨斗,另写"斗"字于脚的上方,构成了别具一格的魁星形象,并正式固定下来。这魁星张牙舞爪、赤发蓝面,一脚独立于鳌头之上,另一脚向后跷起如踢斗状;左手横胸擒龙状,托起一具墨斗;右手高举一支饱蘸浓墨的大笔,笔尖指斗,表示以妙笔点定才高八斗之人。士子一旦被点中,文运、官运就会随之俱来。此即所谓的"魁星点斗,独占鳌头",被认为是前程无量的大吉之兆。谁考试前梦见魁星,谁就能成为考场上的幸运儿。

第九章

常沐岚风听疾雨 豁然霹雳观惊雷
——风雨雷电

"盘古之君,龙首蛇身,嘘为风雨,吹为雷电。"风雨雷电作为自然界最普遍为人类亲身感受接触的现象,自远古时起就因其神秘而传奇颇多。上古时期,黄帝的属臣里即有他们的身影,《韩非子·十过》:"昔者黄帝合鬼神于西泰山之上……蚩尤居前,雷神开路,风伯进扫,雨师洒道。"至道教谱系,风伯、雨师、雷公、电母这四大神明又组成了分工细致的天界"气象局",专司天地万千气象。他们并属玄武神系,在孕育苍生、润泽万物方面起到了不可替代的重要作用。

一、风伯

风起风静,由谁主宰?风神信仰由此自然而然地出现了。由于对产生风的原因认识不同,起初中国各地的风神信仰各具特色,有的民族看到鸟翅扑打,便把风神幻想成某种神秘的风鸟;《山海经》里也认为北方的风神是鸟类,称为"鹓"。到了战国时期,风神信仰才逐渐集中起来。

风伯、雨师、雷公、电母这四大神明组成了分工细致的「天界气象局」，专司天地万千气象。他们并属玄武神系，在孕育苍生、润泽万物方面起到了不可替代的重要作用。

【风雨雷电神】

一说风伯为飞廉，原是蚩尤的师弟。他相貌十分奇特，鹿身、豹纹、头如雀，头上有角，峥嵘古怪，还有着蛇一样的尾巴，基本上保存了诸多原始崇拜的残遗。他曾与蚩尤一起拜一真真人为师傅，在祁山修炼。

修炼时，飞廉发现山上有一块大石，每遇风雨来时便飞起如燕，等天放晴时，又安伏于原处。他暗暗称奇，时刻留心观察。有一天半夜，这块大石又动了起来，转眼就变成一个形同布囊的无足活物，它从地上深吸两口气，然后仰天喷出。顿时狂风骤发，飞沙走石，这活物似飞翔的燕子一般，在大风中盘旋飞舞。

飞廉见此奇景，忍不住一跃而上，将它扑在地上。响声惊醒了一真真人，他赶来仔细一瞧，不由得捋着胡须笑了起来。原来这活物竟然是"通五运之气候，掌八风之消息"的"风母"。飞廉因缘际会，得此宝物，从此认真钻研，终于从"风母"处学会了招风、收风的奇术。

飞廉与蚩尤有同门之谊，当蚩尤与黄帝展开对决时，蚩尤就请来飞廉助阵，飞廉与雨师施展法术，顷刻间暴雨狂风，把黄帝大军吹打得晕头转向，陷入了重围。后来多亏了风后制造的司南车，黄帝才辨清了风向，杀败蚩尤。飞廉也被黄帝降伏，乖乖地做了掌管风候的神，成了风伯。

第二种说法，认为风伯是箕星，又称箕斗、斗宿，是二十八宿中东方七宿之一。

风伯原属自然神，道教吸收了这一信仰，列风神入谱系，唐宋以后逐渐人格化，飞廉与箕伯相互影响融合，形成了"白须老翁，左手持轮，右手执箑，若扇轮状"的固定形象，并取名吒，号长育。"吒"说明风的特征，"长育"是指风吹拂大地，化生万物。因风伯的主要职能是配合雷神、雨师滋润万物生长，所以受到历代君主的虔诚祭祀。

和煦的风、清凉的风，带来舒适与惬意，然而风伯也时不时地发点坏脾气，以飓风毁坏屋舍、伤害人命，形成自然灾害，因此又被视为凶神。天神后羿曾经缚风伯于青邱之泽，为民除害（见《淮南子·本经训》）；而民间也有杀狗祭风神之俗，祈求雨随风至、风止雨歇，这都与风的难以驾驭有关。

二、雨师

古代中国数千年来都是农业社会，民间对于作物生长必不可少的降水极为重视，因此掌管四季下雨的雨神是与民众生产、生活关系最密切的神。早期的雨神崇拜因地区不同而异，战国时开始统一，通称为雨师。

风伯与雨师这对搭档，在上古神话时期，不甘心居于黄帝之下，但实力又不够，于是在涿鹿之野追随蚩尤与黄帝作战，黄帝召来女儿旱魃，收风息雨，大败风伯和雨师。不过在蚩尤被斩首后，宽宏大量的黄帝最终赦免了风伯和雨师，要他们改恶向善，从此为民造福。

雨师的原型人物是谁，历来说法不一，秦汉古籍记载以萍翳为雨师者居多。屈原《天问》云："萍号起雨。"汉王逸注称："萍，萍翳，雨师名也。"《广雅·释天》："雨师谓之萍翳。萍翳又称屏翳。"

魏晋以来，则以玄冥为雨师。因为玄冥是古代五行官中的水官，水与雨相通，所以被当成雨师。这玄冥原本是东海五神山散仙之一，由于人物潇洒、神采飘逸，深得众女仙青睐。他也处处逢场作戏，广交女友，是有名的风流仙人。

后来雨师被道教纳入神系，或云为商羊，或云为赤松子。赤松子，又写作"赤诵子"，传说是炎帝神农氏时主行霜雨的雨师。神农氏时，人间曾经发生过一场罕见的旱灾，一连数月，天上没有一滴雨洒落，田里的禾黍全都枯萎了，江河也干涸断流。旱情最严重的地方，川竭山崩，皆成沙碛，人畜都濒临渴死的境地。神农氏为此连头发都快愁白了。这时，不知从哪里跑来一个蓬头跣足、形容古怪的野人，他上披草领，下系皮裙，手里还拿着根柳枝。野人自我介绍说："我叫赤松子，曾随师傅赤道人在昆仑山西王母石室中修炼多年。赤道人常化飞龙，南游衡岳，我亦化为赤龙，跟在他身后，学会了行云布雨的本领。现在特来帮你解决旱灾。"

神农氏闻言大喜，让赤松子马上显示一下本领。只见赤松子取出一种叫"冰玉散"的粉末吞下，化为一条赤龙，直冲云霄。霎时间，天空乌云密布，倾盆大雨兜头浇下，眼看就要枯死、旱死的庄稼与人民，又恢复了勃勃生机。神农氏大喜，立即封赤松子为雨师，专管布雨施霖之事。

不过这位赤松子先生虽然有点本事，但性情散漫，后来不知如何从西王母那得了不死药，能入火不焚，随风雨上天下地。他成了仙，上了天，还顺便拐跑了炎帝的小女儿。直到高辛氏的时候，赤松子才想起自己的职责，又回到人间做雨师。

此外，《事物异名录》还说雨师是陈天君。他的典型形象是乌髯壮体，左手执盂，内盛一龙，右手若洒水状。民间更有传说雨师为唐朝大将李靖。此皆影响甚小，不足凭信。

自南北朝开始，雨师渐渐只行于官方祭祀系统中，民间祈雨或求龙王，或求商羊，最初的雨师在民间反而渐渐地湮没不闻了。因此现在专门奉祀雨师的祭典已不多见，只在道教大型斋醮仪礼上，才设置雨师的神位，随众神受拜。

值得一提的是，雨神崇拜传到华洋融汇的香港后，发生了重大嬗变：既不在姜子牙"封神榜"七十二部正神中，也不在道教神祇谱系里的黄大仙，竟成了雨神的化身。

黄大仙俗名黄初平，晋朝人，年幼家贫，八岁时替人牧羊，十五岁时在故乡金华赤松山遇仙人，进入福地修炼，一修就是四十年。他的哥哥也找他找足了四十年。一日兄弟俩终于在赤松山相见，哥哥已满头白发，黄初平还是苍鬓壮年。哥哥很惊讶，问四十年前放的羊在哪里？黄初平答道："在山之东。"哥哥放眼望去，只有白石一片。黄初平呵呵一笑，轻喝一声，登时白石都变成了山羊。他将羊群交给哥哥，随后将手往天边一招，一只白鹤翩翩飞来，黄初平跨鹤径往南天而去。哥哥这才知道黄初平已经得道成仙了。这一黄大仙"叱石成羊，骑鹤南天"的故事，至今还在赤松山一带流传。

黄大仙得道后，时常下凡到民间惩恶除奸、降雨驱疫，而他的"有求必应"更是人所共知，因此信奉他的人非常多，特别是在香港，黄大仙庙香火鼎盛，是许多香港人的精神寄托。无论是保平安、求事业、问姻缘，或者有任何疑难，都可以找黄大仙求解迷津。

三、雷公

无论在东方还是西方神话中，雷神都是个响当当的硬角色，对他的崇拜，乃是一种古老的，并且具有全球性的文化现象。有些民族甚至除了"雷"一字之外，再没有其他字眼来表示神。这是因为疾雷击毁树木、击丧人畜，又响天彻地，它可能带来的灾害，对原始人类有着最直接的感性冲击，足以激起人类的最大怖畏和恐惧感，进而对之加以顶礼膜拜。

中国的雷神崇拜由来已久，上古时期天帝的部下里就有雷神，《甲骨文辞》中就经常出现"帝令雷"的字样。在民间传说中，更有认为雷神是黄帝的大臣雷公所化，《历代神仙通鉴》里记载：黄帝与雷公一起去旅游，"至一泽边，雷公下车，自往掬水解渴，忽翻入泽底。帝急令人捞救，崖上但闻泽中震声如雷，其人奔起曰：'直没至底，见雷公已化为神，龙身而人颊，自鼓其腹而鸣。'"。

雷神虽然威风凛凛，但形象一直欠佳，系由兽形向半人半兽形，再向人形逐次递变。《山海经·大荒东经》云："东海中有流波山，入海七千里。其上有兽，状如牛，苍身而有角，一足，出入水则必风雨。其光如日月，其声如雷，其名曰夔。"这个"夔"，就是最早期以兽形出现的雷神。不过初次出镜的雷神只是在"黄帝大传"中扮演了一个小角色，登场只一幕，台词都没有，干吼了几嗓子就被黄帝捉来杀了，把它的皮剥了做鼓，骨头做鼓槌，敲一下声震五百里，拿来鼓舞士气正好合用。

到了战国时期，雷神进化了，好歹有了个人的头，"雷泽中有雷神，龙身而人头，鼓其腹则雷也"。人们认为雷声在天，而龙亦飞腾于天，便将二者结合了起来；又因为雷声很像鼓声，就在其腰间安置一鼓用来发声。可惜雷神没有走上摇滚乐队鼓手的道路，他的形象在六朝又进一步演化。王充的《论衡·雷虚》记载："累累如连鼓之形；又图一人，若力士之容，谓之雷公。使之左手引连鼓，右手推椎，若击之状。其意以为雷声隆隆者，连鼓相扣击之（音）也；其魄然若敝裂者，椎所击之声也。"《搜神记》则称雷神"色如丹，目如镜，毛角长三尺，状如六畜，似猕猴"。《铸鼎余闻》卷一说："大首鬼形，白拥项，朱犊鼻，黄带，右手持斧，左手恃凿，运连鼓于火中。"这时候的雷公就比较威风了，除了有鼓，还多了把斧与椎，看谁不爽，就可以来一家伙。

明清之际，又出现了"完全进化版"的雷神，这一雷神"状若力士，裸胸袒腹，背插两翅，额具三目，脸赤如猴，下颏长而锐，足如鹰，而爪更厉，左手执楔，右手持槌，作欲击状。自顶至膀，环悬连鼓五个，左足盘蹑一鼓"。此时雷神的形象已趋于丰满，由于雷来自空中，人类首先很自然地将之与翱翔于天空的鸟类联系在一起，因此赋予了他双翅；而雷又威力无比，人们就给他装备了"楔""槌"一类的强力武器。通过一系列的细节描绘，这一形象就成了日后雷神的"标准像"，具体特征即猴脸、尖嘴，所以民间有"雷公脸""雷公嘴"的说法。孙悟空、雷震子的相貌即是典型的雷公脸。

《封神演义》里，商朝的太师闻仲死后被封为"九天应元雷声普化天尊"，也就是"雷祖"，率领雷部天雷、地雷、人雷各十二雷公，以及催云助雨护法天君二十四名。雷祖平时居于神霄玉府，在碧霄梵气之中。行雷之所则是高八十一丈的雷城，有雷鼓三十六面，行雷之时，雷祖击鼓一下，即时雷公雷师兴发雷声。在这里，雷神已脱离了单一天神的原初状态，形成了完备的雷部诸神体系，为道教雷法道派的发展奠定了基础。

随着雷神人格化进程的演进，雷神又有了"雷公""雷王"等称呼。"雷公"是民间对雷神的一种最为普遍的称呼，最早见于屈原的《楚辞·远游》："左雨师使径侍兮，右雷公以为卫。"明代都印的《三余赘笔》则从易学的角度对"雷公"一词进行了精辟的解释："《易》：震为雷，为长男阳也。而雷出天之阳气，故云公。"这一说法显然受到传统哲学中元气论以及阴阳学说的影响。在都印看来，雷乃是出于"天之阳气"，而阳气又常常与威猛的男性联系在一

【雷神】

雷神崇拜是具有全球性的古老文化现象。中国的雷神形象威猛，以雷鼓催云助雨。同时，他还具有复杂的社会职能，常替天行道，专劈人间的恶人。倘若被雷击中，称之为『殛』，就是俗称的『天谴』。

起，所以唤雷为"公"，顺理成章。此外，由于雷神的人格化，天鼓也脱离了雷公的身体，成了他司雷时役使的工具，往往被踏于脚下。

雷公的人事档案虽然挂在天界"气象局"，但他也兼职给"公安局"和"法院"做事——"主天之祸福，持物之权衡，掌物掌人，司生司杀。"——因此又从单纯的自然神，转变成了具有复杂社会职能的神。他干得最起劲的，就是拿个通了电的大锥子替天行道，专劈人间的恶人。轰隆震撼的"天怒之音"对犯罪分子的威慑指数很高，倘若被雷击中，称之为"殛"，就是俗称的"天谴"，那是极重的惩罚。唐宋笔记中，多有记轰雷从天而降，劈打不孝子和贪官奸商的故事，反映出人们对雷公既存敬畏心理，又寄望他主持正义的愿望。

四、电母

电母，是掌管天庭闪电的女神，俗称闪电娘娘、金光圣母。在上古时期，雷神和电神只有一个，电母这一形象，原本是没有的。那时候的电力经营和现在一样，都属于垄断行业，由雷公一人负责。《山海经》中的雷兽"夔"，"其声如雷，其光如日月"，就是兼管雷电。后来玉帝把雷电集团一拆为二，雷公只管打雷，又找来一个"电父"负责放电。《管辂别传》里列气候之神，说的就是"雷公、电父"。本来倒也相安无事，可到了唐朝，当时女性地位高，非说要"男女搭配干活不累"，于是硬生生将"电父"变性成了"电母"。

其实从电父过渡到电母，也是理所当然的事情。因雷乃天庭阳气，故称"公"，所以雷神必然男性化。而与之相配对的电神，按照中国人阴阳对立、男女匹配的思维惯性，很自然地就演变为女性化的雷公配偶神。

宋元以后，关于电母的来历出现种种传说，并有姓有名，似模似样。《铸鼎余闻》称"电母秀使者，名文英"。元代军中有电母旗，《元史·舆服志》载："电母旗，……画神人为女人形，衣朱裳白裤，两手运光。"《北游记》中则称电母为朱佩娘娘。

到了明朝，《封神演义》出世，书中东海金鳌岛十天君之一的金光圣母，由于曾受闻仲之邀，与另九位天君摆下"十绝阵"，她的"金光阵"以闪电为主要攻击武器，所以"封神榜"上封她为"坎宫斗母"，坐镇斗府，执掌闪电。

因为雷神长相丑陋，所以在人们的描绘中，作为雷神的夫人，闪电娘娘的形象也不美丽。传说她头发短而蓬乱，呈褐红色，脚上只长了三个趾头。直到宋朝时，她的形象才开始变成容貌端庄的女性：云鬓霞帔、面貌娴雅、端正洁素、目光犀利，双手各执一镜，以光华闪电照射下界，在慈祥中显露着无尽的威严。

第十章 冰肌玉骨殊人间
——中国仙女

在星星居住的银河里,仙女们羽衣飞扬,乐音袅娜;她们轻挪莲步,驭月而歌。风涛涌动着万山白云,清泉在沟壑和岩缝里随意叮咚,众多仙女在清幽的环境中,享受着高山之巅、洞天福地的宁静与美妙,柔美的躯体散发出雅致馨香,云端因了她们而如斯美丽!而俯视人间,时间是那样短促,空间是那样渺小,千万年世事沧桑,凡人的深沉感慨,只不过是这些尤物们多愁善感时的谈资罢了。

一、女寿仙——麻姑

人间为老人祝寿时,所挂贺图有男女寿星之分,男寿星的偶像是南极仙翁或彭祖,而女寿星就是永远年轻漂亮的麻姑。

麻姑是中国神话传说中有名的女寿仙,为道教所尊奉。她在天庭众女仙中的地位很高,仅次于圣母元君和西王母。关于她的文字记载,最早见于春秋战国时期成书的《道书》;而把麻姑纳入道教神仙谱系的,则是东晋时著名的道教理论家葛洪所著的《神仙传》。

1. 身世来历

《神仙传》中麻姑的故事非常精彩，但关于麻姑的身世来历则语焉不详，后世便多有附会之说，并形成了众说纷纭的麻姑传说，但有一点却是共同的：麻姑是由凡人修炼而为寿仙的。

南朝刘敬叔的《异苑》认为麻姑原为秦时会道术的女子，因违反道规而被丈夫诛杀，并投尸水中。她死后显灵，庇佑当地百姓，所以人们便建庙祭祀她。而《太平广记》引《齐谐记》，则说麻姑为东晋孝武帝时人，"太元八年，富阳民麻姑，因吃蛇肉，呕血而死"。《古今图书集成·神异典》则说麻姑为放逐宫女，"姓黎，字琼仙，唐放出宫人也"。

《坚瓠秘集》又说麻姑为五胡十六国后赵将军麻秋之女。麻秋是胡人，为人残暴凶狠，他督促民夫修长城，昼夜不停，唯有鸡鸣天亮时才让小歇一会儿。善良的麻姑非常同情民夫，便常常偷学鸡叫，引得群鸡都啼鸣起来，民夫们便可乘机休息（看来后世的周扒皮，就是师法麻姑）。麻秋知道后，大怒，欲斩杀之，麻姑只好逃入姑余山中，拜南岳魏夫人为师学道。魏夫人授她《上清大洞真经》和《黄庭经》，教她诵经、思神、服气、咽津，又传给她炼丹的方法和符箓秘术。麻姑勤修之下，终于成仙飞升。

而颜真卿在名帖《麻姑仙坛记》里说，麻姑"是好女子，年十八九许，顶中作髻，余发垂之至腰，其衣有文章，而非锦绮，光彩耀日，不可名字，皆世所无有也"。

总之，在佛教尚未在中国普及的中古岁月以前，仙女麻姑就已被中国民间视如今天的观音菩萨一般。南方各省的民众，会在每年的农历七月初七登麻姑山以祭祀麻姑诞辰，留有"缅思七日之羽仪，遥听云间之环佩"的诗句。北方各族人民也喜欢她，但由于不知麻姑是何方圣贤，因而将其编成是南北朝时随梨山老母修道成仙的少女。

不管麻姑的出身如何，她在人间时，以祛病禳灾、拯贫济困为己任，为百姓交口称颂。到了唐朝，有鉴于麻姑在民间的广泛影响，唐玄宗下诏在麻姑山上建立了庙宇并予以册封，从此麻姑正式成为道教正神之一，列入神仙榜内。

2. 沧海桑田

麻姑是道教所信奉的元君、女真，所以道教理论家们自然少不了对麻姑的事迹踵事增华，加以渲染。其中以《神仙传》中载录的麻姑事迹流传最广，不但记载了麻姑的外貌及神奇事迹，对麻姑惊人的本领（穿木屐在水上行走，以及掷米成丹砂）也有着出神入化的描述。

汉桓帝时，某年七月七日，神仙王方平降于人间蔡经家。他独自坐了很久，然后叫使者去邀请仙女麻姑赴宴。使者不知该怎么说，王方平就教他说："王方平敬告麻姑，我很久没来人间，今天在此停留，不知尊驾能否前来一叙？"过了一会儿，使者回来了，带回麻姑的口信："麻姑拜上，一晃已经五百多年没有见面了，但尊卑有序，一直没有机会敬奉，还麻烦您派使者前来相邀。我已先受命巡查蓬莱，现在就去。事毕后，即刻来拜见你。"

大约两个时辰后，麻姑下凡了。蔡经及全家急忙出来与麻姑相见，只见她是一个十七八岁的俊俏女子，在头顶当中梳了一个发髻，剩余的长发乌溜溜地垂到了腰际，姿容美妙，楚楚动人。她的衣服有花纹，却不是锦缎，光彩耀眼，难以言表。

麻姑和王方平寒暄完毕后，笑着说道："自从上次与您见面之后，我已经亲眼见到东海三次变成桑田；刚才到蓬莱，那地方的海水，又比昔日召开群仙大会时少了一半，不多久，也会变作山陵陆地吧！"王方平也感叹道："古代的圣人，也曾说过海中会飞扬尘埃这样的话呢。"

此后，"沧海桑田"和"东海扬尘"就成了后人感慨岁月变迁的常用典故，所谓"东海扬尘犹有日，白衣苍狗刹那间"是也！

3. 麻姑献寿

麻姑作为女寿仙，影响甚广，那么她是何以坐上头号女寿星的宝座的呢？

首先，自然是因为她见证过"东海三为桑田"。沧海每变一次桑田，不知要经过多少万年，而麻姑竟然已经见过三次沧桑变化，她该有多大岁数？她称呼高寿至八百岁的彭祖为小孩子，其实还是客气的，彭祖和她相隔岂止千百岁！所以，"最长寿的女寿星"这个称号，麻姑当之无愧。

其次，传说麻姑曾在江西麻姑山修道，吃了山里的千年茯苓而升天成仙（茯苓有驻颜美容、延缓衰老之功效）。麻姑山中有十三泓清泉，麻姑就用此泉水酿造灵芝酒。此后，她游居湖南衡山，衡山有桥，桥下有瀑落三叠，就是著名的"绛珠瀑布"，麻姑于是又在"绛珠池"酿酒。她利用麻姑山和衡山优异的水质，历十三年，酿出了香飘千里、醇透天庭的绝世美酒。酒成之日，正值三月初三王母娘娘寿辰，大设蟠桃宴，上、中、下八洞神仙齐去祝寿。百花、牡丹、芍药、海棠四仙子山中采花，特邀麻姑同行。麻姑就带着灵芝仙酒前往瑶台为王母祝寿。王母饮过佳酿，大喜，乃封麻姑为虚寂冲应真人。这就是"麻姑献寿"的来历，而"福如东海，寿比南山"中的"南山"，即指"衡山"。

二、月中仙子——嫦娥

嫦娥，又名姮娥，是公认的仙界第一美女。在道教神仙谱里，嫦娥被封为月神，因道教以月为阴之精，故又称"太阴星君"，尊号"月宫黄华素曜元精圣后太阴元君"。

嫦娥本是帝喾的女儿，她美貌非凡，芳名远播，心术不正的河伯对她垂涎三尺。

一日，河伯趁嫦娥在河边洗衣之机，露出狰狞的面目，要强抢嫦娥入水。正在危急关头，刚刚射下九个太阳的英俊青年后羿恰巧路过，他撞见了河伯的恶行，气得剑眉倒竖，怒发冲冠。拈弓搭箭，嗖的一声，射瞎了河伯的一只眼睛。河伯疼痛难忍，落荒而逃。英雄救美女，美女就这样老套地爱上了英雄。

然而后羿射日的丰功伟绩，却受到了其他天神的妒忌，他们联合到天帝那里进谗言，使天帝逐渐疏远了后羿，最后把他永远贬到人间。嫦娥受到牵连，只好与后羿一起在人间定居下来，靠后羿打猎为生。

可是凡人皆有生老病死，她的美丽虽然是上天赋予的最珍贵礼物，但最终还是会被生活一刀刀割裂。嫦娥对红颜易老、生命将灭怀有极大的恐惧。心怀愧疚的后羿觉得自己对不起被连累的妻子，为了能免除病痛和死亡的威胁，他特意从西王母处讨得两份不死之药，想让夫妻二人能在世间永远幸福地生活下去。这不死药吃一份可长生，吃两份则可飞升成仙。嫦娥经受不住天上逍遥自在生活的诱惑，趁后羿外出狩猎时，独自吞食了全部不死药，顿时身轻如燕，平地腾空，凌云御风，向天上飞去。由于背弃了丈夫，她怕天庭诸神嘲笑，就投奔月亮女神常羲，在月宫安下身来。

从此，嫦娥就在荒芜冷清的广寒宫中过着永夜不寐的生活。在天上，她虽然永远尝不到"红颜弹指老，刹那芳华尽"的悲哀，但是永恒的寂寞从此注定与她形影不离，只有捣药玉兔和砍桂树的吴刚相伴，这还能给嫦娥些许安慰。每逢中秋佳节，人们仰望天空中如玉盘般的朗朗明月，总会想起这位清高孤独的佳人。

三、洛神

洛水，一条神奇的河流，虽然发源于陕西，但有关它的那些传奇故事，却都有声有色地发生在河南，特别是在洛阳。河出图，洛出书。出"洛书"的地方，就是洛河，所以自古以来洛河就被视为神河。洛神的传说伴随着神秘的洛水，在中国民间更是广为流传。

相传洛神本是上古伏羲氏的女儿宓妃，她的美貌在史籍中多有记述。因为迷恋洛河两岸的美丽景色，宓妃瞒着父亲下凡，来到洛河岸边。那时，居住在洛河流域的是一个勤劳勇敢的氏族——有洛氏。宓妃与他们和睦共处，还把从父亲那儿学来的狩猎、养畜、织网的方法都教给了有洛氏族人，赢得了有洛氏的爱戴和尊重。

然而宓妃绝世美丽的容颜，引来了黄河河伯的垂涎。河伯名叫冯夷，人脸龙身，住在黄河深处，以鱼鳞为屋、龙鳞为堂。他化成一条白龙，掀起轩然大波，将宓妃卷到了水府深宫。被软禁的宓妃终日郁郁寡欢，只好以弹奏七弦琴排遣愁闷。优美的琴声引来了善射的天神后羿。后羿此时正因为妻子嫦娥偷吃仙药，独自飞升月宫而心中凄凉。一个是侠骨热血的独身英雄，一个是柔情似水的孤寂美人，两颗孤独的心碰撞在一起，萌生了爱情。在听说了宓妃的遭遇后，后羿非常气愤，施展神通将宓妃救出深宫。恼羞成怒的河伯潜入洛河兴风作浪欲图报复，后羿与河伯大战，一箭射掉了河伯的左耳（河伯上回抢嫦娥未遂，这次抢宓妃又不成，却两次给人家做媒，真够衰的）。河伯仓皇而逃，又不甘心失去美人，便恶人先告状，向天帝诬陷宓妃与后羿私通。天帝震怒，将洛神宓妃贬落凡间转世，后羿则永远不得成仙（真是命中无艳福，两任爱侣都是绝代佳人，偏偏皆反受其累）！

后来洛神转世，投胎为美女甄宓。她雪肤花貌、娴雅飘逸，被誉为"三国五大美人"之一，及笄之年就与袁绍的儿子袁熙定亲。谁知红颜命薄，未及成亲，曹操已攻下邺城，袁熙亦告阵亡。之后，曹丕将甄宓接入府中，纳为己姬。曹丕之弟曹植偶然见到甄宓，登时惊为天人。而甄宓对曹丕也并无感情，只是迫于权势才不得已屈从。她十分欣赏才华横溢的曹植，两人虽没有机缘接近，但彼此默契于心，爱情已在不知不觉中产生。

美好的爱情在乱世总难以成全，更何况是在险恶的宫廷中。不久，曹丕称洛神本是上古伏羲氏的女儿宓妃。宓妃瞒着父亲下凡,来到洛河边,与居住在洛河边的有洛氏和睦相处,把从父亲那里学来的狩猎、养畜、织网的方法都教给了有洛氏族人。

洛神

帝，曹植被排挤到远郡，甄宓也被郭后和司马懿合谋害死。曹植闻知噩耗，悲痛万分，恍恍惚惚间来到烟水茫茫的洛水之滨。忽然天边一片祥云飘然而至，上面站立着一位仙女，自称是洛水之神。曹植仔细观看，只见她明眸皓齿，粉面朱唇，如芙蓉出水，神情容貌都酷似甄宓。曹植虔诚地向她行礼，询问仙居何处。洛神面带悲戚，欲言又止，暗示曹植人神殊道，难偿宿缘，并取出明珠一颗，以作留念。曹植连忙摘下随身的一只玉佩，双手奉上。二人默默相视，似有不尽的惆怅。片刻太阳升起，朝霞满天，洛神仪态万方，飘然离去。人如花飞，情如孤舟，只余曹植双眼泪垂，一切都如镜花水月，在岁月的无情里苍凉无限。

曹植有感而发，写出了千古名篇《洛神赋》，其中有"荣曜秋菊，华茂春松。仿佛兮若轻云之蔽月，飘飖兮若流风之回雪……秾纤得衷，修短合度，肩若削成，腰如约素……丹唇外朗，皓齿内鲜，明眸善睐……仪静体闲，柔情绰态，媚于语言……"等句，形象鲜明、色彩绚丽，令人目不暇接，被赞为描写女子姣好曼妙的上乘之作。李商隐在他的诗作之中，就曾经多次引用到，甚至说："君王不得为天下，半为当时赋洛神。"

四、天仙配——织女/七仙女

汉武帝时，西王母的名声仍然颇佳，不知怎的，从东汉开始，这位仙界的"妇联主席"就渐渐成了"天庭母老虎"的代名词，各类神魔小说和民间传说都或多或少地丑化她、抨击她。之所以如此，原因多多，但与她硬生生拆散董永和七仙女的美好姻缘而受到世人抵触，也有着莫大干系。

王母娘娘有很多个女儿，七仙女是最小的，心灵手巧，因"年年机杼劳役，织成云锦天衣"，故又称"织女"。她和姐姐们一样，美丽善良，乐于为人指点迷津、劝善导引，深得三界生灵敬重。而董永只是汉朝的一个穷书生，卖身葬父，身无分文，只得给地主老财家放牛，所以绰号"牛郎"。

这天，董永和往常一样与老牛闲聊，老牛十分感激董永平日里的精心饲养和爱护，决心帮董永撮合一段姻缘。它告诉董永，明天玉帝的女儿织女，将和她的姐姐们到明镜湖洗澡，你只需在天未明时到达湖畔，如此如此，便能抱得美人归。董永听了半信半疑，但想到自己都老大不小，也该娶个人来暖暖炕头了，就答应了下来。

次日清晨，董牛郎悄悄地躲在湖边的芦苇丛中，透过弥漫的晓雾，果然看见七个绝色仙女在湖中嬉戏沐浴。他按照老牛的指点，迅速抱起挂在树上的一件粉红衣裳，飞奔而去。

响声惊动了仙女，其他仙女慌忙穿上衣服飞回天上去了，只剩下衣裳被抢走的织女，无法返回天庭。董永乘机来到织女面前，要织女答应做他的妻子，才肯把衣服还给她。无奈之下，织女只得答应下来。

从此茅屋青青，田园新绿，小夫妻俩相亲相爱，你放牛来我织布，生活得十分和睦美满，织女还给牛郎生了一儿一女。后来，老牛在临死时，叮嘱牛郎要把它的皮和角留下来，到急难时可以帮大忙。老牛死后，夫妻俩忍痛剥下牛皮和牛角，把牛身埋在山坡上。

织女和牛郎私自成亲的事传到天上，已经是人间的几年后了，但天上却只有几天，所以丈母娘西王母来不及阻止。她心里那是一百个不乐意，决定棒打鸳鸯，于是亲领天兵天将，电闪雷鸣，把织女强行抓回天宫。

牛郎回家不见织女，知道肯定是天神把心爱的妻子抓走了。于是，按照老牛临死时的嘱咐，急忙把两只牛角往上一抛，牛角登时变成了两个箩筐，他把两个孩子放入箩筐中，一肩挑起，然后披上牛皮，牛皮蓦然鼓起，风驰电掣般地带着牛郎和孩子飘向霄汉，眼看就要追上织女。

王母娘娘心中大急，连忙拔下头上的金簪在牛郎与织女之间一划，顿时一道宽阔的银河横亘于眼前，波涛汹涌，白浪滔天，牛郎再也过不去了。"盈盈一水间，脉脉不得语"，二人只能泪眼婆娑，隔着一重广阔的波光，一个河东、一个河西地互相遥望。

天长地久，玉皇大帝和王母娘娘从天庭窥见凄景，感动于牛郎织女之间的情真意挚，于心不忍，就准许他们每年七月七日相会一次。从此，每年的七夕，趁银河风平浪静之时，人间的喜鹊就要飞上天，群集于银河上，口尾相衔，搭起一座鹊桥，让牛郎织女相聚。据说七夕过后，喜鹊的羽毛都会七零八落地脱掉不少，就是因为辛苦搭桥的缘故。七夕也因此成了中国的情人节，有情人总会在这天的夜晚，仰望星空，默默守护着忠贞不渝的爱情。

五、天庭舞蹈家——玄天二女

在各类名目繁多的天庭饮宴或聚会上，总能见到仙女们翩翩起舞的曼妙身姿。仙乐飘飘，莲香四溢，霓裳羽衣轻舞飞扬，观者如痴似醉，无不倾倒。这其中舞跳得最好的仙女，当属玄天二女。

燕昭王在位时，广延国进献来两个善于跳舞的女子，一位名叫旋波，一位名叫提嫫。她们都长得柔美绰约，肤如凝脂、气息芬芳，兼且体态轻盈窈窕，走路既无身影也无足迹，当真是无与伦比的绝代佳人。昭王用丝绸制成华丽的篷帐给她们住，拿似玉的美石之膏给她们喝，拿丹泉的粟米给她们吃，十分宠爱她们。

有一天，昭王登上崇霞台，召二女来跳舞观赏。二女最拿手的舞蹈，一个叫"萦尘"，指的是她们体质轻，可与飞尘相混；其次叫"集羽"，指的是她们舞姿婉转，如羽毛般随风飘动；最后一个舞蹈名叫"旋怀"，是指她们的肢体纤美，仿佛能揽入怀中、装进袖内。

昭王急欲一饱眼福，命人摆设麟文之席，撒上华芜之香。这种香出自波弋国，滴落地上，连土石都香；洒到朽木腐草之上，草木无不茂盛；用它来熏枯骨，肌肉都能重新生长出来。用这样贵重的香屑铺地，厚达四五尺，二女在上面跳起舞来。

她们容颜妖艳妩媚，伴着阵阵香风，舞姿胜于翔鸾，令人看得如入梦幻仙境。而她们的歌声也宛如天籁轻扬，清脆和谐，即使用"绕梁惊尘"来比拟，亦不算过分。如此歌舞了一整天，香屑上也没留下任何痕迹。

燕昭王知道这两个女子必定是神异之人，就让她们住在崇霞台，安设枕席予以优待，并派卫兵保护她们。原来两女子乃是天界著名的舞蹈家"玄天二女"，她们知悉昭王喜好神仙之术，并且对舞乐颇有研究，便托形下凡，为昭王献舞。后世就以玄天二女的"萦尘"、"集羽"和"旋怀"舞，来比喻极尽奢华的宫廷舞蹈。但这美妙的绝世舞姿，后人再也无缘得见，只能在想象中去体会了。

六、湘江女神

"湘江水神"娥皇、女英，本是尧帝的女儿，这对姊妹花同嫁于舜帝，姐姐为后，妹妹为妃。舜对她们十分敬重，并无正次之分，三人举案齐眉，感情甚好。《列女传》记载，她们曾经帮助舜机智地摆脱弟弟"象"的百般迫害，成功地登上帝位，事后却劝舜以德报怨，善待那些死敌。她们的美德因此被记录史册，受到民众的广泛称颂。

舜登基之后，与两位妃子泛舟海上，度过了一段美好的时光。此后，舜南巡三苗，虽积劳成疾，仍坚持不懈，终于病逝于苍梧，葬九嶷山。娥皇和女英闻听哀信，顿觉山崩地裂，肝肠寸断，她们沿水路急赴湘江奔丧。一路上失声痛哭，天昏地暗，血泪泣洒于山野竹上，形成美丽的斑纹，无法褪去，世人乃称之为"斑竹"，亦称湘妃竹。

数日之间，娥皇、女英茶饭不思，痛悼亡君，最终双双投湘江殉情，性情之壮烈，旷世罕有，其精魂化为湘江水神。在与岳阳楼隔水相望的洞庭湖君山岛上，至今还矗立着一座专门祀奉湘水女神的庙宇——湘妃祠，供后人凭吊祭祀。波光潋滟的江面上，似乎还时时忽闪着她们那温婉美妙的秋波。千载之下，犹使人对这一永恒的"女神美"不胜向往！

七、何仙姑

何仙姑，是著名神仙组合"八仙"中唯一的女性，她手持荷花，风神俊雅、飘逸脱俗，好似万绿丛中一点红，格外引人注目，在中国可说是家喻户晓。除东北、西北几个省份以外，几乎每个省都有自己的何仙姑来历的传说。成仙得道不容易，何况又是凤毛麟角的美丽女仙，所以谁都希望她是自己家乡的人。

《历代神仙通鉴》关于何仙姑身世的说法比较主流：何仙姑原名何秀姑，是唐朝时广东增城人，她出生时，紫云绕室，头生六毫，异兆满屋。由于父亲开豆腐坊，她自幼就常取云母溪中水帮父亲磨豆子，日夕滋润之下，出落得十分标致。十五岁时，何秀姑入山采茶，迷失了道路，遇见汉钟离、吕洞宾和张果老，三位神仙分别给她吃了仙桃、仙枣和云母片。自此以后，她便不饥不渴，身体轻捷，并能预卜未来、洞知休咎祸福、辨识仙草灵药，乡亲们常来请她算命、看病，渐渐地，何秀姑的名字变成了何仙姑。

何仙姑受到大家的顶礼膜拜，整日里忙着采药治病，日子过得十分充实。几年后的一天，她深入云母山密林采药，又遇到两位神奇的人，其一是个白面书生，凤目束眉，身材修长，腰间斜插一管洞箫；另一人则穿着整洁的蓝布衫，手持药锄，肩背药筐，俊逸不俗。他们在何仙姑面前一唱一和，反复念着同一段口诀，尔后腾空而去，倏忽不见踪影。原来他们就是韩湘子与蓝采和。何仙姑心知有异，早已将适才的口诀默记于心，念诵几遍，顿觉飘然欲飞。从此她常常一个人悄悄来到深山中修炼，逐渐地便能自由往来于山岳之巅。

时值武则天废唐称帝，她听说出了一个何仙姑，能够不食人间烟火，各种疑难杂症药到病除，十分感兴趣，就备妥銮舆，派使者前往召请何仙姑至东都洛阳论道。使者与何仙姑一起跋山涉水来到洛阳城外，在洛水边等渡船时，突然凭空不见了何仙姑。使臣大为恐慌，急忙派人四处寻找，却杳无踪迹。使者吓得坐在洛河边发呆。薄暮时分，突见五色云起，一位女仙子与一个手拄铁拐、身背硕大酒葫芦、衣着褴褛的瘸腿老汉从五色祥云中并肩飘然而出。使臣惊讶不已，定睛细看，原来是何仙姑已成仙飞升。

那么几位神仙为什么要轮流来点化何仙姑呢？原来每年三月初三，十洲三岛，上、中、下名山洞府，天上人间一切神仙都会应邀西赴瑶池，参加王母娘娘的蟠桃大会。这天吕洞宾、汉钟离等刚要起身去瑶池，却听闻饮宴的规矩改了，每洞神仙里都要有女仙到台前为王母敬酒。

上八洞，是福星、禄星、寿星、张仙、东方朔、陈抟、彭祖、骊山老母，有骊山老母敬酒；下八洞是广成仙祖、鬼谷子、孙膑、刘海、和合二仙、李八百、麻姑，也有位麻姑仙女敬酒。但偏偏中八洞的六位神仙都是男子（此时尚未收曹国舅），缺少一女仙。不能台前敬酒，这蟠桃盛宴也就难赴得很，看着其他众仙陆续往昆仑山去，六仙心急火燎，遂商议到凡间去超度一位女仙。

他们分好工，先由汉钟离、吕洞宾和张果老以仙家灵药为何仙姑固培仙质，然后再由韩湘子与蓝采和传授妙法口诀，最后，由铁拐李提携何仙姑白日飞升，翩然凌空而去，成为八仙中唯一的红粉佳人。

清雅高洁的何仙姑一到位，再加上最后入伙的曹国舅，"八仙"的格局就此定型。这位美丽的女仙，来自民间，关爱民间，念念不忘人间的疾苦，经常在南方一带消疫除灾、解救苦难、扬善惩恶，深受敬仰和爱戴！

八、女仙总动员——《墉城集仙录》

《墉城集仙录》是唐末五代道士杜光庭所撰的一部专门的女仙集传，因西王母居于金墉城，统领女仙，故名。原本十卷，收录女仙一百零九人，现仅存六卷，只三十八人。

作为女仙传说的集大成者，该书不仅收录了广为流传的女仙事迹，如金母元君、上元夫人等，也为一些名不见经传的女仙立了新传，如太微玄清夫人、东华上房灵妃、董上仙等。在杜光庭笔下，女仙们"驻隙马风灯之景，享庄椿蟾杜之龄，变泡沫之姿，同金石之固，长生度世，代有其人"。她们以"墉城"为总归宿，形成了一个较为系统且彼此联系的女仙谱系。从中我们可以得知女仙世界的若干特点：

1.女仙世界具有森严的等级制度。"得仙者亦有九品……各有差降，不可超越……男子得道，位极于真君；女子得道，位极于元君。"

在圣母元君之后，是"洞阴之极尊"的西王母及其所统领的昆仑系女仙和她的女儿们：上元夫人、九天玄女、南极王夫人、云华夫人、紫微王夫人、太真夫人等。这些女仙，或是"统领十方玉童玉女之籍"，位于"上元之高尊"；或是"主领教童真之士"，地位都极为尊崇。地位略逊的则是上清派所崇拜的女仙：三元冯夫人、碧霞元君、太清玄微左夫人等，她们多是上清高真。而处于等级最末的是来自民间传说中的女仙：如婴母、钩弋夫人、杜兰香、蚕女、弄玉、昌容、女几、河间王女、采女、太阳女、太玄女等等。

这样，就建立了以昆仑山为中央根据地，以西王母为宗，汇集几乎所有女仙的等级序列。"位配西方，母养群品，天上天下，三界十方，女子之登仙者，得道者，咸所隶焉。"

2.女仙形象，皆是儒家之人性与道教之神性的完美结合。女仙们往往集仙容、仙术、仙寿、仙德于一身。

道教认为，神仙的基本特点，一是长生不死；二是神通广大，法术高强。这就是道教之神性的体现。在杜光庭笔下，女仙们或貌雅容丽、雍容华贵，或天姿清耀、灵眸艳绝，或衣服奇丽、姿容蔼然，可谓个个年轻貌美，人人娇妍多姿。她们不仅容颜绝世，而且长生久视。尽管历世百千载，然多呈少女面貌，如西王母"年二十许"，上元夫人"年可二十余"，王母女儿皆年约十三四，采女"年二百七十余，视之如十五六岁耳"，太阳女"年二百八十岁，颜如桃花，口如含丹，肌肤充泽，眉鬓如画，光彩射人，视之如十七八者"。无不仙寿延年，超凡脱俗。

女仙大多身怀绝技、变化多端、仙术高超，西王母"以西华至妙之气，理于四方"；九天玄女授黄帝兵符、神书、宝剑，助黄帝战胜蚩尤；云华夫人"授禹策召百神之书"。更有女仙凭借自己的仙术，施福于人间，堪称行善典范。如蚕女"食桑叶吐丝为茧，用织罗绮衾被以衣被于人间"；昌容"能致紫草卖与染家……得钱以救贫病者"。这些女仙善良真挚，无私奉献，不求回报，造福于凡人，得到了人们的尊重和爱戴。凡此种种，充分体现了道教女仙在具有神性的同时，也具备了儒家人性的一面。神性与人性互为表里，相得益彰，塑造出了一个个光彩夺目的女仙形象。

3.女仙们在仙界大多地位尊贵，她们不再作为男性神仙的配偶而存在。

圣母元君"至尊至大，三界众仙，皆仰隶焉"；金母元君扼守成仙之门，"仙人得道升天，当揖金母而拜"；婴母授许逊、吴猛孝道；紫微王夫人向杨羲传道；杜兰香向张硕传授"举形飞化之道"……女仙或是由于传道授书，或是由于帮助男性成仙而受到尊崇，已经具有了独立的神格和不凡的地位。

女仙，不像男神仙那样具有两面性，既可行善，亦可作恶。女仙作为单向度的"至善"神，反映了中国人的思维特点。女性作为神仙也好，凡人也罢，总是柔弱的、善良的，她们终归是人类美好想象的开始和结束！

第十一章 御风逍遥天地间
——剑仙传奇

剑仙传奇,是中国传统神话文化的精粹之一,它代表着仙武双修的最高层次,同时也是养生学的巅峰。吕洞宾真人御剑飞空的神迹,"口吐剑光取人首级于千里之外"的记载,让多少热爱中华神话的国人为之心驰神往。

一、云生清角意飘然——剑仙的历史

剑仙之说由来已久,依据道家历代传承的秘典《最上乘剑仙心法》记载,其最早可追溯到华夏远祖轩辕黄帝问道广成子,于鼎湖之畔"作神剑利器十五,以镇九州"之时。到了战国时的燕国,剑仙说开始逐渐流行,当时燕国、赵国、韩国等地的青年大多崇尚剑术、好搏击,所谓"燕赵多慷慨悲歌之士",勤修苦练之下形成了多种剑法流派。我们十分熟悉的越女便是此时剑仙的代表人物,《吴越春秋》中载有她斗剑败袁公的事迹。

秦灭六国后,始皇帝熔九州之铁铸金人,严禁民间习武。天下剑术难兴,遂分为晋地剑仙、燕地剑仙、川地剑仙三处。此后八百余年间,虽然道教勃兴,各

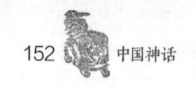

流派如丹道门、玄真门、符箓门等迭次崛起，但无一与"剑仙门"有关，道家珍典《道藏》上对各种道法都有所谈及，唯独剑仙一门，雪泥鸿爪，一笔带过。

剑仙之说真正形成并成熟，还是始于唐代传奇。由于大唐皇室尊崇道教，朝廷、民间风气蔚然，夹杂神话色彩来演绎时事的传奇笔法极为盛行，不但道教中人被加以神化，相当数量的隐侠异士也被升格为仙人。道教八仙之一的吕洞宾，就是在此时被神化成为剑仙的。聂隐娘、红线等也成了半人半仙的传奇剑客。

这一时期的剑仙们，无论男女都是那么特立独行。他们师承神秘，或任侠于江湖，一举一动惊世骇俗；或隐迹于民间，逢危遇困方显非常本色。值得一提的是，男剑仙极少有迷恋凡间女色者，而女剑仙们却时常对凡间男子情有独钟，只是典籍记载中虽不乏美丽仙子恩爱时的贤良淑慧，更多的却是一朝情冷后的霹雳手段，剑光一闪间不知多少负心人的头颅落地。更让人丧胆的是，剑仙们无论男女，多有收集仇人脑袋的异类嗜好，连大名鼎鼎的虬髯客登场，都拿出一颗"衔之十年，今始获之"的负心人头颅来炫耀。此外，更有孤傲者如空空儿，进退千里行踪缥缈，出手必中，不屑再击；骇异者如青衫客，谈笑杀人于杯酒之间，切首充肴惊动四座；热忱者如昆仑奴，高墙箭雨闲庭信步，豪门盗妓促缘结善……总体来说，唐代的剑仙们亦正亦邪，于法理之外自有一套行事标准，难以常情度之。

宋元间剑仙多隐世不出，至明初张三丰真人创武当一派，剑仙之名方再度扬播于天下。张三丰所留下的武当一派剑术，今传人尚多。他所言的"内执丹道，外显金锋"正是武当剑仙修真之旨。其再传弟子沈万三之女沈线阳，得九天玄女神剑玉匣之法，也是剑仙传人。

到清代，道家人才辈出，如李涵虚、柳华阳、黄元吉等，皆为不世仙才。于是乎道家学术大行于世，剑仙学亦随之兴旺。大才子袁枚所著的《新齐谐》卷八《姚剑仙》，写剑仙玩剑"火光自剑端出，熠熠如蛇吐舌"，代表了当时民间对剑仙神异的普遍看法。

当然，也有人对剑仙这一虚无缥缈的存在者嗤之以鼻。清代著名内丹家刘一明就认为"屋上腾身走，暗中取人首，只说是法成驾斗牛，谁知不能够长久，劝人把剑仙侠客一笔勾"，从中可以看出正统道家对剑仙之术的不以为然，将之视为末流，不能成大道。

岁月流逝，朝代更替，剑仙传说悠悠而承，经过不断糅合宗教典故与民俗传说，剑仙系统终于在晚清臻至大成。原本只身纵横的剑仙们，演变为广收门徒聚众割地的宗派，正邪之间也变得泾渭分明。神州秘界、名山大川、洞天福地，尽皆遍布着剑仙的诸多势力派别。这一时期剑仙不但数量骤增，出身也变得包罗万象，道家传人、佛教弟子、藏密活佛、魔教巨枭、通灵妖物……但凡在古代典籍中有记载的神通行当，在近代都不甘寂寞，纷纷以剑仙之名出世。最昌盛的地点便是开风气之先的上海。

1920年代至1940年代的上海是近代中国最为西化的城市，但人们往往崇尚科学而又不得究竟。生活在准西方环境中的上海人在先进的西方文明面前明显感到底气不足，他们需要一个本族文化做支点，需要一个通俗化的形象来支撑他们在乱世中脆弱的神经。于是，老上海的民众开始推崇剑仙，半"洋"半"仙"的社会氛围，东西方文化半通不通地融合，使得剑仙传说在上海有了发展壮大的空间与土壤。

于是乎，1932年，中国奇幻文学史上划时代的巨著《蜀山剑侠传》横空出世了。这部还珠楼主写的剑仙系列小说，和今日的金庸武侠一样，几乎人手一本。书中人人会飞，个个善打，怪兽、灵丹、秘籍、神兵层出不穷。《蜀山剑侠传》糅合了神魔、武侠、奇情等诸多通俗流行元素，熔儒、释、道三家思想精义于一炉，而予以高度哲理化、艺术化的发挥，纵横恣肆，惊世骇俗，最大限度地迎合了市民阶层的心理需要。俊男美女的剑仙组合、脾气怪异的奇人隐侠、凶残暴戾的邪道魔魁、巍峨瑰丽的仙府秘境，在还珠楼主的生花妙笔下构成了一个奇幻迷离的剑仙世界，令无数读者沉迷其中难以自拔。其后醉仙楼主、天风楼主、东方玉、墨余生、徐梦还、丁剑霞等人，继续发挥玄思妙想，各类剑仙小说洋洋而出，"奇幻仙侠派"作品蔚为大观。剑仙们也就此脱离了历史考证和道教真实，彻底成为神通广大、御宇凌霄的飞仙剑侠。

二、剑啸苍穹纵青冥——剑仙之剑

御剑乘风来，除魔天地间。那五彩飞腾的剑光，就是剑仙的身份标志。

剑为兵中之神，有君子之风。剑术是中华武学的重要组成部分，在中国传统武术和神话传说中有着很高的地位。自古，行侠者佩剑，文雅高尚者佩剑，将军统帅麾军佩剑，因此，剑不仅是衡量功夫境界高深的尺码，更是一种身份与尊荣的象征。

剑在道教中也有着重要的地位，在道教的法事活动中，"剑"是降妖伏魔的神物；在道教的传承意识上，"剑"又代表着"法"、代表着正气、代表着决心。剑仙作为道教中人，自然最看重剑。他们所持的剑，有道剑、法剑之分。

"道剑"出于无为，乃无形之器，是智慧之剑、心灵之剑。内修成道，外修成剑，奉德之情，应机而现，杀奸以去邪。其修炼方法是本着"天人合一"的思维，练就"心剑合一"的剑术。"采无极至精，合先天之元气，假乾坤之炉鼎，运元始之钳键，慧火炼成，灵泉磨利，以太极为环，刚中为柄，美利为刃，清静为匣……斩绝贪爱痴之缘，诛尽七情六欲，除掉奸邪烦怒。"练至最高境界时，身如游龙，身与剑合，剑与神合，于无剑处，处处皆剑。剑气如虹，剑行如龙！

"法剑"为金铁之物，乃有形之器，世俗共睹。冶人以技艺，托古剑之气而炼神化精。冰冷坚硬的外形，尖锐锋利的剑刃，出鞘时锋芒毕露、寒光四射的风采，配以剑仙潇洒飘逸的身姿、变化多端的剑术，放光射芒的驭空飞行，端的是迅捷如电无坚不摧。

剑仙驱邪卫道，遁剑飞腾，所仗者多为法剑。法剑主要靠剑光伤人，剑体的大小和形态倒不是关键，甚至有仙剑尺寸炼得越小，剑光威力反而越强的说法。而大名鼎鼎的剑胆，平时不过一坨沉甸甸的铁球，和剑字连关系也难扯上，但一旦灌注真力却会剑气磅礴、光华千丈，劈山斩岳，威力无穷。

剑仙在淬炼法剑中提升修为，故而法剑被视为道教法器正统。每一柄法剑都浸透着修炼者的功元心性，腾腾如焰的剑光更透露出剑仙的法力境界，通常能炼就极品仙剑，也就离成为真正的神仙不远了。

剑仙炼剑的方式大同小异，剑光位阶也井然有序。虽然看光识剑并非绝对，但除却来历不凡的上古神兵外，正道剑光为白、银、金、紫，剑初成时光色纯白，精修后能化为银色，炼到顶峰就会金光夺目。紫色剑光威力和金光相仿，还有辟邪之力，但炼制困难，极为罕见。而邪派剑光则是青、黄、赤、黑，这已成为剑仙界的常识。

法剑修炼到一定境界，还可以藏匿在剑仙体内，人剑合一，运转如意。剑在人在，白光起处杀人于无形。所以传闻中的剑仙，通常不过拍拍后脑、按按头顶、弹弹指尖，就会有白光一道奔敌而去，千里刺人，若囊中探物，令人防不胜防。

法剑如此神异，得之便可傲视凡尘。然而修炼时的艰辛也是常人所难以想象的，要将一块凡铁锻成与性命相合的通灵仙器，需用元神苦炼苦磨，并合以上古神锋，所耗费的光阴动辄以十年百年计算。威力强大的顶尖法器，更多是经历了千年以上的玄功淬炼。尤其在淬炼时，需要以自身的精元为媒介，引导天地元气流通剑体而去芜存菁，从而通过神气相融使剑通灵。这个过程非常危险，如果因修为不足而失去对元气的控制，就会前功尽弃，修为大减，甚至走火入魔成为废人。

法剑虽然难炼，却也有捷径可循。最理想的莫过于修炼已成型的仙剑，借前人法力提升自身修为。或是取五金之精、灵物丹元等灵性质材炼剑，让淬炼事半功倍。一些邪派剑仙干脆杀生害命，盗取精血魂魄炼剑，虽然力量驳杂不纯，以元补元却也别有威力。

三、剑影动八方——纯阳剑仙吕洞宾

奉行积极人生态度的剑仙，相较于极少干涉凡间事务的传统仙人，更是民间传奇津津乐道的对象，至今仍然活跃于大量的文学作品中。其中最著名者，莫过于八仙中的吕洞宾。其足踏宝剑、分波劈浪的潇洒形象，可说是深入人心。

吕洞宾，原名吕岩，唐末道士。据说他出生时"异香满室，天乐浮空，一鸿似鹤"，飞入其母王夫人房中。王夫人惊醒，即生洞宾。因为出生年、月、日、时都为阳数，故又号纯阳子。

吕洞宾家世代为官，祖辈都做过隋唐官吏。他自幼熟读经史，通晓典故百家，但考了三十多年科举而不第，直至四十六岁时，又去赴试，在长安酒肆遇云房先生汉钟离，被点化而得道，遂成为八仙之一。他是八仙中影响最大、知名度最高的一位核心人物。道教的重要派别全真道把他奉为北五祖之一，故世称"吕祖"。

吕洞宾是八仙中最活跃的人物，他潇洒倜傥、文才出众，喜好舞剑、饮酒、作诗，还是一位很风流的神仙，可说是仙界中的异数。在民间，关于他的神奇传说非常多，这其中除了岳阳弄鹤、三度城南柳、三戏牡丹仙子外，最为脍炙人口的，当属飞剑斩黄龙、招蛇化剑、斩蛟劈虎等与剑有关的事迹了！

吕洞宾精通剑术，他曾遇火龙真人，传以日月交拜之法，得雌雄二剑。这两口宝剑不但能辟邪通灵，还能化为青龙取人首级于千里之外。真人并授其天遁剑法。洞宾携剑游江淮、试灵剑、斩黄龙，为民除害，并发愿以手中雌雄剑"浮沉浊世，行化度人"。此后，吕洞宾在天遁剑法的基础上，又自创出智慧三遁剑，"一断烦恼，二断色欲，三断贪嗔"，传留至今。后来道教弟子为了纪念这位剑术大师，索性将吕传授的三遁剑法更名为"纯阳剑法"，这就是今日"纯阳剑法"的由来。

吕洞宾总是身负宝剑，云游四方，有时以剑为笔，题诗写赋。从吕传世的诗文中，可以窥见其刚毅的个性和不畏艰辛的精神。他在《剑诗》中写道："欲整锋芒敢惮劳，凌晨开匣玉龙嗥。手中气概冰三尺，石上精神蛇一条。"从诗中我们看到他为了修炼高超的剑术，情愿忍受修行的辛劳。身为一个无拘无束、无牵无挂的出家道人，能凌晨即起，在寒风冰雪中苦练剑法，其坚强刚毅的性格跃然纸上，让人敬佩。

人都是有追求的。吕洞宾的追求可用一个"侠"字概括。他苦练剑法的目的，正如他诗中后段所写，是为了让"奸血默随流水尽，凶膏今逐渍痕消。削除浮世不平事，与尔相将上九霄"，剪除邪恶，斩杀凶顽，消除浮世不平之事，便可以实现"上九霄"成仙的目的，一股侠肠仙气荡然于字里行间。

吕洞宾的诗中也有"剑术已成把盏去，有蛟龙处斩蛟龙"，"夜深鹤透秋空碧，万里西风一剑寒"，"家居北斗星杓下，剑挂南天月角头"等句。这些句子则流露出这位神仙剑侠潇洒情怀的另一面。

第十二章 三山五岳尽拱伏
——山神漫谈

"山不在高,有仙则名。"山,群峰巍峨,气势磅礴,云出其间,松海茫茫。观其形,自然造化,鬼斧神工;体其神,人文聚集,意蕴无穷。古人浪游烟霞,放情丘壑,但见山高水远、云缠雾绕、险峻雄伟,既赞赏又敬畏,于是乎,就把充满神圣感、庄严感的山川视作神明。之后,这种崇拜又得到有意识的强化,山岳被人格化,人们祀之为神,顶礼膜拜,几乎每座山都有了一个或多个专属山神。山神文化,遂成为自然与人文、宗教与哲思的有机交融。成书于两千多年前的《山海经》,就记载了有关山神的种种传说,《太平广记》里也收录了不少山神的故事,而《五藏山经》里还对诸山神的状貌做了详尽的描述。

一、万山之祖——昆仑山

"横空出世,莽昆仑,阅尽人间春色。飞起玉龙三百万,搅得周天寒彻。"这是毛泽东词《念奴娇·昆仑》中的传世佳句。莽莽昆仑山,又称昆仑墟、昆陵,它西起帕米尔高原,横贯亚洲中部,由新疆、西藏入青海、四川,山脉全长

2500公里，平均海拔5500米，山势如巨蟒，西窄东宽，气吞万里，以无比磅礴的气势，撑起了雄浑的青藏高原，成为世界第三极，被誉为"亚洲脊柱"。

"昆"是高的意思，"仑"则指屈曲盘结的状貌。这高莽接天的昆仑山是产生中华民族神话传说的摇篮，它在古老的中国神话体系中拥有崇高的地位，相当于希腊神话里的奥林匹斯山。

中国神话可分为两大系统，一个是蓬莱仙话体系，八仙过海、海外仙山等，可归为蓬莱神话体系。还有一个就是昆仑神话体系，女娲炼石补天、西王母蟠桃盛会、精卫填海、姜太公封神、白蛇盗草等神话，均出自昆仑。昆仑神话雄浑博大，独具特色、影响深远。所以昆仑被古人尊为"万山之祖""龙脉之宗"，享有"国山之母"的美称。

千百年来，神秘的昆仑山留下了无数瑰丽动人的传说，根据《山海经》《淮南鸿烈》《博物志》这三部古代最具权威性的地理书籍记载，昆仑山高万米，是天帝在地上的陪都。这里处中央之极，方位西北，系天乾之所在，亦即日月星辰围绕的方向。"天不问其高几里，要于仰视之，去天不过十数丈也……"因此连接天地的天柱，以及通天的天门都设在这里。圣人神仙若想上天，都必须经由昆仑山顶上的"建木"。

由于拥有上天入地的交通便利，自然便有许多神仙选择在昆仑山居住。众神聚居，昆仑就显得格外壮丽繁华。每年的三月初三，昆仑山仙主西王母都在北麓的"瑶池"（即昆仑河源头的黑海）举行蟠桃盛会，群仙众神欢聚一堂，一派和谐祥乐的气象。

作为天帝（即黄帝）的行宫，昆仑山上共有八大宫殿：碧玉堂、琼华宫、玄圃宫、阆风巅、天墉城、紫翠丹房、玉英宫和昆仑墟。宫殿周围都围以白玉栏杆，正门对着东方，由神兽陆吾把守。陆吾即开明兽，是位半人半兽的神，人面虎身，有九个头，非常威武。

宫殿西面，生长着璇树，东边是沙棠树和琅玕树。琅玕树上能生长美玉，状如珍珠，宫中的凤凰和青鸾都以此为食。琅玕树由一位名叫离朱的天神看守，他有三头六眼，因为三个头轮流睡觉，所以不分昼夜，总有一双眼睛注视着琅玕树的动静。

宫殿北面，生长着碧瑰、珠玉、玗琪等树，"每风起，珠玉之树，枝条花叶，互相扣击，自成五音，清哀动心"。南面有雕鸟、蝮蛇、九尾神兽、六首蛟，还有一种非常奇特的生物叫"视肉"。视肉没有四肢百骸，样子有点像牛肝，在一堆肉中生了一对小眼睛。其肉味道鲜美，而且总也吃不完。

昆仑山宫殿的外围四周，有九重山连绵重叠，每一重之间相隔万里，从山下仰望，五色云雾缭绕其间，映出巍峨神圣的"神阙之象"。山脚下弱水环绕，"天下之弱者，有昆仑之弱水焉，鸿毛不能起也"。弱水外又环绕着炎炎的火山，山上有一种烧不完的树，不论风吹雨打，永不熄灭。其火焰发出灿烂的光辉，把昆仑山顶的宫殿照耀得分外美丽。

这火中还生长着一种大鼠，身体比牛还大，重达千斤，身上的毛有两尺长，细滑如丝。这种鼠一离开火，用水一泼就会死掉，把毛剪下可以织布。这种布做的衣服永远不用洗濯，穿脏了只要在火中一烧，就洁净如新，称为火浣布。

距昆仑山东北四百里，有一座悬圃，是天帝培养灵药的苗圃花园。此园由一位名叫英招的天神管理，他长得马身人面，浑身虎斑，背有双翅，能腾空飞行，乃昆仑四兽神之一。悬圃下面，有一股一尘不染、清澈晶亮的泉水，名叫瑶水，是瑶池的源头之水。

昆仑山还盛产美玉，特别是一种柔软的白玉，玉中分泌出洁白油润的玉膏，天帝每天以此作为食物，多余的玉膏则用来灌溉苗圃。每过五年，苗圃就会结出甜雪、素莲、黑枣、碧藕、白橘、沙棠、玉膏七种灵药。

这就是神妙莫测、优雅博大的昆仑山所构成的神话世界。

二、五岳大帝

昆仑而下，神州之山，以五岳为尊。五岳大帝即镇守东岳泰山、南岳衡山、西岳华山、北岳恒山、中岳嵩山的五位神明，民间合称为五岳大帝。

对五岳的祭祀与崇拜，殷周以来即有之。西汉时，对五岳的祭祀开始成型，那时人们认为五岳有通天地、兴风雨、主万物生长的功能，庙祀五岳的典礼从此历代沿袭，形成制度。

随着神仙信仰的发展和深入，五岳不断被神化。晋葛洪的《枕中书》以太昊氏为青帝，治岱宗山；祝融氏为赤帝，治衡霍山；金天氏为白帝，治华阴山；颛顼氏为黑帝，治太恒山；轩辕氏为黄帝，治嵩高山。但这五位上古神话人物，做五岳的神并不长久。道教创立后，视五岳为洞天福地，推出了属于道教嫡系的五岳之神，与五行、五方、五色相匹配，形成了一个完整的五岳信仰体系。道教五岳之神在唐代被封为王，在宋代被封为帝，元朝时加封"圣帝"。其信仰深入民间，神格崇高，是中国神话体系中相当重要的一大脉流。

1. 东岳大帝

东岳泰山古称太山、岱山，亦称岱宗，地处山东省中部，山势雄伟，居五岳之首，因此五岳大帝中自然以东岳大帝最为尊崇。秦汉以前，古人认为泰山峻极于天、厚达接地，是人神相通的地方，为苍龙帝主出生腾飞之发祥地。所以帝王登极，都必须到泰山封禅祭告天地，以保佑国家昌隆长久。

东岳大帝作为泰山的化身，是上天与人间沟通的神圣使者，是历代帝王受命于天，治理天下的保护神。他全称"天齐大生仁圣帝"，所居洞府名为"蓬玄太空洞天"，系三十六洞天之第二洞天。对于他的来历，有多种说法，最为可靠的说法认为东岳大帝是创世神盘古的玄孙，所以他能成为五岳之首也就不足为奇了。

在传统的中国民间意识里，泰山位居东方，属震，是太阳升起之地，也是万物的发祥之地，更是人死后灵魂的归宿地。因此，泰山又是一座掌管生死的神山，而泰山神则是阴间鬼魂的最高主宰。

昆仑而下，神州之山，以五岳为尊。五岳大帝即镇守东岳泰山、南岳衡山、西岳华山、北岳恒山、中岳嵩山的五位神明，民间合称为五岳大帝。其信仰深入民间，神格崇高，是中国神话体系中相当重要的一大脉流。

东岳大帝

南岳大帝

北岳大帝

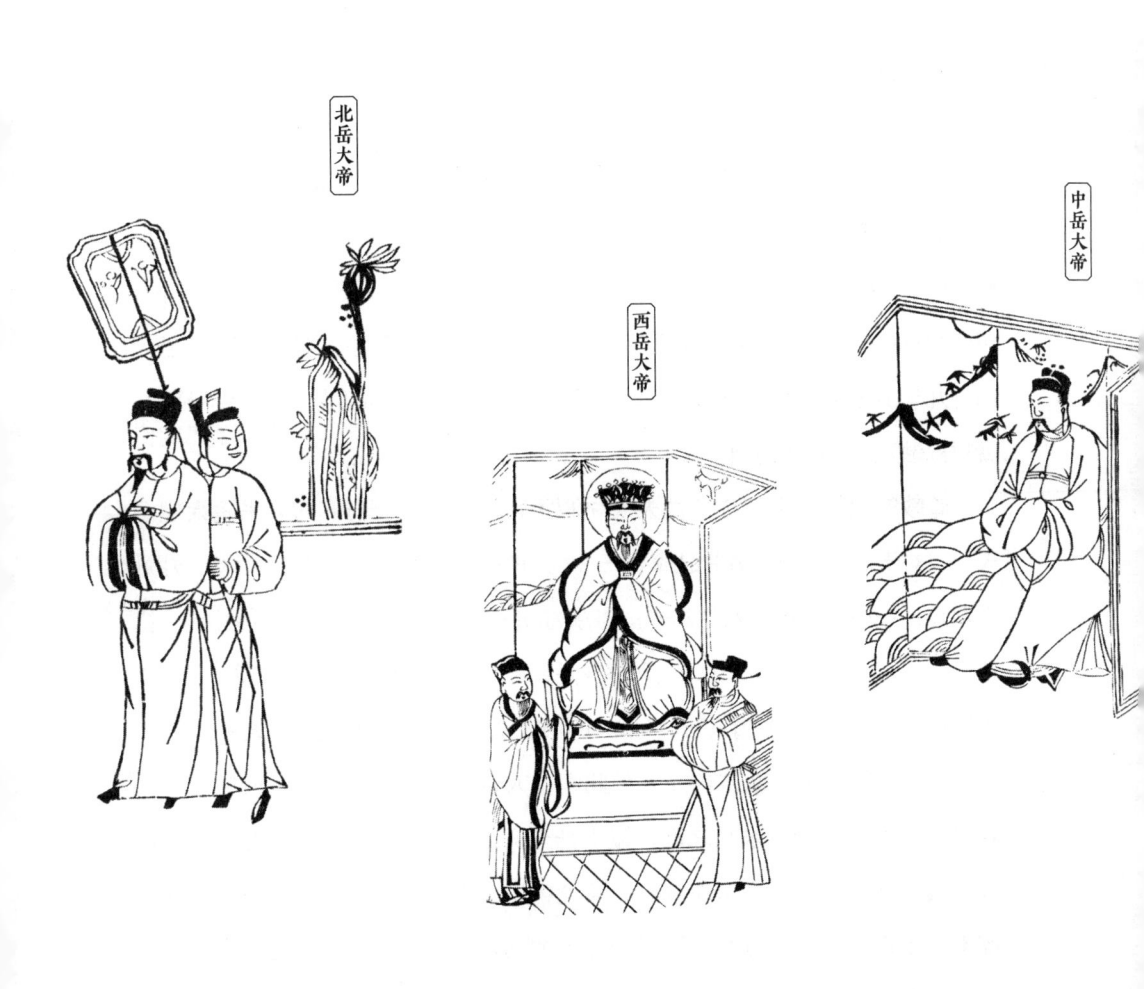

西岳大帝

中岳大帝

东岳大帝既掌神职，又管鬼职，道教又赋予了他极高的权力：气应青阳，位尊震位，独居中界，统摄万灵，并最终将神、鬼统一于泰山神的管辖之下。从此泰山神有了双重的神性职能。他服青袍，戴苍碧七称之冠，佩通阳太明之印，乘青龙，领群神五千九百人，仙官、仙女九万人，主率百鬼。掌人间善恶之权，统理十八地狱六案簿籍，举凡官职、生死、贵贱等事，都可过问，乃是一个名副其实的"万金油长官"。由于万求万应，因此中国各地礼敬东岳大帝蔚然成风，其香火之旺盛，几遍于全国各地。

2. 南岳大帝

南岳衡山又名潜山、霍山，"霍"者，万物生长，垂枝布叶，霍然而大之意。《述异记》认为南岳乃是盘古大神的左臂所化，其地处湖南省中部，山色青翠，盘纡数百里，有大小山峰七十二座，以祝融、天柱、芙蓉、紫盖、石廪五峰最高。上古时，黄帝与祝融经过衡山，黄帝问起衡山名字的来历，祝融答说："此山横亘于云梦山与九嶷山之间，如一杆秤，能够称量天地的轻重，所以叫衡山。"黄帝很满意，就封祝融为第一代衡山神。

道教的南岳大帝全称"司天大化昭圣帝"，所居洞府名为"朱陵太虚洞天"。对于他的来历，诸书记载不一。《龙鱼河图》载："南方衡山君神，姓丹名灵峙。……一云衡山君烂洋光。"东方朔《神异经》云："南岳神姓崇，讳罩。"《历代神仙通鉴》认为南岳真身是曾经辅助大禹治水有功的伯益，至今衡山仍有当年大禹治水的禹王石。而《封神演义》中则封崇黑虎为南岳大帝。

由于五行之中，南方色赤，因此南岳大帝的装束为头戴九丹日精之冠，衣赤锦飞裙，披神光朱文之袍，佩夜光天真之印，乘赤龙，统领七万七百仙众。其主要神职是主掌星象分界，兼理鳞甲水族鱼龙之事。历朝历代的君王都十分重视前往衡山登礼，旧时全国各地均建有南岳神庙，以衡山南岳大庙最为著名。

3. 西岳大帝

古代地理家有"泰山为龙,华山为虎"之说。西岳华山,又称太华山,地处陕西华阴。"华"者,获也,取万物滋熟可得获之意。此外,由于"华"通"花",而华山山峰远望若莲花,故名。华山高耸巍峨,山高"五千仞",有东朝阳、南落雁、西莲花、北云台、中玉女诸峰。由于奇峰绝壁,十分陡峭,故华山自古即有"天下第一险"之称。相传华山是上古时盘古的脚趾所化,是连接天庭的天梯,许多修仙者即由此上达天界。

帝王祭祀华山的目的是为了巩固权力和统治,因为西岳"能兴云雨,产万物,通精气,有祯祥"。原始的华山本没有正式山神,但出于国家威仪的需要,道教也创造了一位西岳大帝以供官方配享。西岳大帝全称"金天大利顺圣帝",所居洞府为"太极总仙洞天",位列三十六洞天之第四洞天。《恒岳志》述其来历曰:"西岳华山……岳神姓羌。"《龙鱼河图》亦云:"西方华山君神,姓诰名郁狩。一云华山君浩元仓。"《封神演义》则以蒋雄为西岳正神。

西方色白,所以西岳大帝的形象,据《云笈七签》称"领仙宫玉女四千一百人……服白素之袍,戴太初九旒之冠,佩开天通真之印,乘白龙"。其神职是主管世界珍宝及五金之属,陶铸坑冶,兼管羽翼飞禽类。迄今在华山周边的民间,尚流传有不少华山神的神奇故事。

4. 北岳大帝

恒者,常也。北岳恒山,相传为盘古右臂所化,地处山西省浑源县,山脉奇绝、自成天险,兵家自古即有"占恒山而绝天下"之说。黄帝与蚩尤的涿鹿之战就发生在恒山。恒山仙迹颇多,茅山派祖师茅盈、八仙之一张果老都曾隐于恒山。恒山主峰天峰岭上,相传有吉祥的瑞兽白泽出没其间,白泽趋吉避凶,使得恒山成为远古人类崇拜的著名神山图腾。

北岳大帝全名为"安王大贞玄圣帝",所居洞府称"太乙总玄洞天",系三十六洞天之第五洞天。《神异典》引《恒岳志》述其来历:"颛顼氏为黑帝,治太恒山。"《龙鱼河图》云:"北方恒山君神,姓登名僧。"《封神演义》则封崔英为北岳正神。

北方色黑,《云笈七签》称:北岳神君服元旒之袍,戴太真冥冥之冠,佩长津悟真之印,乘黑龙,领仙人玉女七千人。他的神职,主要在于管理江河淮济,兼任虎豹蛇虺等属。

5. 中岳大帝

嵩者,山高也。中岳嵩山地处河南省登封市西北方,挺拔于中原腹地,是儒、释、道三教荟萃之地,由太室山和少室山组成。古人认为嵩山是上天的大门,掌管着人间的天象征兆,再加上其邻近古都洛阳,因此战国以前嵩山的地位要高于泰山,享受着莫大的尊崇。夏、商、周三代祭天,总是先祀嵩山,然后才按序拜泰山。直到秦始皇泰山封禅后,嵩山五岳最尊的地位才被泰山取代。著名的伊水和洛水,也都发源于嵩山。

嵩山屹立中天,相传是盘古死后的腹部所化,这一带又是黄帝部落的聚居地,炎黄联盟、尧舜禅让、大禹化熊、涂山女化石、石中生夏启,都发生在嵩山。而道教更视嵩山为修仙绝佳处,松涛狂啸,长歌嵩高,此中的仙迹俯拾皆是,数不胜数。周太子在此归逸二十年,修炼成仙,驾鹤而去,更为后人所津津乐道。

中岳大帝是五岳中信仰起源最早的山神。《山海经·中山经》云:"其神皆神面而三首,其余属皆豕身人面也。"可见中岳神的早期形象是半人半兽。到了《封神演义》里,姜子牙大封天下诸神,以闻聘为中岳正神。道教吸收了中岳大帝后,《龙鱼河图》认为,中央嵩山君神,姓寿名逸群。东方朔的《神异经》则说中岳大帝的姓名是恽善。他的全称为"中天大宁崇圣帝",所居洞府是"上圣司真洞天",

位列三十六洞天中的第六洞天。

中岳大帝在历朝皇帝的礼敬重视下，几乎每朝都有新封号。他服黄素之袍，戴黄玉太乙之冠，佩神宗阳和之印，乘黄龙，领仙官玉女三万人。主掌土地、山川、林木，是雄伟、刚性与坚强的象征！

三、泰山女神碧霞元君

碧霞元君，俗称泰山玉女、泰山娘娘、泰山老母等，是泰山上最显赫的山神，也是中国历史上影响最大的女神之一。因她爱穿碧衣红裙，故成仙后被赐号"天仙玉女碧霞元君"。明清以前，她在民间的影响甚至大大超过了泰山主神东岳大帝。人们把她的神庙建在泰山的最高处，俨然一位威灵赫赫、庇佑九州岛的"泰山女皇"。

碧霞元君的身世来历自古说法不一，一说为黄帝所遣之玉女。据《玉女考》和《瑶池记》记载，当年黄帝建岱岳观时，曾派七位仙女，云冠羽衣，前往泰山迎接西昆仑真人。其中一位仙女后来留在泰山随真人修行，终于得道，成为碧霞元君。

另一说则称碧霞元君原是凡人之女，汉明帝时，善士石守道与妻金氏有女，名玉叶。此女相貌端庄，为人聪颖，三岁解人伦，七岁学道法，曾参拜过王母娘娘。十四岁时入泰山黄花洞修炼。三年修炼丹成，元精发而霞光显。于是凭灵泰山，成为泰山女神碧霞元君。

第三种说法则来自《蒿庵闲话》。汉代时，人们在泰山顶上雕刻玉女石像，并修建玉女池以奉祀。五代战乱频仍，殿堂倾塌，石像仆地，玉女之像也剥蚀沦落于玉女池内。到了宋朝，真宗东封泰山，在玉女池中洗手，玉女石像竟自动浮出水面。宋真宗急忙下令疏浚该池，用白玉重雕玉女神像，造神龛供奉。并命有司建"昭真祠"，遣使致祭，号为"圣帝之女"。明朝时，将昭真祠扩建为"碧霞宫"，自此碧霞元君成为官方认可的泰山女神。

道教吸收碧霞元君后，认为碧霞元君乃应九炁而生，原为上界天仙，已证太一青玄之位。她见众生遭遇沉沦，遂受玉帝之命，分身化气，陟降泰山，化为玉女之身。后被册封碧霞之号，统领岱岳神兵，照察人间善恶，护国安民，普济众生。

人们之所以对碧霞元君尊崇备至，一方面固然源于原始崇拜中的山岳崇拜，但也与元君的职司分不开。《东岳碧霞宫碑》载："元君能为众生造福如其愿，贫者愿富，疾者愿安，耕者愿岁，贾者愿息，祈生者愿年，未子者愿嗣……而神亦靡诚弗应。"由此可知，碧霞元君在民众的心理层面上简直是有求必应，无所不能。随着影响的不断扩大，她的神职功能更不断扩大，远远超越了一般山神。从神界入俗界，又从俗界入神界，她神通广大，能护佑农耕、医病、商贾、旅行、婚姻、升迁、长寿等事。尤其是"泰"字在《易经·泰卦》里表示"天地交而万物通"之意，就是说这位女神滋生万物，主生，所以民间又把她视为送子娘娘，能使女子无孕得孕，有孕健康。可以说，在她身上凝聚了平民百姓几乎所有的世俗生活理想，百姓对她倍觉亲切，从而愈发信赖她。总之，碧霞元君适应了社会各阶层的各类需求，对她的崇拜信仰因此遍及大半个中国，她也逐渐成为民众心目中的慈母、圣母。

泰山是天的象征，在男尊女卑的封建社会里，为何会让来历复杂的女神凌驾于东岳大帝之上呢？因为泰山是阴阳交替之所，"阴阳"本身是相互矛盾的，泰山既代表峻极于天的乾象、父性，又代表发育万物的坤象、母性。所以古代帝王既在山顶祭天，又要在山下祭地。封禅制嬗变后，坤女乘虚而入，称大地为"后土"，而后土夫人就是"碧霞元君"。泰山玉女也就顺势成了慈善贤良、孕育万物的泰山女神了，再加上又是天帝之女，自然不同凡响，腾达于东岳大帝之上，神权赫赫也就不足为奇了。

东岳大帝主死，碧霞元君主生，两者形成鲜明的对比。但东岳大帝毕竟属国家祀典对象，只有天子帝王才有资格祭祀，而碧霞元君慈祥端庄，和蔼可亲，无论帝王还是百姓，都把元君当作自己的保护神朝拜。其信仰的平民意识构筑起它雄厚的社会基础。故旧时信仰碧霞元君的人特别多,也特别虔诚,不仅在泰山有庙,在各地也建有许多"泰山娘娘庙",许愿还愿者如痴如醉,至今仍香火不衰。

四、茅山仙祖——三茅真君

在江苏省西南部,有座连绵数十里的句曲山,相传西汉景帝时有茅盈、茅固、茅衷三兄弟在此修道成仙,故此山又称茅山。茅山是十大洞天中的第八洞天,号"金坛华阳洞天";又是七十二福地中的第一福地。这里风光瑰丽多姿,有九峰十八泉二十六洞二十八池等胜景,以"灵、秀、仙"著称。

据《神仙传》记载,"三茅"中以茅盈最先得道。传说茅盈出生时红霞满天,三日不散,所以取名"盈"。他自幼即聪明过人,少年时已文名素著。但他对仕途不感兴趣,只爱采药炼丹,修养真性。十八岁那年,茅盈离家到北岳恒山修炼,后参访各地名山洞府,至龟山遇见西王母,得授《太极玄真之经》,参悟了整整三十年。

四十九岁那年,学道有成的茅盈兴冲冲地回到家乡。想不到老爷子一见他,勃然大怒,骂道:"你这个不孝的东西,不侍奉双亲,一跑就是三十年,连音信都没有。现在还回来干什么?"说完,举起手中的拐杖就要打。茅盈赶紧跪下劝阻道:"父亲息怒,孩儿如今已有了道行,千万打不得。"老父哪里肯信,举杖便打,谁知拐杖还没有碰到儿子的身体便折成数段,如飞石强矢,竟把墙壁穿了几个大窟窿。父亲大惊,这才相信儿子所说不假,不由得消了气。他问儿子:"你说你得了道,能让死人复活吗?"茅盈道:"除了有罪之人不能救活外,其他暴病夭亡的应当没有问题。"正巧村里有个少年刚死几天,茅盈前去,运用道术,还真让他活转过来了。这一下轰动了十里八乡,百姓一传十,十传百,都知道有个茅盈能起死回生。此后,茅盈时常为百姓治疗沉疴顽症,药到病除,口碑极好。人们对他又佩服又尊敬,称他为"茅神仙"。

茅盈的两个弟弟也很有出息，茅固做了武威太守，茅衷做了西河太守。他们出巡时，随从仪仗前呼后拥，十分威风。茅盈见了觉得好笑，就对两个弟弟说："人间富贵终不长久，明年四月初三我要上天去做神仙，希望二位官老爷和各位乡亲能为我送行。"果然，到了那一天，茅家门前数顷地突然不知被何人打扫得干干净净，青绸的帐篷一字排开，屋内白毡铺地，可容数百人。众宾客到齐以后，宴会开始，不见侍者穿梭，而金盘玉杯自动飞至桌上。至于美酒、奇肴、异果更是人间不见，复有丝竹金石之乐不绝于耳，兰麝之香达数里之外。酒酣宴罢，一群仙官和金童玉女从天而降，把茅盈迎上彩舆，簇拥着升空而去。

茅固、茅衷见哥哥飞升仙界，无比羡慕，也想做逍遥自在的神仙，便辞官而去，寻找哥哥学道。茅盈说："你们已经年老，上清升霄大术难学，只可修行成地仙。"于是三茅兄弟隐居于句曲山，一边苦行修道，一边以道法医术周济民间疾苦，终于位列仙班，成为道教重要支派茅山派的祖师神。后太上老君授茅盈为"司命真君"，茅固为"定箓真君"，茅衷为"保生真君"，合称"三茅真君"。为永久纪念他们，后人还把句曲山改名为"三茅山"。民间流行的《茅山父老歌》《三茅歌谣》等，颂咏的就是三茅的事迹。

第十三章 神仙也要无厘头
——谐仙笑佛趣谈

"人生南北多歧路，神仙终须凡人做！"

道教中的神，往往在历史上确有其人。别以为他们做了神仙，就都变得正经八百，一副不食人间烟火的严肃模样。

其实在仙界佛境，有那么几位谐仙笑佛，即使已经位列仙班，依然不改诙谐的个性。

他们幽默滑稽、风趣洒脱，于嬉笑怒骂间，给清规井然、庄重肃穆的神仙世界，平添了几番谐趣。

一、亦狂亦侠我最癫——济公

"鞋儿破，帽儿破，身上的袈裟破；你笑我，他笑我，一把扇儿破……无烦无恼无忧愁，世态炎凉皆看破。走呀走，乐呀乐，哪有不平哪有我……"

这首风靡海内外、老少皆会哼的歌曲，唱的正是在中国家喻户晓、深受百姓爱戴和景仰的神僧活佛——济公。

1. 历史上真实的济公

济公，历史上实有其人，最早见于南宋释居简的《湖隐方圆叟舍利铭》和释如的《赞济癫》。他俗名李修元，字湖隐，生于南宋绍兴十八年，浙江天台县人。李修元自幼博览诗书，文理精通，号称"神童"。十八岁时父母双亡，遂在杭州西湖灵隐寺剃度出家，法号"道济"。道济不拘俗礼、不守戒律、不饰细行，为人"狂而疏，介而洁"，喜的是喝大碗酒、吃大块肉，行为举止癫狂放荡，人人皆以为疯。更有人告到其师慧远面前，慧远庇护他说："佛门之大，岂不容一癫僧！"从此道济就被称为"济癫僧"。

道济也不以为意，更把"癫"字认作本来面目，变本加厉地疯癫起来，生活行事完全不按常规，穿衣吃饭总带三分癫意。他时常身穿破袈裟、脚拖破蒲鞋、手摇破蕉扇，出入歌楼酒肆，浮沉市井坊间，以落拓不羁的外表、幽默风趣的谈吐济世救人。别看他帽破鞋垢，挤眉弄眼，貌似疯痴，实际上在这邋遢、古怪、滑稽的外表下面，却藏着一颗善良的心。他学问渊博，医术高明，为百姓治愈了不少疑难杂症；而且精通佛理，用佛法医人医世，点化了诸多误入歧途者。他不贪财、不攀贵，智斗秦桧及其后人，惩治嘲弄贪官污吏，以嬉笑怒骂、幽默智慧的方式行善积德、扶危济贫，逐渐声名远播，成为世人心目中大智大勇的化身、普度众生的高僧。

嘉定二年（1209），道济在净慈寺端坐圆寂。临终前作偈一首，概括自己生平曰："六十年来狼藉，东壁打到西壁。如今收拾归来，依然水连天碧。"

2. 神化济公

道济生前替人消灾解厄，抱打人间不平，那些为富不仁、坏事做绝的恶人对他又恨又怕。他逝世后，善良的老百姓都舍不得他，每当遇到不平事时，都希望

济公

济公在历史上实有其人，为南宋时人，俗名李修元，后在灵隐寺出家为僧，法名道济。他外表落拓不羁，谈吐幽默风趣，但能以嬉笑怒骂、幽默智慧的方式行善积德、扶危济贫，逐渐声名远播，成为世人心目中大智大勇的化身、普度众生的高僧。

他能再度出现，惩恶扬善，扶弱济困。于是道济被逐渐神化为转世人间的降龙罗汉、除佞降魔的活佛。

活佛济公看破红尘，任性逍遥，为方便度世，更常常装疯卖傻。这一形象在清代中叶正式定型，延续和发展了《西游记》中对孙悟空和猪八戒的夸张描述，进一步突破了神仙的庄重肃穆。这位谐仙放浪形骸，不修边幅，以游戏人间的方式积极干预现实，其平易近人的平民形象，不僧不俗、非氓非丐，若痴若狂、若戏若癫，彰显出一种自然天真的性情，打破了长期以来神仙的神秘感和虚幻感，在仙班中独具一格。济公也就此成了一位集神仙、游侠、怪僧于一身的喜剧型谐仙。

二、倒骑毛驴戏人间——张果老

张果老，姓张名果，因得长寿胎息之法，修成了长生不老之术，故名字中加一"老"字，以示尊敬。张果老在混沌初开之时，本是一只白蝙蝠，后来得天地灵气、日月精华养化，又经历了许多世的劫难后，方才在唐朝时幻化成人形，做了一名道士。

张果老的故事最早见于《明皇杂录》，新旧《唐书》均在"方技类"载有《张果传》。明吴元泰《八仙出处东游记》第二十回、二十一回，凌濛初所撰《初刻拍案惊奇》卷七等，对张果老的事迹也均有详述。

相传张果老长期隐居于中条山，自言生于尧时，浑忘甲子。唐太宗、唐高宗不时征召他，都被他婉拒。武则天时他年数百岁，则天召他出山，他也装死不去。唐玄宗时，派使者请他入朝，求长生不老之法。初次见面，唐玄宗见张果老须眉皆白、面目苍老，心生疑惑，以为是个骗子，就问："先生乃得道之人，为何发疏齿落，老态龙钟？"张果老说："衰朽之岁，没有什么道术可依凭，所以才变成现在的样子，实在令人羞愧。不过如果把这些疏发残齿拔去，不就可以长出新的来。"说着便在殿前拔去鬓发，击落牙齿，玄宗有点害怕，忙叫人扶张果老去休息。一会儿张果老回殿，果然容颜一新，青鬓皓齿。玄宗这才信张果老真的有本事。

又有一次，唐玄宗去打猎，捕获了一头大鹿，此鹿与寻常的鹿相比，稍有差异，但普通人都看不出来。厨师刚要开刀宰鹿，张果老看见了，连忙阻止，说："这是仙鹿，已经有一千多岁了，当初汉武帝狩猎时，我曾跟随其后，武帝虽然捕获了此鹿，但后来把它放生了。"玄宗说："天下之大，鹿多的是，时迁境异，你怎么知道它就是那头鹿呢？"张果老说："武帝放生时，在鹿的左角处用铜牌做了标记。"玄宗命人查验，果然有一块二寸大小的铜牌，只是字迹已经模糊难辨了。玄宗又问："汉武帝狩猎是哪年？到现在已经有多少年了？"张果老答："至今已有八百五十二年了。"唐玄宗命史官核对，果然无误。

由此唐玄宗愈发敬重张果老，封他为"银青光禄大夫"，赐号"通玄先生"。但张果老难耐宫中闲寂，向往天宇之宽阔，最终辞别玄宗，飘然而去。他回山后不久，遇铁拐李点化，终于果证成仙，唐玄宗特地为他建了"栖霞观"来供奉他。

三、诙谐岁星——东方朔

御辇龙舆，车行辚辚。雄才大略的汉武帝这日出巡归来，车驾正要进入午门，突然听得前边喧哗一片，隐隐还有哭声传来。武帝一看，原来是宫里的侏儒们正跪地抽泣。他们一见武帝车驾近前，急忙匍匐着爬到武帝车前，拼命叩头请罪。汉武帝大奇，忙问是何缘故。侏儒们哭诉道："有人说陛下要杀掉我们，所以我们特来请罪！"

武帝勃然大怒道："岂有此理！朕何时讲过要杀你们？是谁竟敢假传圣旨？真是大胆！"侏儒们困惑地说："是，是东方朔……"

汉武帝闻言，默想片刻，低声喃喃自语着："哦，又是东方朔？"

那么，这个东方朔到底是谁呢？

东方朔,字曼倩,山东平原人,西汉辞赋家。因其出生时东方天色始白,遂以"东方"为姓;又因出生三天即丧母,由邻居拾朔抚养,故名"朔"。他是"东方"这个复姓的始祖。

东方朔自幼即聪慧过人,博览群书,酷爱经术,写得一手好文章。他性格开朗,爱讲笑话,机智多才,诙谐滑稽,这种与生俱来的幽默本领,常令他每逢局面困窘时,总能凭借急智,躲过一次次灾祸。他说学逗唱的本事,除战国时淳于髡外,无人能出其右,所以后世的相声艺人奉其为相声业的"祖师爷"。

作为一代幽默大师,东方朔说话的艺术可是"非一般"的高超。其中最重要的一点,便是他"能吹善吹"。用吹牛的方法宣传自己,一副"天下我最牛"的模样,常常能收到奇效。东方朔第一次亮相,就是靠吹牛这一带有浓厚喜剧色彩的方式,引起皇帝的注意。

汉武帝刚登基时,下诏征求天下的贤良,只要被选上就能做官。东方先生一看,机会来了,一步登天,不得了!别看竞争的人多,不这样还显不出某家的手段!天下的才人无不踏踏实实地上书进言,而东方朔却洋洋洒洒地写了三千片竹简,毫不自逊地将自己大大地吹嘘了一番。他上书自荐说:"臣朔年十二学书,三冬文史足用……已诵四十四万言……年二十有二,长九尺三寸,目若悬珠,齿若编贝,勇若孟贲,捷若庆忌,廉若鲍叔,信若尾生。若此,可以做天子大臣矣。"翻成当代白话就是:俺从小就聪慧伶俐,饱读诗书,精通兵法,真可谓文武双全;而且讲道德,守信义,再加年轻貌俊,身材修长,浑身上下挑不出一点儿毛病。古人所有的光辉品质都集于俺一身了,皇帝陛下您要用俺做大臣肯定错不了!

在汉武帝看的那么多上书当中,敢如此大言不惭地往自己脸上贴金的,东方朔是头一份,自然引起了汉武帝的好奇心,"狂妄的家伙我见过不少,狂到这种程度倒还少见,好玩好玩"。于是他对东方朔格外关注。虽然诸大臣皆轻其"文辞不逊,高自称誉",但求贤若渴的汉武帝却见其书而"大伟之,命待诏公车……诏拜以郎,常在侧侍中"。东方朔凭着智慧和勇气,终于迈出了成功的第一步。

虽然剑出偏锋,初战告捷,不过英明的汉武帝自然不会傻到认为东方朔真是完人，因此刚开始只命他当个管公车的小官，不但俸禄菲薄，且不能拜见天颜。这可把东方朔急坏了，长此以往，别说得不到重用，靠那点儿薪水，不饿死也晾成鱼干了。这个狡黠的年轻人便盘算着如何让皇帝进一步提拔自己。

他特意找到一个武帝宠幸的侏儒，恐吓道："你的死期就要到了！皇帝觉得你们这些人，身材矮小，没什么本事，耕田没有力、打仗没有勇、治民没有德，只会吃穿，浪费粮食，无益于世。陛下已经厌倦你们了，准备把你们这些吃闲饭的弄臣通通杀掉。"

侏儒大惊，心想连这个无官无职的家伙，都敢用这种口气跟我说话，想必消息是真的，吓得大哭起来，连忙跪下，向东方朔讨教对策。东方朔出主意说："你联合所有的侏儒，一见到皇帝，马上就长跪不起，也许能免一死。"

侏儒们当然照办，这才有了众侏儒跪驾这一幕。武帝立即命人召东方朔来质问。东方朔振振有词地回答道："侏儒身长不过三尺许，每月能得到一袋口粮，还有二百四十钱俸金，他们撑饱了还有余剩。我身高九尺三，每月也是一袋口粮、二百四十钱俸金，饿得前心贴后背，这实在是不公平。如果陛下认为我还可用，就应该给予优厚的待遇才对。不然，就应该把我早早赶回家，免得浪费长安城中的米粮。"他捧着肚子，把有气无力的饥饿劲儿学得惟妙惟肖，口气幽默滑稽，引得汉武帝哈哈大笑，于是，不仅没有责备他，反而下诏令他"待诏金马门"，供自己随时征召咨询。就这样，东方朔的待遇得到了改善，并且获得了接近皇帝的机会。他虽在朝中，却不拘守朝仪。见了天子，要说就说，要笑就笑，时常把个尊严天子逗得喜笑颜开。天子日坐朝廷，拘束良多，有他这样一位滑稽人物陪同谈笑，别有一番乐趣。从此，这一对伟帝与智臣，开始了长达半个世纪同兴汉室的悲乐生涯。

东方朔不但放荡不羁、奇智多谋，而且精研道术、博闻强识，于仙家变幻神通之事所知甚多。而汉武帝正好也"洞心于道教，穷神仙之事"，常向东方朔求仙问道，东方朔每每对汉武帝讲述神仙灵怪、方外异事。故《汉书》曰："其事浮浅，行于众庶，童儿牧竖莫不炫耀，而后世好事者因取奇言怪语附着之朔。"

所以民间不少神话传说，皆以东方朔为主角。后来的各种古籍记载中，东方朔的事迹更时常被神化，他本人也被描绘成"岁星下凡"，脱去了肉身俗胎，成为暂居人间的神仙。《洞冥记》记载："朔年三岁，天下秘谶一览，暗诵于口。"《独异志》卷上载："汉东方朔，岁星精也，自入仕汉武帝，天上岁星不见。至其死后，星乃出。"李白亦有诗曰："世人不识东方朔，大隐金门是谪仙。"《东方朔传》更详细叙述了他的神异才能。例如他能"乘履泛泉"，到达"其国人皆织珠玉为簟"的异地；《海内十洲记·序》记他能在北极遨游，"北至朱陵，扶桑，蜃海，冥夜之丘，纯阳之陵……"，其中"冥夜之丘"指的是北极圈地区的"极夜"现象，而"纯阳之陵"则指连续六个月的"极昼"。

如此渐次演化，到了宋朝，东方朔被民间奉为"喜神"，最后更被道教封为"诙谐岁星"，算是修成了正果。

四、睡仙——陈抟老祖

陈抟，字图南，自号扶摇子，是五代宋初最出名的道教传奇人物。据《宋史》和《真经通鉴》记载，陈抟早年曾是个弱智儿童，四五岁时还不会说话。但正像武侠小说中的主人公经常会遇到天上掉馅饼的美事一样，小陈抟某天在涡水边玩耍，一个青衣女人（据说此女就是《列仙传》里的毛女）走过来，抱起陈抟喂了一回奶，这口奶非同寻常，陈抟从此不但能开口说话，而且变得聪明过人，张口就能吟诗，《诗》《书》《易》《礼》等儒家经典、百家之言，统统一见成诵，不在话下。长大后，更是自视极高，每每揽镜自照说："吾非仙而即帝。"颇有经世纬时、济民从政之雄图。

然而在那样一个纷乱不休的时代，军阀当权，吏治腐败，高素质的人才基本没有办法走正常的科举功名之道。后唐年间，陈抟屡试不第，一腔热情慢慢冰冷，他逐渐醒悟到：世事浮华实为虚妄，不如修仙学道逍遥自在。遂放弃仕进，游历名山，求仙访道。后得高士指点，隐居武当山九室岩服气辟谷，潜心研究毛女传授的"炼形归气、炼气归神、炼神归虚"心法。如此清静修道二十余年，大有所成。后又移居华山，与隐士李琪、钟离权、吕洞宾等为友，切磋内家仙功玄机。

陈抟隐居武当修炼时，曾跟青城道士何昌一学过"锁鼻术"——即不让气从口鼻进出的高深气功术，这种气功特别适用于睡觉，睡下去少则一月，多则半年，有时甚至能熟睡三年。如果能传流到当代，保证受到无数重压下失眠的白领的青睐。

陈抟在锁鼻术的基础上，又参以老子的"捐情去欲，静笃归根"的内丹术思想，并借鉴寒冬季节龟蛇蛰而不食的原理，反复剖析其理，引入人身，发明了睡功升级版——蛰龙法。从此他"华山高卧"，常百余日大睡不起，世称"隐于睡"。

陈抟的睡功相当厉害，最长时可以一觉睡上十几年。有一次，一个樵夫看到山谷里有个死人，走近一看，吓了一大跳。原来这个"死人"正是陈抟，自己小时候就见过。当年他躺下就睡，樵夫还曾经在他身旁种了一棵树苗。如今小树都已经长成参天大树了，真不知道陈抟已经在此处睡了多少年！

陈抟虽然隐居酣睡，却未忘世情时事。他经常在睡醒后指点江山，作世外高人状，于是他的大名就传到了好几位皇帝的耳朵里。俗话说："做了皇帝想登仙"，皇帝历来都对仙人和长生不老感兴趣，于是前后共有四位皇帝曾宣陈抟入朝。首先是后唐明宗李嗣源，李嗣源亲拟手诏，召见陈抟，并赐号"清虚处士"，还赐他三名宫女。但经过一番晤谈，陈抟感到明宗不过是个凡子，没有仙骨，于是他给明宗留下一封辞别信和一首诗，悄然遁去。其诗曰："雪为肌肤玉为腮，多谢君王送到来。处士不解巫峡梦，空烦云雨下阳台。"

五代乱世，朝代兴替有如走马灯，转眼到了后周。周世宗对"黄白之术"（炼丹术）素有兴趣，于显德三年召陈抟入宫，问以炼丹飞升之术。但陈抟对周世宗说："陛下为四海之主，当以致治为务，奈何留意黄白之事乎？"周世宗无可奈何，只好找丞相冯道（就是那个著名的官场不倒翁，五代元勋代代红）商量。冯道有一肚子鬼主意，他对皇帝说："人间的诱惑莫过于酒色，七情莫甚于爱欲，六欲莫甚于男女。陈抟在山里住了这么多年，陛下赐他一坛极品好酒，然后派美女三人，声称给他暖足，到时不愁他不就范。"周世宗喜道："正合朕意。"

陈抟收到这份大礼后，当时打开美酒就饮，美人在旁边斟酒服侍，陈抟也不推辞。使者回报冯道，冯道以为计谋可成，心中暗喜。没想到第二天一早，冯道却发现陈抟早已飘然而去，那三个美女都被锁在另一间房中。冯道一问，美人们说陈先生喝了酒就睡，睡到五更方醒，留下一封书信就走了，冯道将书信拆开，只见一首偈：

臣爱睡，臣爱睡，不卧毡，不盖被。
片石枕头，蓑衣铺地。南北任眠，东西随睡。
震雷掣电泰山摧，骊龙叫喊鬼神惊，臣当其时正酣睡。
闲思张良，闷想范蠡，说甚孟德，休言刘备。三四君子，只是争些闲气！
怎如臣，向青山顶上，白云堆里，展放眉头，解开肚皮，且一觉睡。管甚玉兔东升，红轮西坠。

世宗见偈后，赞叹不已，为之倾倒，遂遥赐陈抟为"白云先生"。

别看陈抟睡得稀里糊涂，可委实是天下第一明白人！每逢新朝登台时，他都是紧皱眉头、大摇其头，唯独听说赵匡胤做了皇帝，这才拍手大笑道："天下自此定矣！"说来陈抟与赵宋王朝还颇有渊源，四十年前，襄樊路上到处都是拖儿带女南下逃难的饥民。在逃难的人群中有一位中年妇女，挑着两个竹筐，筐内各坐着一个男孩，妇女疲惫不堪，迎面撞上了陈抟。陈抟一见竹筐里的两个男孩，顿时又惊又喜，他拦住妇女，拱手道贺说："夫人好福气！"妇女惊疑地说："我们母子三人逃难至此，衣食无着，性命难保，哪有什么福气？"陈抟立刻取出银两周济她，并对过路的人群吟道："莫道当今无真主，两个皇帝一担挑。"说罢飘然而去。在场者都以为陈抟是个疯道士，无人信以为真。哪知筐中坐的两个孩子，大的就是赵匡胤，小的则是赵光义，挑担夫人杜氏即后来的杜太后。

有此缘分，宋太祖赵匡胤屡次差官迎取陈抟入朝，陈抟皆不肯。后来赵匡胤发出手诏，陈抟见诏，书写四句曰："九重天诏，休教丹凤衔来；一片野心，已被白云留住。"太祖大笑，加封陈抟为"希夷先生"。"希"指视而不见，"夷"指听而不闻。

宋太宗对陈抟也十分器重，特许他入朝不拜，曾两次向他请教治国方略，陈抟写了四个字："远近轻重。"太宗不解其意，陈抟解释说："远者，远招贤士；近者，近去佞臣；轻者，轻赋万民；重者，重赏三军。"太宗深感陈抟所言切中时弊，四字方略真乃治世良策，心中大喜。陈抟回山后，宋太宗想封他做"帝师"，并派车迎他入宫长住，陈抟都辞谢了，于是太宗将华山赐予陈抟。陈抟前后拒绝了四位皇帝恩赐的禄位，这就是有名的"四辞朝命"！

五、笑佛弥勒

1. 佛教中的弥勒

体态丰满、袒胸露腹，笑口常开、亦庄亦谐，这就是佛教寺院里一团和气的弥勒佛给人们留下的良好印象。他是中国民间普遍信奉、非常流行的一尊佛，也是举世公认的快乐佛、欢喜佛、幸运佛。在人们心目中，笑佛弥勒不仅可以保平安、生富贵，更代表着知足常乐、包容忍耐、喜悦和善的富足心态。笑佛那亲切慈爱的笑容，能使人忘记烦恼与忧愁，又因他阐释了"笑纳天下财""和气生财"的道理，所以民间也尊弥勒佛为"财宝佛"，供奉他祈求聚财纳福。

弥勒，是梵文 Maitreya 的音译，汉语译作慈氏，为姓，在古天竺语中是慈和、慈祥、慈悲之意；其名"阿逸多"，译作无能胜，是无人能胜、无往而不胜的意思。

据佛经记载，弥勒生于南天竺婆罗门家，与释迦牟尼是同时代人，后来随释迦出家，成为佛弟子。他受尽磨难，终于修成正果，住在六欲天中的兜率天。兜率天是印度神话中的诸神游乐之所,类似"诸神俱乐部"。这里庄严清净,莲花处处,无诸欲乐,乃是天界净土。世人只要持戒修禅、积累功德,死后即可往生弥勒净土。由于释迦牟尼曾预言弥勒将先于自己圆寂,而后降世成佛,继承佛祖未竟的事业,因此弥勒又被称为"补处菩萨",也就是佛祖的接班人。届时,弥勒佛将在龙华树下演说佛法三次(三会之说法),广度一切众生。不过,接班的日子要等上五十六亿六千万年(四千佛岁),不知道那时候宇宙还在不在!所以弥勒佛在"竖三世"中,也被称为"未来世佛"。未来世佛能预知未来,预测祸福,示人吉凶,无不应验。

由上可见,弥勒佛是仅次于释迦牟尼(如来佛)的处于候补地位的佛,在"贤劫千佛"中排行第五。他最著名的功法是"慈心三昧",也就是念及苍生、救世普度的慈悲情怀。他的鸿誓大愿是化混乱的世界为大同,化污浊的人间为净土,化黑暗罪恶的尘世为天国。弥勒佛形象的出现,一方面表达了人们对于释迦牟尼佛入灭之后信仰对象空缺的不满意,另一方面也体现了佛教徒对美好未来的期待,寄望弥勒佛能够拔除众生痛苦,使众生得到真实的安乐。

2. 弥勒佛本土化——布袋和尚

弥勒佛和其他佛、菩萨一样,都来自印度。诸佛、菩萨有如恒河沙数无量无边,基本上都是印度人的模样,而最初的弥勒像,也是头戴宝冠、身披璎珞的菩萨装束,其面容端正,双手合十,交脚盘坐,造型带有浓郁的印度风格。但后来中国人却如此喜欢弥勒佛,盖因随着岁月流逝,弥勒佛变得相当中国化,连相貌都变成了"中国制造"。笑嘻嘻的一副典型中国人的世俗形象,不再是印度式的宝相庄严、高高在上,亲和力自然大增。而从印度传入的弥勒佛原始真容,反倒极少有人知晓了。

中华文明最善于吸收、消化外来文化。随着弥勒信仰的逐渐流行,对弥勒形象的改造也在悄然进行。自五代开始,中国民间有了"家家弥勒佛,户户观世音"的说法,此时的弥勒佛已经是光头大耳、袒胸凸肚、笑容可掬的"国产形象"。

他手提布袋，随意卧躺，喜眉乐眼，憨态可掬，自然而不造作，使人一见便油然而生亲近之意。据说，摸一下他的大肚皮，还能消灾除病，保佑平安呢。这一本土化、世俗化、民间化了的弥勒佛形象，不再是高高在上的金身佛，而成了一个如你我般有情有欲的俗人，自然而然地被中国民众普遍接受并长期流传。

据《宋高僧传》卷二十一载，这位永远笑哈哈的"中国式弥勒佛"，是以五代后梁时游方僧人契此为原型塑造的。契此号"长汀子"，是浙江奉化一个挺有名气的云水僧，由于经常披着一个布袋，见到地上有粮食就捡起来放入布袋中，因此被称为"布袋和尚"。人们问他捡拾这些谷物干什么？他说："有时备无时，无用变有用。"并作偈曰："我有一布袋，虚空无阻碍，展开遍十方，入时观自在。"他身体矮胖、塌鼻梁、肚子特大，言语无常，行为奇特，天将旱时便穿高齿木屐，天将涝时穿湿草鞋，多有灵验，因而名噪一时。

作为一个居无定所的游方僧人，契此是十分贴近民间的，他性格乐观宽容，逢人便笑，随遇而安，形象和蔼可亲。人们笑他、骂他、欺他、辱他，他都不气不恼，也不与人争辩，任人嘲讽羞辱，尽能容忍，而且总是笑。凡是他行乞时对他有过赐予的店铺，往往生意分外兴隆，大大获利；而不肯施予或辱骂他的人，却也从不曾遭到报复。他示美好于丑拙、显庄严于诙谐、现慈悲于揶揄，言语虽然戏谑幽默，但仔细玩味，却可从中悟出对人世的深切感慨。

契此云游时，通常都是一手持佛珠，另一手提着一个大口袋，这口袋是用来盛"气"的，生气时就打开口袋，将"气"装进去。所以契此能够时刻保持慈宁安详，这使他在人间播道时，总能笑嘻嘻的，使人很容易就会被他那坦荡的笑容感染而忘却自身的烦恼。久而久之，人们渐渐开始喜欢他，尊称他为"欢喜和尚"。

后梁贞明三年（917）三月初三，契此端坐在岳林寺的一块磐石上，口念一段偈子圆寂："弥勒真弥勒，分身百千亿。时时示世人，世人皆不识。"契此死后天下轰动，人们认为他就是弥勒佛的应世化身。于是，许多寺院在塑造弥勒佛法像时，便按契此生前的形象和处世态度进行设计。布袋和尚能容人容物，能坦然接受世间的一切苦难和人为的灾难，其特点就是肚大过人和笑容满面。以后"矮身大肚、眉开目慈、蹙鼻笑口"就成了中国弥勒佛的固定形象。

后来，佛教又在大肚弥勒身边塑了两至五六个小肚孩儿与之嬉戏，称之为"五子戏弥勒"，颇受祈求子嗣的妇女欢迎，于是又有了"送子弥勒"一说。这位弥勒在中国民间影响深广，近代白莲教就曾经打出弥勒佛的旗号，以他先佛入灭、后降世成佛的经历作为改天换地的象征。

第十四章 彼岸花开
——中国冥界诸神

曼珠沙华——彼岸花，是只绽放于冥界三途河畔、忘川之旁的接引之花。花如血一样绚烂鲜红，且有花无叶，是冥界唯一的花，黄泉路上唯一的风景。它的美，是暗翳、灾难、死亡与分离的不祥之美。

冥河之上，一叶轻舟。千百次轮回，来了又去，去了又来。当灵魂渡过忘川，便忘却生前的种种，曾经的一切都留在了彼岸，开成大片大片触目惊心的赤红的花，绽放出妖异的近于红黑色的浓艳，远远看去就像是鲜血所铺成的地毯，如火、如脂、如荼，因此连片的彼岸花又被喻为"火照之路"。往生者就顺着这花的指引前往幽冥地府。

一、酆都大帝与鬼都

中国的冥界，即道教地府，由阴间主神酆都大帝与地藏菩萨共同统辖。不过地藏菩萨属于"精神领袖"，行政上的事务一律归酆都大帝做主，因此酆都大帝是掌握冥司实际权力的最高主宰。

酆都大帝，又称北阴大帝、北太帝君，九月九日生。陶弘景《真灵位业图》称："酆都北阴大帝……位列第七阶中位，天下鬼神之宗，治罗酆山，三千年而一替。"他品阶虽然不高，但也雄踞一方，自成领域，是坐正位的第一把手。其同阶诸神有周武王、齐桓公、秦始皇、汉高祖、刘备等，都是历史上赫赫有名的君主，也算没有辱没酆都大帝的威名。

道教神系中，管理冥府的神祇原本有好几位，经过不断发展变迁，后土、东岳等逐渐被改造成了其他领域的主神，作为冥主的信仰基本消失。只有酆都大帝最终保留了"幽冥教主"的职位，统管着十殿阎王、六案功曹、四大判官、十大阴帅、七十五司以及无数鬼卒。凡生生之类，死后均入地府，其魂无不隶属酆都大帝管辖，按生前所犯之罪孽、所积之功德，逐一处治。他是亡魂的超度者，冥界的总审判官。

酆都大帝的治野，在四川省酆都县的巨岩下，这里是阴间的入口，也是鬼国的国都所在。酆，原指北方癸地的罗酆山，这里山高二千六百里，周围三万里，山上有六丁鬼神宫室，是为六宫，依次为纣绝阴天宫、泰煞谅事宗天宫、明晨耐犯武城天宫、恬昭罪气天宫、宗灵七非天宫、敢司连宛屡天宫，是鬼王处断圣贤与罪人之处。人死后，按照不同的阶层，要到不同的鬼宫去报到。

大约自宋代起，酆都大帝的地府被迁到了四川酆都县。酆都县有一座平都山，系道家七十二福地之一，苏轼曾题诗"平都天下古名山"。传说汉朝著名道士王方平、阴长生曾在此修道成仙，白日飞升。后人误将王方平、阴长生之首字连读成为"阴王"，并作阴间之王解释，阴王居住的地方当然是阴间的国都。于是，福地酆都县就被当成是幽冥之都了。酆都人仿照阳间官府体系，累世修建各种与地狱有关的建筑机构，久而久之，营造了一个等级森严，熔逮捕、羁押、庭审、判决、教化诸功能于一炉的"鬼城"，并最终为道教所认可。

"下笑世上士，沉魂北酆都。"这是诗仙李白的两句诗，成为文学杜撰酆都鬼国的滥觞，令鬼都之名远扬。到了明清时期，《夷坚志》《西游记》《南游记》《三宝太监西洋记》《聊斋志异》《钟馗传》《子不语》《何典》等神异著作更对酆都进行了大肆渲染和刻画，使得酆都作为鬼的大本营而家喻户晓。生命在这里终结，又从这里开始。人们把不能在阳间实现的愿望以及种种恩怨，都放到酆都来解决，以因果报应去惩恶扬善，彰显天理，使理想化的鬼神成为饱受不公折磨的人们生存的精神支柱。

二、十殿阎王

阎王注定三更死，谁敢留人到五更？酆都大帝虽说名气不小，又为道教正宗鬼帝，但与民间广泛信仰的阎罗王相比，仍是稍逊一筹。一般小民提起阴间，大多都认为阎王爷才是大哥大。

阎罗王，梵语 Yama-raja，又译夜摩、耶摩、焰摩、阎摩、琰魔等，其中文意为"缚"，即缚有罪之人。他的原型是古印度神话中的耶摩神，在婆罗门教经典《梨俱吠陀》中，耶摩神居住在天界的乐土，人死后的灵魂都要去见耶摩神。耶摩神有两条狗，经常在人间巡游，当用嗅觉发现有人要死时，就把他的灵魂引到天界。后来佛教采用了这一雏形，并吸收了毗沙国王的传说，融合塑造出了佛教的阎罗王。

据《问地狱经》载，很久以前，古印度有一个毗沙国，国王生性好战，仗着军势强盛连年征伐，而且从不服输。当时唯一能与他对抗的是维陀始生王，军队也很强大。他们互不相让，拼死厮杀。

毗沙王由于一味穷兵黩武，国力渐渐不支，终于在一次大战役中，被维陀始生王杀得大败。毗沙王好不容易杀出重围，一个人落荒逃到一座小山上，他手下的十八大臣，收拢了百万残兵败将，到山上来找他。他们群情激愤，朝维陀始生王所在的方向，对天起誓："至死追随毗沙王！定要痛惩仇敌，就算到了阴间地府，也要称王，周旋到底！"接着，他们在毗沙王的带领下，义无反顾地冲下山坡，与维陀始生王的大军展开决战，最后全部英勇阵亡。这百万之众死后，阴魂直入地狱，一举夺得了阴间的统治权。于是，毗沙王便成了威名赫赫的阎罗王，他的十八大臣则分别做了十八地狱之小王，而百万之众，也变成了地狱的众多鬼卒。毗沙王的誓言终于实现了，生前他败在维陀始生王的手下，维陀始生王死后却要到他主宰的那数也数不清的各式地狱里受罪。

与其他佛教神传入中国后被本土化一样，阎王信仰在中国民间也进行了"大杂烩"式的整合，把佛教因果报应、转世轮回的教义与道教鬼神迷信相结合，历经数次角色变化后，阎王终于坐尊正位，正式掌管起汉化地狱里的各项事务。据《一切经音义》载：古代僧人翻译佛经，把阎王意译为"平等王"，就是认为阎王处事公正、待人平等，主持赏善罚恶之事，名正言顺。

阎罗王直接掌管着人的生死轮回，人死后阴魂不散，都要到酆都报到，接受阎王的审判。一个人一生的善恶、功过、最终去向，都由阎王最终裁决。生前行善者，可升天，享富贵；生前作恶者，会受惩罚，下地狱。他行使司法官之权，相当于最高法院院长。在这个法庭上，所有的人都是被告，而且永远不能上诉。广大劳动人民千挑万选，不断地设计着他们心中最理想的阎王爷形象。于是刚直忠义的韩擒虎、范仲淹、寇准都曾做过阎王。但最著名、最得人心的中国阎王，还得属包公包青天。

包拯，北宋开封府知府、龙图阁大学士。《宋史》称："拯性峭直，恶吏苛刻，务敦厚……与人不苟合，不伪辞色悦人，平居无私书，故人、亲党皆绝之。"包拯一身正气，刚正清廉，关于他断案的故事流传极广，在《三侠五义》中，包公审理"狸猫换太子"一案时，就曾巧设森罗殿，扮成阎罗智审罪犯。他的狗头、虎头、龙头三口铡刀，"下铡贫民，上铡王孙"，作威作福的王爷、残民以逞的贪官、男人的耻辱陈世美、作奸犯科的巨盗等一大批败类，统统都死在包公的铡刀下。正因为包公断案如神，不畏权贵，堪称官场的楷模、正义的化身，所以让包公死后继续"发挥余热"，到地府当阎王真是深得人心，理想至极。包公额头上那个半月形的肉芽，就是他"日断阳，夜判阴"的标志。翟灏《通俗编》对此记载道："今童妇辈凡言平反冤狱，辄称包龙图，且言其死作阎罗王。"

阴阳初分之时，人间生灵不多，且民风淳朴，人们生前罪过也不过区区数种，阎王爷还忙得过来。其后人口益多，人心日坏，所犯罪孽五花八门、数不胜数，阎罗王力不暇给，很难审理完所有案子。于是地府开始"精细化分工"，又引进了九位冥王，冥界也被分为十王殿，各有一王主之，合称"十殿阎王"。他们互有分工，各负其责，共同管理着鬼的世界。

这十殿阎王分别是：

一殿秦广王，专管长寿夭折、出生死亡的册籍；统一管理鬼魂的受刑及来生吉凶。他手下有"六部功曹"，左班的三名，分管天曹、地曹、冥曹；右班的三名，分管神曹、人曹、鬼曹。六曹的职责是把阴间的公文、禀报及时呈送给阴天子，并把阴天子的诏令迅速下达到各处。

二殿楚江王，主掌正南方的活大地狱，专审违伦常、乱法纪、造业无数、至死不悔之恶徒。

三殿宋帝王，主掌东南方的黑绳大地狱，专审顽劣不孝、邪说害人之徒。

四殿五官王，掌管正东方的合大地狱，专审无情无义、忘恩悖德之徒。

五殿阎罗王，本居第一殿，因同情屈死鬼，放其回现世报怨，遂贬至第五殿。五殿有楹联："青天有眼，铁面无私"，与包拯的人品一致。阎罗王掌管东北方的叫唤大地狱。役使鬼卒于五趣中，追报罪人，捶拷治罚，决断善恶。治下有五官，鲜官禁杀，水官禁盗，铁官禁淫，土官禁二舌，天官禁酒。

六殿卞城王，掌理正北方的大叫唤大地狱，专审借宗教之名行恶背德之徒，以及心险面善、狡猾善辩之伪君子。

七殿泰山王，掌管西北方的热恼大地狱，专审造杀盗、邪行、妄语等恶业之徒。

八殿都市王，掌管正西方的大热恼大地狱，专审诲淫诲盗、色情堕落之众生。

九殿平等王，掌理西南方的阿鼻大地狱，专审世间一切冤死众生。

十殿转轮王，负责安排轮回转世。其殿直对五浊世界，设有金、银、玉、石、木板、奈何等六座桥。从前九殿押解到这里来的鬼魂，在此分别核定其罪福大小，然后押交孟婆神的醧忘台下，灌饮迷魂汤，再派鬼座押解，发往四大部洲的适当地点投胎。

三、地狱未空，誓不成佛——地藏王

地藏王，又称地藏王菩萨、幽冥教主，梵名Ksitigarbha。严格来讲，他是佛教四大菩萨、娑婆三圣之一，但由于他与道教的阎罗王、鬼魂、地狱等联系密切，所以被"借调"到道教系统工作，久而久之也就成了中国冥界的一位高级别神祇。

据《地藏十轮经》载，地藏菩萨因"安忍不动如大地，静虑深密如秘藏"，故名地藏。"地"指大地，一切万物得地而生、依地而长，无论有情无情众生，只要离开大地就不能生存，所以"地"有能持、能摄、能载、能生、能依、坚牢不动等意。"藏"就是宝藏，财宝足以济人贫苦，圆人事业。地藏王有无量的法财，布施一切苦恼众生，使他们都能修行成就，所以叫作"藏"。

地藏王的前身，是一位叫目连的佛教徒。目连的母亲青堤，生前爱财如命、吝啬贪心，既刻薄穷人，又不敬佛门，死后被打入铁围城饿鬼地狱。目连出家得道后，去饿鬼地狱时见到母亲日夜受刑，骨瘦如柴，心痛如刀绞。他求来饭食喂母亲，可那饭食一到嘴边就变成火炭吃不下去。目连无奈，只好求教于佛祖，许愿以自身入地狱代母受苦，才把母亲救出地狱。

地藏菩萨本来已经成就甚深智慧，能够悟入佛的境界。《占察善恶业报经》曰："……以是菩萨本誓愿力，速满众生一切所求，能灭众生一切重罪，除诸障碍，现得安稳。"可见地藏王愿力宏厚，智能深广，犹如无垠无际的海洋与大地，早有资格可以成佛。

但他由于救母曾许下入地狱的誓愿，又在忉利天受释迦佛嘱托，要在释迦寂灭后而未来佛弥勒出世前的这段无佛时代里，担负起度化、拯救六道众生的重任，尽全力于五浊恶世救拔陷于地狱苦海的众生，因此他发下大誓愿："我今尽未来劫，为是罪苦众生，广设方便，悉令解脱。众生度尽方证菩提，地狱未空誓不成佛。"并且主张"我不入地狱,谁入地狱?"这一舍己度人的大悲愿行,深彻无边,感天动地,只可惜世人沉沦造恶,死后堕落地狱,数千年来永无止息,地藏王救不胜救,难以度尽,如今仍然在地狱中为苍生而苦恼。

地藏王是最后加入四大菩萨行列的,与观音慈航普度、度世救人的目标不同,地藏王要救度的是地狱中恶贯满盈的"罪鬼"。越是浊恶世界越要去,越是恶业深重的众生越要去度化。他常现金身,光照幽冥,深入三恶道,每日早、午、晚三时,广为宏说《地藏菩萨本愿经》,以大悲愿力救度各种恶业,尤其是对十八层地狱里的罪苦众生更是特别悲悯。地狱众鬼听闻佛法种下善根,善根萌芽,则知道自己有罪,知道要忏悔,诚心忏悔到至诚境地,离诸忧苦,不堕恶道,一切罪厄解除,地藏王就度他们出地狱,前往人天之路。其功德无量且不可思议,为一切世间声闻、独觉所不能测。

地藏菩萨的形象有多种,最常示现的是出家相,头戴毗卢冠、身披袈裟,一手持宝珠,一手执金锡杖,并饰以幡幢、璎珞等,或坐或立于莲花上。他的坐骑是耳朵非常灵敏、形似狮子的灵兽"谛听"。

相传安徽九华山是地藏菩萨的说法道场。佛灭度一千五百年后,地藏降生于新罗国王族裔,姓金名乔觉,生来高大魁梧,顶耸骨奇。唐高宗永徽四年(653),金乔觉二十四岁,他读遍儒道书籍后,都觉不对味。后来读到佛经,欣喜若狂,认为"六籍寰中、三清术内,唯第一义,与方寸合"。乃剃发出家,矢志学佛,号称"地藏比丘"。他携白犬善听,航海来到中国。至安徽九华山,见九华山峰峦叠聚,形似莲花,是修道的好去处,就选择了山中东崖岩石,终日晏坐诵经,潜心修行。其事迹传开后,大家都被他精进苦修的热忱所感动,商量着给他修建一座寺庙,以方便安心布道,广度众生。

当时九华山的山主,是乐善好施的大财主闵公。建寺时,大家请闵公送地,闵公对地藏比丘一见如故,就开门见山问道:"请问师父,要地几何?"地藏答:"谨要一袈裟所盖覆之地足矣。"闵公不禁哈哈大笑道:"这周围百里,都归我所有,何在乎一袈裟之地!"谁知地藏比丘端的是神通广大,口中连称"善哉!

善哉!"将袈裟向空中一展,竟盖覆了九华山所有的山峰。那奇妙的袈裟,放射出万丈金色光芒。闵公见圣僧如此神通,惊喜不已,五体投地,遂将九华山全部送出。从此,闵公成为地藏比丘最得力的护法,而他的独生子也受其感化而发愿出家,成为地藏忠实的侍者。

地藏比丘居九华山整整七十五载,至玄宗开元年间入灭,终年九十九岁。圆寂后,肉身不坏,颜面如生,僧众以其全身葬于神光岭的月身宝殿,俗称"地藏肉身塔"。其肉身宝殿金碧辉煌,壮丽雄伟,终年灯光长明,象征地藏菩萨威德光明,恒照幽冥世界,救拔无明暗闭之苦。九华山从此也被认作是地藏菩萨的应化道场,屹立于神秘灿烂的莲花佛国中熠熠生辉。

四、为了忘却的纪念——孟婆

冥界,有一条路叫黄泉路,有一条河叫忘川,河上有一座桥叫奈何桥,走过奈何桥,有一个土台叫望乡台。望乡台边有位老妇人,她头挽小髻,身着花衣,一手提茶壶、一手捧汤碗,颇似热情好客的茶馆老板娘。她,名叫孟婆。

遥远的铃声轻颤,在天边渺茫地响起、沉落。奈何桥上回眸一眼,望穿忘川。摆渡人的歌还未唱完,孤单的魂已靠了岸。

于是孟婆笑吟吟地端起汤碗,捋了捋鬓间的灰发,悠悠地迎上前去。来者形形色色,木然、平静、忧伤、恐惧,甚至嘴角噙笑,碧幽幽的汤水中倒映出每一张历尽沧桑的脸。半推半就、颤颤巍巍,然而终究无法逃得脱,每一碗汤都一饮而尽,每一只碗都不余点滴。

孟婆神的创造,实际上是人们"转世"信仰迷茫心理的一种反映。孟婆的原型,有两种说法。其一,《玉历宝钞》记载:"(孟婆)生于前汉,幼读儒书,壮诵佛经。过去之事不思,未来之事不想,在世惟劝人戒杀吃素。年至八十一岁,鹤发童颜,始终处女。"她只知道自己姓孟,名字叫什么连她自己也忘记了，所以世人便尊称她为"孟婆阿奶"。

第二种说法源自民间传说。孟婆是江南的一位小家碧玉，那里没有长沙万里，没有烽火狼烟，有的只是雕花楼里的沉香屑、水云袖、山塘河，堆烟杨柳将孟婆养育成一个容颜姣好、柔情似水的标准美女。特别是她煲的那一手靓汤，远近闻名，喝过的人都赞不绝口，纷纷赞誉这汤乃"天下第一汤"。名声传播开来，连皇帝也想喝孟婆煲的汤。既贪吃又好色的皇帝喝了几次孟婆汤都不过瘾，见孟婆貌美如花，竟生了要把孟婆强留在宫中为他一人煲汤的心思。孟婆在家乡早已有了意中人，于是她百般委婉推却，自私的皇帝一生气，孟婆一缕香魂就去了地府。她负冤而死，心结难开，竟然一夕红颜老尽，相貌由一个大姑娘变成了一位老妪。

此时的冥界，有一大难题未解。按照常理，过去、现在、未来，人，生生世世轮回反复，这一世的终结不过是下一世的起点。生死无情，亡魂定要抛开人间一切，斩断前缘，方能循环轮转再世为人。然而红尘有情、有爱、有恨、有仇，这爱恨情仇就像一条生死链接引着红尘，扯不断、煅不开。谁又能忘却，谁又舍得忘却？人间、鬼界虽然戒备森严，但转世之人如果右脑特别发达，记忆力超群，则尚能隐约残留关于前世的记忆。这样凡间便乱了套，旁门怪道之事层出不穷，世人知晓前世因缘，回头便尽是孽缘：有人妄认前生眷属情人，也有今生之人竟要为自己的前世报恩复仇，搅得阳间阴世伦常混乱、因果难循，不得安宁。

孟婆到了阴间后，阎王见孟婆煲得好汤，便想出了一个点子。他奏请玉帝降旨，敕命孟婆为忘川女神，筑造"醖忘台"，采取俗世幽明药物，合成似酒之汤，专门用以迷魂，分为甘、苦、辛、酸、咸五味（喻人生五味）。凡投生阳间的鬼魂在转世前，都要先到孟婆这里喝上一碗孟婆汤，一来将前生所有之事，什么缘、什么情、什么牵挂统统忘得彻彻底底；二来将茶汤带到阳世，变成涎、汗、涕、泪等液体。如有刁钻狡猾的鬼魂拒服此汤，孟婆就命令小鬼用勾刀绊住鬼魂的脚，把铜管刺进其喉咙，强行灌汤。如果是那良善的人不愿喝，孟婆就会苦苦相劝："痴儿，痴儿，喝了罢！忘了吧！忘却今生，放下一切。"软硬兼施，不由你不喝，你不得不喝。饮尽孟婆汤的刹那，记忆小舟搁浅。从此后，这一世的悲欢离合、这一世的爱恨情仇、这一世的功名利禄、这一世的得失成败全都融化在这汤里；任你曾一无所有，任你曾富可敌国，任你有多么得志，任你有何等失意，全都让这一碗汤打得烟消云散。

男女鬼魂饮过迷魂汤后，皆如醉如痴、浑浑噩噩，各由鬼役、鬼卒搀扶着，从转生通道送出，推上麻绳扎的苦竹浮桥。桥下是红水横流的山涧。对岸的赤名岩上，有斗大的粉字四行，写着：

为人容易做人难，再要为人恐更难。
欲生福地无难处，口与心同却不难。

魂灵们纷纷各依因缘，落入红水横流内，此红水其实正是母体子宫。由于阴间阳世的改变，气闷昏昏，再加上胎身颠倒，不能自由，于是双脚乱踢，蹬破胞壁，奔出娘胎。"哇"的一声落地，带着一张全新的洁净面孔重返人世，开始新生命的形形色色。

五、首席判官崔府君

判官，是辅佐阎王审判地府幽魂的冥官，其地位相当于衙门里的师爷。他们虽然相貌丑陋、绿面赤须，但处断公正、谋深虑远，是地府里不可缺少的智力型人才。

按职别分，判官主要分属赏善司、罚恶司、查察司、阴律司这四大部门。赏善判官身着绿袍，笑容可掬，掌管善簿，根据生前行善的大小多少，予以良善者善报；罚恶判官身着紫袍，怒目圆睁，掌管恶簿，生前作恶的坏鬼全部由他处置，他根据"四不四无"的原则进行量刑：四不——不忠、不孝、不悌、不信，四无——无礼、无义、无廉、无耻。轻罪者送到罚恶刑台上，重罪者送往十八层地狱受惩，刑满后再交轮回殿，拉去变牛变马变畜生。查察判官双目如电，刚直不阿，负责核对死者生前事迹，以防错判；而职位最高、权力最大的，则是掌管生死簿的阴律判官。

四大判官中的前三位均已不可考，唯有最后一位阴律判官崔府君，却是大大的有名，在《西游记》及各种传说中，都有他的身影出现。

据《搜神大全》称：崔府君本名崔珏，字子玉，山西古城县人。《铸鼎余闻》云："崔珏父名让，母刘氏。夫妻平素厚德好施，梦岱岳神赐以双玉，令刘氏吞之，生崔珏。其后，举孝廉。隋唐时，为官各地。因有惠爱之风，多仁德之政，故死后为百姓奉祀，立庙敬之为神。"

民间传说及诸多典籍中，关于崔府君"灵应"之事记载不少。如说他"昼理阳间事，夜断阴府冤。发摘人鬼，胜似神明"。《列仙全传》更载有崔府君种种离奇的仙话，其中尤以"明断恶虎伤人案"的故事最为神奇：在长子县西南与沁水交界处有一大山，名叫雕黄岭，时常有猛兽出没。一日，某樵夫上山砍柴被猛虎吞食，其寡母痛不欲生，上堂喊冤，崔珏即刻发牌，差衙役持符牒上山拘虎。衙役在山神庙前将符牒诵读后供于神案，随即有一虎从庙后蹿出，衔符至衙役跟前，任其用铁链绑缚至县衙。大堂上，崔珏历数恶虎伤人之罪，恶虎连连点头。最后判决："啖食人命，罪当不赦。"恶虎便自动触阶而死。事情传开后，就连唐太宗也惊呼他为"仙吏"。

崔珏六十四岁那年，给两个儿子写下百字铭训，随即安详睡去。他到了地府，由于声名素著，立刻被阎王爷延为己用，做了首席判官。你瞧他：头戴软翅乌纱帽，身穿圆领红官袍，腰围犀牛大宽带，足踏歪头粉底靴，满脸络须，一双圆眼，左手执生死簿，右手拿判官笔，掌案阴司，注定存亡，只需一勾一点，谁死谁活只在须臾之间，端的是官威凛凛，八面来风。后来，崔珏又两度帮助人间帝王摆脱困境，得到显耀加封，更奠定了他在冥界的地位。

第一次，唐皇李世民因魏征梦斩泾河龙王，而被老龙王索命，日夜折腾之下，终于把李世民闹得重病将亡。在临死前，魏征奏道："陛下宽心，臣管保陛崔府君是地府掌管生死簿的阴律判官。在民间故事和诸多典籍中，关于崔府君的"灵应"之事记载不少，最有名的便是《西游记》中送唐太宗李世民回到阳间的故事。

崔府君

下长生。"太宗道:"病势已入膏肓,命将危矣,如何保得?"魏征云:"臣有书一封,进与陛下,捎去到冥司,付酆都判官崔珏。崔珏与臣八拜之交,相知甚厚。他如今已死,现在阴司做掌生死文簿的酆都判官,梦中常与臣相会。此去若将此书付与他,他念微臣薄分,必然放陛下回来。"

李世民死后来到酆都阴司,崔珏果然跪拜路旁相迎。在看了魏征的信后,他胸脯一拍,大包大揽道:"魏人曹前日梦斩老龙一事,臣已早知,甚是夸奖不尽。又蒙他早晚看顾臣的子孙,今日既有书来,陛下宽心,微臣管送陛下返帝都,重登玉阙。"

接着,李世民进到"鬼门关"接受十殿阎王审查,十王要察看生死簿对证李世民阳寿是否已终。崔判急转司房,将天下国王天禄总簿逐一检阅。只见大唐太宗皇帝注定于贞观一十三年寿终。他吃了一惊,急取浓墨大笔,将"一"字上下添了两画,才将簿子呈上。阎王看后惊问太宗:"陛下登基多少年了?"太宗答:"朕即位,今一十三年了。"阎王此时犯了"教条主义"和"经验主义"的错,丝毫没怀疑生死簿被动了手脚,说道:"陛下宽心勿虑,还有二十年阳寿。已是对案明白,请返本还阳。"

就这样,崔判官靠瞒上作弊的手段,把李世民送回了阳间。在还阳途中,太宗又遇到惨死的六十四处烟尘、七十二家草寇里成千上万的冤魂前来索命,又是崔珏出面排解纠纷,助李世民代借一库金银安抚众鬼,方得脱身。太宗回宫后,立即下诏为崔珏建庙,追封崔珏为"灵圣护国侯"。

崔判官第二次显灵是在北宋末年,当时康王赵构作为人质被拘押在金国。后来金人遣还赵构,赵构连夜南逃。一路上星夜兼程,疲惫不堪,路过磁州崔府君庙,就进庙歇息。半夜时分,赵构忽然梦见有神人呼唤他:"金兵追来了,快逃,门外已为你备好了鞍马。"赵构顿时惊醒,赶忙奔出庙门,上马疾驰。等逃过了长江之后,那马却僵直不动了。赵构一看,竟然是庙中那匹泥塑的马,梦中的神人原来就是崔府君。后来赵构即位,做了宋高宗。他念念不忘崔府君的救命大恩,特意下令在临安建了一座崔府君庙,赐庙额"显卫"。从此,"泥马渡康王"的神话也作为崔府君的"先进事迹"流传了下来。

六、鬼王钟馗

从理论上讲，鬼的数量应该和人一样多。人死为鬼，鬼亡投胎，生生世世，循环不休。这么多的鬼秉性各异，阴司的"海关"又把守得未必牢靠，就难免有鬼"偷渡"到阳间，惹是生非，为各类恐怖故事提供了大量活生生的素材。人们怕鬼、恐鬼、忧鬼，于是就要抓鬼、驱鬼、杀鬼，而钟馗就是中国民间传说里专门捉鬼、斩鬼、吃鬼的鬼王。

有关钟馗的记载，起源很早，一般都认为钟馗系由古代的逐鬼法器"终葵"的谐音变化而来。"终葵"今称之为棒槌，是古时一种家用法器，被公认有驱鬼避邪的作用。古时若家中有人生病，常以为是鬼在作祟，就用终葵去赶鬼。不过此时负责捉鬼的，是早期门神神荼和郁垒，他们俩从汉代开始捉鬼，操劳了近千年，直到唐代，才因为钟馗的崛起而卸任。

传说钟馗系唐天宝年间终南山人氏，他生得豹头虎额，铁面环眼，面色乌黑，颧骨高耸，脸上长满虬须，实在是奇丑无比。不过人不可貌相，钟馗外貌虽丑，却文才出众、武艺超群，是个满腹经纶的风流人物，更兼平素为人刚直，不惧邪祟，极受人推崇。这年，朝廷科考在即，钟馗告别亲友，风尘仆仆来到长安赴考。

长安城楼台林立、繁花似锦，钟馗兴致勃勃地在街上游逛。恰好前面有个测字卦摊，钟馗就想卜个前程，他走到摊前说道："先生，我是赶考的举子，你给我卜个吉凶，算算前程吧。"说着，写了一个"馗"字。测字先生细细看了看"馗"字，沉思良久，慢条斯理地说道："相公此次科考，文章定然独占鳌头，但你时运不济，到时不但要名落孙山，且将凶多吉少。"钟馗大惊，忙问缘故。测字先生说："馗字拆开，乃九和首，目下时序九月，你来应试，必然名列榜首。但是，这个'首'却被'九'抛在一边，恐怕科考后相公要大祸临头，有断首之虞。望小心

钟馗

传说钟馗是唐天宝年间终南山人氏，文才武艺超群，是个满腹经纶的风流人物。但因长相丑陋，虽被点为新科状元，却遭到奸臣谗言迫害，愤而自杀。他死后成为斩妖除魔的鬼王，正气凛然，刚正不阿，在民间有良好的口碑。

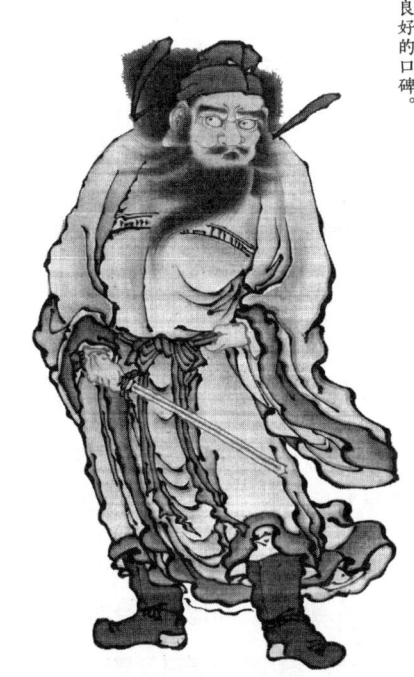

谨慎，最好速离京城才是。"钟馗听了不以为然，心想大丈夫在世，只要行得端正，怎会有大祸降临？这十年寒窗苦读岂能凭一句话就放弃考试！因此他也没往心里去，付了银子便扬长而去。

几天后，钟馗进了考场应试，他下笔如有神，"刷刷刷"一气呵成锦绣文章交了上去。正副主考官看了钟馗的卷子，不由得眼前一亮，异口同声道："奇才，真是奇才。这文章字字珠玑，有谈天论地之秀气，堪继李太白之后也！今年的头名状元非他莫属。"于是将钟馗点为第一名。

唐玄宗听主考说新科状元才华横溢，便在金殿上召见钟馗。当钟馗步上金殿时，玄宗一看他相貌丑陋，顿时双眉紧蹙，不悦道："我朝取士，皆系相貌出众之人，钟馗此等丑陋，如何点为今科状元？"主考官连忙跪奏道："人之优劣，全不在貌。岂不闻晏婴三尺而为齐相，周昌口吃而能辅汉；孔子以貌取人，失之子羽。万望陛下三思。"玄宗沉吟片刻，说："爱卿之言虽有理，但我朝太宗时，曾有十八学士登瀛洲之美谈。堂堂天朝人才济济，难道会缺这样一个丑陋之人吗？"宰相杨国忠为人心胸狭窄、嫉贤妒能，听了皇上的话，连忙跪奏道："状元郎须内外兼修，圣朝不乏人才，岂可让面目狰狞的乡野之辈忝居魁元？如此则势将有辱国体，贻笑四方。今科考生有三百人众，不如请陛下另选一个吧。"

钟馗见杨国忠竟如此谗言惑君，不由得怒从心头起，指着杨国忠大骂道："如此昏官在朝，岂不误国！"说罢，挥拳朝杨国忠打去。唐玄宗见状，大怒道："胆大举子，竟敢在朕驾前大闹金殿，侮殴大臣。金瓜武士速速将其拿下！"钟馗悲怒难抑，泪流满面，顺手拔出站殿将军腰间的宝剑，高声叹道："罢罢罢，我空负一身艺业，满腔热忱，倒叫尔等有眼无珠之辈以貌取人，呼来吆去，等同粪土。堂堂九尺之躯，岂能受如此屈辱！钟馗去也！"说罢，引颈自刎而死。

钟馗之死令朝野震动、士子心寒，为了笼络人心，唐玄宗只好下旨将钟馗按状元待遇殡葬。而他所蒙受的冤屈更感动了玉皇大帝，本来钟馗死后也要和所有人一样，去阴曹地府喝孟婆汤，但玉皇大帝对钟馗刚烈不屈的性格非常赞赏，有意委以重任，遂特别恩准钟馗不必投胎转世，钦封为"翊圣除邪雷霆驱魔帝君"，遍行天下斩妖驱邪。

钟馗上任伊始，心想阴间妖鬼定多，于是找到了阎王，说明来意。不料阎王却说："阴司妖鬼虽有，却都是些服毒鬼、上吊鬼、淹死鬼、饿死鬼之类。真要斩鬼，要去阳间。"说罢叫判官将鬼簿给钟馗看，钟馗仔细翻阅，只见上面罗列了馋鬼、奸鬼、黑心鬼、下作鬼、酒鬼、赌鬼、色鬼等等，名目繁多。他大吃一惊，不料人间竟有这许多鬼魅，看来除鬼的重点应在阳世啊！遂变化前往人间斩鬼祛魔。

一开始，刚出道的钟馗招牌还没打响，形象并不鲜明，流传也不广泛，直到发生了"唐明皇梦鬼事件"，才令钟馗一炮而红，家家供奉。此事《唐逸史》《梦溪笔谈》中均有记载。

话说唐玄宗某次游幸骊山，回来后染上了恶性疟疾，一个多月也不见好，御医全都束手无策。一天深夜，唐玄宗蒙眬睡去，做了个噩梦，梦见一只小鬼身着红衣，长着个牛鼻子，一脚穿靴，另一脚赤着，把靴子挂在腰间，举止古怪可怕。这小鬼偷了唐玄宗的玉笛和杨贵妃的紫香囊，绕着大殿乱窜，唐玄宗大怒，喝问他是谁，小鬼回答说："我嘛，叫作'虚耗'。虚者，望空虚中，盗人物如戏；耗者，耗尽人家财物，让喜事成忧。"玄宗怒极，正要唤武士擒拿，这时，另一个大鬼头顶破帽，穿着蓝袍，围着牛角腰带，裸露着一条胳臂，突然蹿了出来。他一把捉住小鬼，用手指剜出小鬼的双眼，然后把小鬼撕为两半，啃吃个干干净净。

唐玄宗惊惶不已，连忙问大鬼："你是何人？"大鬼奏道："陛下不记得微臣了吗？臣乃终南进士钟馗，因面貌丑陋而被陛下罢黜，一时感愤，遂自刎于殿前。幸得玉帝怜悯，赐我冥职，专责抓鬼。今誓为陛下除尽天下妖孽。"话毕，唐玄宗登时梦醒，缠身多日的病痛竟霍然痊愈。

唐玄宗又惊又喜又愧，急召画圣吴道子进宫，叫他依自己梦中所见，画张"钟馗捉鬼图"。吴道子奉诏，恍惚间似乎钟馗就在眼前，便展开素毫，一挥而就。唐玄宗瞪着眼睛看了半响，说道："先生莫不是亲眼所见？画得怎么这样逼真传神！"马上重赏了吴道子，并批示曰："灵祇应梦，厥疾全瘳。烈士除妖，实须称奖。因图异状，颁显有司……仍告天下，悉令知委。"由于唐玄宗的大力推崇，钟馗捉鬼的事迹天下皆知，从此声誉渐起，取代了神荼和郁垒，成为新一代"捉鬼专业户"。

后来画钟馗的画家越来越多，各依自己的理解巧加构思，所以流传在民间的钟馗也是千姿百态。不过，貌丑而威猛、正气凛然，则是所有钟馗像的共同特点。由于他的使命，是"镇家宅、祛鬼邪、静妖氛、逐疫病"，所以民宅、官府甚至皇宫都安置有钟馗神像，多悬挂于厅堂、卧室等处，也有将他的画像挂在后门充任门神的。

钟馗的兵器，除了钢鞭和金锏之外，最常使用的是一把宝剑。这不是普通的宝剑，而是专用的斩鬼利器——七星剑。剑身上有七个相连的圆点，代表北斗七星图案。北斗七星是道士作法时参拜的最重要的星宿神。七星剑抖开来，风云变色，鬼哭魔惊，再加上钟馗凶狠的外表，不怒自威，亦足以收到以恶制恶的效果。所以钟馗出马，魑魅魍魉无不束手就擒！

每年的三大鬼节清明、中元、寒衣，以及农历七月，是钟馗一年里最忙碌的时候。因为七月是"鬼月"，鬼门关大门常开不闭，众鬼可以出游人间，乱舞狂飙。此际钟馗就身佩神剑、掌埋心雷，入阴阳两道，抓鬼救人。阎罗王更助其一文一武——"衔冤""负屈"两将军当先锋，以及五小鬼做向导，另外再派阴兵三百，组成"除鬼兵团"，浩浩荡荡四出剪除鬼魅，为保人间安宁立下了大功。

除了驱魔剪鬼这一职责外，钟馗还肩负着纠察地府"廉政风气"的重任。任何有权力的地方，必然存在腐败。阴间其实同阳世一样，也有黑暗、腐朽与不公，活脱脱就是阳间官场的翻版。

而钟馗身为鬼王，地位特殊显赫，并不受阎王的节制，况且又是含冤而死，对腐败深恶痛绝。他正气凛然，刚正不阿，有着一致的良好口碑。在《平鬼传》中，阎君向玉帝称赞钟馗"最正直无私"。在明代杂剧《庆丰年五鬼闹钟馗》里，中阳真君也称赞他"正直贤能"。《钟馗全传》中，玉帝安排殿前司簿总管幻化美女，色诱钟馗，钟馗表现出了"金石不逾之操"。

历代画家、文人，更纷纷借钟馗以抒发胸中抑郁不平之气，或寓劝诫，或讽世道，使钟馗成为专铲人间不平、除暴安良的可敬英雄。此外，民间还十分流行"钟馗嫁妹"的传说。钟馗自刎而死后，跟他一起应试的同乡好友杜平，自掏腰包为其修坟立碑。钟馗做鬼王以后，为报答杜平生前的恩义，遂亲率鬼卒于除夕时返家，笙箫鼓乐、灯火车马自空而下，将妹妹嫁给了杜平。"钟馗嫁妹"是古代绘画和戏剧的一个重要题材，受到人们的普遍欢迎。

七、黑白无常与牛头马面

"生无常，而死有分。"黑白无常，并称无常二爷，是专门夺魂、摄精、缚魄，替阎王爷勾摄人魂的"勾魂鬼"。他们以冥界行走为职责，拘冤魂、摄恶鬼，令月安风平，水波无声。人将死时，阎王爷就会派他们出动，一阵阴风过处，某某人就在阳世消失了。古诗云："一朝若也无常至，剑树刀山不放伊。"可见人们面对无常时的畏惧心理。

黑白无常在阴间鬼卒中地位较高，位列十大阴帅。当他们结伴前往拘拿生者魂魄时，白无常身披白色麻袍，头戴素白高帽，帽上写"你也来了"四字，手拿芭蕉扇，神态高慢，他负责给死者下拘捕令（索命票），宣告死者阳寿已尽；黑无常则着黑袍黑帽，长帽上有"正在捉你"四字，高举阴森铁索、镣铐，神情凶狠，他负责拘拿死者的灵魂。他们俩都面色僵白、散披长发，口吐长舌、龇牙咧嘴，一副不捉尔归誓不罢休的架势，令人不寒而栗。二使所至，人鬼皆哭，阴阳同悲；掠魂而走，穿墙越物，无人可挡。

一般人对黑白无常的印象，大多停留在勾摄生魂的恐怖上。但在民间的一些习俗里，黑白无常也有讨巧的一面。《北平风俗类征》云："元旦黎明，能遇见白无常者，向其乞得寸物，归必财源大辟。"民间的迎神会上，还有一个妖艳可人的白无常嫂，头上金钗闪亮，双耳玉坠叮当，时而亲昵白无常，时而挑逗黑无常。

黑白无常在阴间鬼卒中地位较高,位列十大阴帅。

白无常身披白色麻袍,头戴素白帽,手拿芭蕉扇,神态高慢,负责给死者下达索命票,宣告死者阳寿已尽。

白无常

又有孩童扮装的小无常鬼，戏耍跳跃，穿梭其间。此时的黑白无常，全然没有了凶煞鬼气，倒颇有点儿滑稽演员的做派了。他们的高帽子上，写的也不再是吓人的"鬼话"，而是"天下太平，一见发财"这八个字。但矛盾的是，不论什么人，一见了黑白无常，就是魂赴阴曹之时，天下太平不太平，会不会发财，似乎也已经全然无关了！

黑无常和白无常，在阎王殿上当差的级别，类似于古代官衙中的捕快头目，而他们的同事牛头、马面，则属于衙役一类的角色。

牛头马面，阴间之鬼卒，梵文名称为"阿旁"。他们虽然也负责勾魂，不过同工不同酬，职位在黑白无常之下。《楞严经》卷八载："牛头狱卒，马头罗刹，手执枪矟，驱入城门。"《喻世明言·游酆都胡母迪吟诗》："阶下侍立百余人，有牛头马面，长喙朱发，狰狞可畏。"由于他们相貌可怖，后多用来比喻凶狠丑恶的人。

据《铁城泥犁经》记载：牛头，牛首人身，手持钢叉，力能排山。他在世为人时，因不孝父母，死后被打入地狱，变成了牛头人身的鬼卒，专门负责巡查搜捕逃跑罪人的工作。刚开始地府只有牛头，后来由于民间讲究对称、成双，就给牛头配上了搭档马面。马面，马脸人身，以长钩为兵器，与牛头一起在地狱中当差。每当有人快要断气，而黑白无常又忙不过来时，他们就携带阎罗王开具的催命符，来到阳间勾人，耀武扬威，凡人无不畏惧。

第十五章 天下财富我掌管
—— 财神到

"天下熙熙,皆为利趋;天下攘攘,皆为利往"。在中国人的心目中,财神,可能是受到各阶层最广泛信仰和膜拜的神仙。原因无他,生财聚财、赐福赠吉是财神爷的本职工作。

财神崇拜在中国由来已久,它源自人们内心深处对于物质丰裕的渴望。幸福生活素来与金钱关系密切,人人都希望自己能够富裕,过上好日子。

特别是在"以财富论英雄"的时代,祈福纳财是人之常情,更成为许多人的生活目标。

"有了千田想万田,得了银山想金山",是俗人的做法;"君子爱财,取之有道",是雅士的原则。

这一切都反映出几千年来人们对钱财的狂热崇拜和追求,以至于兴起了一种财富文化,于是一尊为中华民族所独有的神祇——财神便应运而生!

财神自诞生以来,就是中国民间最普遍供奉的善神之一,由于能赐人财帛,给人美好的生活,所以家家迎、人人拜。

每逢新年,千家万户都悬挂财神像,希冀财神保佑大吉大利。这种真切的祈望成为人们的普遍心理。

一、武财神赵公明

财神向例分为"正财神"与"偏财神",而正财神又有武财神和文财神之区分。当今道教宫观中的武财神神像,多为黑面浓须,跨骑黑虎,一手执银鞭、一手持元宝,全副戎装的模样,他就是玄坛大元帅赵公明。

赵公明,姓赵名朗,字公明,终南山人。"玄坛"意指道教的斋坛,也有护法之意,故又称他为赵玄坛。他原是日精之一,《三教搜神大全》卷三记载:古时天有十日,被后羿射下九日后,遂化为九鸟,坠落于青城山,变成九鬼王。其中八鬼王行病害人,唯有赵公明化为人,避隐蜀中峨眉山罗浮洞,精修至道。祖天师张道陵在蜀山炼丹时,收赵公明护卫丹炉。天师丹成,分丹食之,遂能变化无穷。天师乃命其永镇玄坛,封他为玄坛赵元帅。赵元帅飞升之后,因神异多能、变化无穷,又被玉帝擢升为雷部神霄副帅,部下有八大猛将、六毒大神、五方雷神等。他奉玉帝之令,策役三界,巡察五方,驱雷役电,保病禳灾,世间赏善罚恶皆由其负责。

赵公明的另一个面目,是道教神谱中的瘟神、冥神。晋干宝《搜神记》、南朝陶弘景《真诰》、《太上洞渊神咒经》等,皆以其为五瘟之一,专司取人性命。《搜神记》云:"上帝以三将军赵公明、钟士季各督数鬼下取人。"《三教源流搜神大全》亦载:隋文帝时,有五力士在空中出现,分别身披青、红、白、黑、黄五色袍。文帝问太史张居仁:他们是何方神圣,主管哪些灾福?张居仁奏曰:他们乃五方力士,在天上作为五鬼,在人间为五瘟神:春瘟张元伯、夏瘟刘元达、秋瘟赵公明、冬瘟钟士贵,总管中瘟史文业,主管世间瘟疫。到了《列仙全传》中,瘟神赵公明的暴行就更为具体:"时有八部鬼帅,各领鬼兵亿万数,周行于人间……赵公明领鬼施人间以痢疾……八鬼帅于人间降下诸多灾祸疾病,夺走万千性命,夭民无数。"可见唐宋以前赵氏在民间的形象并不太好,他的所作所为,都不是正神、福神的行径。

至此,赵公明已身兼数职,既是神霄副帅,要掌管风云雷电,唤雨呼风;又是张天师炼丹的守护神，要掌管玄坛传度，训导建功谢罪；又是瘟神，负责播瘟传疟，行病施灾。按理说如此多的职位，又如此善恶互相矛盾，够他忙活的了。可偏偏赵元帅属于精力旺盛型，还有余力去搭理人间的商业买卖，竟然还十分成功，特别是协调人间的财产事务，能做到解释公平，宜利和合。而且他的个性强悍而急，办事速度非常快，加上手下有四名招财进宝使者，可谓"神强马壮"，托他们"办事"效率特别高，因此最合做生意的商贾或急于发财者的胃口。凡人但有买卖求财之事，只要对赵公明祈祷，无不称心如意。于是，到了元代增纂的《道藏·搜神记》中，就索性开始奉他为财神。不过这只是个雏形，此时赵公明的本职工作依然是道教执法天神，做财神还只是"兼职"，赚点香火外快而已。

明代，神魔小说《封神演义》问世，为赵公明最终登上财神宝座大造舆论，并进行了连番炒作。第四十七、第四十八回，写姜子牙助武王伐纣，赵公明站在商朝一边，双方交战，各显道法。赵公明将缚龙索和定海珠两件宝贝祭在空中，被武夷山散人萧升的"落宝金钱"套了去，只得拍虎落荒而逃。姜子牙得西昆仑散人陆压献计，扎稻草人，以草人作为赵公明的替身，用巫祝术剑刺、符焚、咒诅，每天两次，把赵公明弄得心如火发、意似油煎、恍惚不安，终于气绝身亡。灭商后姜子牙按玉符金册封神，封赵公明为"金龙如意正一龙虎玄坛真君"，统率招宝天尊萧升、纳珍天尊曹宝、招财使者陈九公、利市仙官姚少司。由于属下四小神都与财富有关，所以赵公明就成了统率各路财神的头号大财神，或可称为财神元帅。其作为财神的形象遂正式尘埃落定。文学作品对民众信仰的影响由此可见一斑。

从此，赵公明开始掌管天下财富，专司人间一切金银财宝事，招财利市、迎祥纳福，不但昔日的邪气、冥气和瘟气被日渐淡忘，而且成为民间最广为膜拜的神祇之一。明清至今数百年间，祭祀财神赵公明的香火越来越盛，财神庙、财神像处处可见。其形象一律顶盔披甲、墨面虬须、怒睁圆眼，胯下一匹大黑虎，威猛无匹。神像周围常附有聚宝盆、大元宝、宝珠、珊瑚等，益发显得财源滚滚、气象繁茂。民间更有将赵公明及四位部下合称为"五路财神"一并祭祀的，寓意"路路通财"，即多种渠道皆能进财之意！

【赵公明】

赵公明姓赵名朗,字公明,终南山人。他黑面浓须,跨骑黑虎,一手执银鞭,一手持元宝,全副戎装,是道教神话中的武财神。

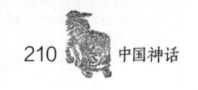

此外，"义勇倾三国"的名将关羽，也是民间供奉的武财神。但由于关公大名鼎鼎，千年来对他的美化和圣化登峰造极，几乎达到了无人能逾、无以复加的地步。尊神兼至圣，关公地位之显赫，民间祀奉的"一般"神祇，根本难以望其项背。而且各行各业都拜关帝，对关公的崇拜早已超越了单纯的财富意识膜拜，而成为中华文化的重要组成部分。因此本文对于"武财神"，就仅叙赵公明一位。

二、文财神

正财神之所以有文武之分，在于崇文尚武的不同人家各有所求，因此文武财神的出现是社会发展分化的必然产物。封建时代，读书人以考取功名为重，财禄富贵都要从科举中求，官场竞争也要有文财神做后盾，故此要信奉"文财神"；而商界竞争斗智、斗力、斗勇，就要以武财神做靠山。谁最虔诚，谁就能得到财神的福佑。如此一来，文武之道虽大不同，却都有了功成名就、财运亨通的寄托所在。

文财神民间所指甚多，如比干、范蠡、财帛星君，以及福、禄、寿三星中的禄星等。其形象多见于民间雕塑和木版年画中，通常为文官打扮，身穿紫缎蟒袍，腰环金银玉带，冠冕朝靴，手持如意，足蹬元宝，眉扬目秀，白面长须，笑容亲切和蔼，仪貌富态清慈，整体造型象征着吉祥、平安、喜庆、富贵。

相比武财神，文财神并没有进入道教神系，亦少有经籍传世。不过几位文财神仍然少不了几分传奇，虽未受封演义，却成长于老百姓们的现实崇拜之中。

1. 公正无心——比干

文财神之一的比干，是暴君商纣王的叔父，生性耿直，刚正不阿，受封为亚相。他是位理财专家，兼任着商朝的"财政部长"，兢兢业业，令商朝国力富强。可

增福相公

增福相公又称文财神、增福财神、福善平施公，是中国民间信仰的一位财神。

惜暴虐无道的纣王，骄奢豪侈，挥霍无度。比干眼瞅着混蛋侄子荒淫失政，心里十分着急，常常直言劝谏。谁想纣王非但不听，反而越来越讨厌这个叔父。有一次，比干与黄飞虎领兵堵塞妖狐洞穴，放火将穴中的狐狸精尽行烧死，然后拣取未烧焦的狐狸皮制成袄袍，献于纣王，以感妲己之心，使其不能安于君前。妲己见袄袍尽是其子孙皮毛制成，心如刀割，从此深恨比干。

一日，纣王与妲己及新纳妖妃喜媚共进早餐，忽然妲己口吐鲜血，昏迷不醒。喜媚说妲己是旧病复发，需玲珑心一片煎汤救治，并推算只有亚相比干是玲珑七窍之心。纣王急向比干索其心，比干怒拒。纣王怒道："君叫臣死，不死不忠。我听说圣人的心有个窍，我要挖出来看看，是不是如此！"说完就令武士取剑挖心。比干大骂妲己误国，望太庙八拜后，接剑自剖胸膛，摘心掷于地，走出午门，上马而去。

你道比干没了心为何竟然没有死？原来姜子牙在离开朝歌时，曾去相府辞行，见比干气色晦暗，知其日后必有大难，便送比干一张神符，叮嘱他在危急时化灰冲服，可保无虞。比干入朝前已知有难，便服饮姜子牙所留符水，故在剖心后能不流血而行。

后来，姜子牙兴周伐纣成功，比干被追封为"文曲星君"，奉命管理人间财帛与福禄爵位。因为他没了心，所以能够不倚不斜、无偏无向，处事公道，刚正无私，再加上他先前就已经拥有正直坦荡、光明磊落的高尚品德，"财帛无心，有德斯昌"，人们相信由他掌管财富和商业贸易必定公平可靠，童叟皆能无欺，于是就把无心的君子比干尊为"文财神"，广为传颂敬奉。

比干最初当财神时，因为没有心，不生是非，处处"公"字当头，所以商风淳朴，人人都公买公卖，绝不弄虚作假。比干本身虽不是大富翁，但其无心之态，正迎合了中国民众长期以来均贫富的梦想，由是人人敬服，因此他当财神是十分符合传统逻辑的。然而好景不长，有一次武财神赵公明胯下的坐骑黑虎，想看看比干是否真的无心，它用黑爪扒开比干的肚子找心，结果把比干的内脏和肚子都给染黑了。从此，比干不再"无私无党"，给天下人分配财富变得有多有少，这样就有了贫富差距，后世商贾也开始"无奸不商"起来！

2. 生财有道的陶朱公——范蠡

另一位影响深远的文财神陶朱公，大家都很熟悉，正是保身有术，还顺带拐跑了绝色美女西施的范蠡。

范蠡，字少伯，春秋后期越国杰出的政治家、思想家和谋略家。他天资聪颖、精通韬略，被越王勾践拜为大夫。越国兵败于吴国，范蠡随勾践一起入吴为质，屈事吴王夫差。回国后，他辅佐越王卧薪尝胆，十年生聚，富国强兵，终于一举击败吴军主力，袭破吴都，逼迫夫差自杀。越国一跃而成天下霸主，范蠡因功被封为上将军。

灭吴之后，越国君臣设宴庆功，群臣皆乐，唯独勾践面无喜色。深通易理的范蠡察此微末，立识大端：越王为雪耻争霸，不惜礼下群臣。而今如愿以偿，便不能共富贵了。为避免变成待烹的走狗，范蠡毅然急流勇退，辞官告隐。他携带（其实是诱拐私奔）美人西施及随从，驾扁舟，泛东海，远走避祸，来到齐国。

当另一位功臣文种被杀之际，范蠡已经在齐国隐姓埋名，自号"鸱夷子皮"。他和亲随们在齐国海边开荒种地，勤奋治产，并且做起了珠宝生意。由于勤劳俭朴，善于经营，不久就积累家产达数十万金，从一个宏才伟略的外交家、军事家，变成一位生财有道的大商家。

范蠡虽然发了财，成为天下巨富，但他视金钱如粪土，仗义疏财，把钱财都接济了穷苦人家，更赢得了人们的尊敬。齐王闻其贤，拜他为相。范蠡叹息道："居家则致千金，居官则致卿相，此布衣之极也。久受尊名，不祥。"于是归还了相印，尽散资财，带着一家人悄悄离开齐都，来到陶地（山东菏泽市定陶区）。陶地地处天下之中，为交易有无的必通要道，在此逐什一之利，可以致富以为后半生的保证。范蠡就在陶地定居下来，并自称"陶朱公"。作为中国古代一位罕见的通才，没过几年范蠡又赀累千万，与西施一起凭弦歌舞，在富裕安闲中度过余生，善始善终，羡煞世人。"陶朱公"一词也成了后世对富人的代称。

天下事纷纭，有几人能识透？范蠡识透了。看破一切，超脱淡然，拿得起放得下，善聚财致富而又乐于散财济众，以财富作为生存的手段，但不是生存的目的。取舍之间，游刃有余；执与不执，随心所欲。自古以来圣贤众多，但能做到这份上的，除范蠡之外，难觅其二。所以他在身后被世人尊奉为文财神，完全是实至名归，理所当然！

从比干到范蠡，文财神代表了民众对财富的另一种心理倾向，即对经营智慧的敬仰和崇拜。当财富是生存必需时，能取之不疑；当财富成为生命的累赘时，也能弃之不惜。这种在世俗又超越世俗的智慧，财能聚也能散以造福天下的气度，千载而下，成为无数商贾所追求的经营最高境界，历来为民间和官方所嘉许。陶朱公作为"智慧型财神"的形象也由此益显高大。

3. 财帛星君

财帛星君，也称"增福财神"，是一位面白须长的长者。他的外表很富态，头戴宰相帽，身穿锦衣，腰系玉带，左手捧着一只金元宝，右手拿着写有"招财进宝"四字的卷轴，似慈祥的富家翁笑眯眯地看着众生。相传他是天上的太白星君，属于金神，在天界的职衔是"都天致富财帛星君"，专管天下的金银财帛。一般人家春节必悬挂财帛星君的画图于正厅，日夜上香供奉，祈求财运、福运。更有说法认为财帛星君是元末明初的巨富沈万三，他有一个"聚宝盆"，能源源不断地生出金银珠宝，是近代金融业的始祖。因此买卖期货、股票，以及银行的从业者，也都祀奉财帛星君。

三、偏财神

以上所叙文武财神，是民间广泛认同的正财神。在正财神之外，还有偏财神。

顾名思义，所谓"偏财"，指的就是靠投机倒把、通过"非常"门路取得，而不是依正经途径苦干实干得来的财富，这样的财富就统称为"偏财"或者"横财"。

由于中国地域辽阔，人心不一，自古就有许多人幻想着不劳而获，天上掉馅饼，因此偏财神的崇拜也十分流行。被视为偏财神的，若不是属于精怪、人鬼，就是一些形象较为滑稽诙谐、不循正经规范的神。因为在民众的观念里，这些神祇不会在意死板的道德教条，向其求取偏财会比较容易成功。如济公、十八王公、金孔雀等，都曾一度兼职当了若干年的偏财神，神兽貔貅是其中最著名的兼职偏财神。

貔貅又名天禄，龙头、马身、麟脚，形似狮子，毛色灰白，会飞。貔貅凶猛威武，喜吸食魔怪的精血，并转化为财富。古时人们常用貔貅作为军队的代称。它在天上负责内外巡视工作，阻止妖魔鬼怪、瘟疫疾病扰乱天庭。有一次貔貅不小心触犯了天条，玉皇大帝就罚它以四面八方之财为食，吞万宝而不泻，只进不出。本来聚财不放，是很痛苦的事情，不料却相当符合部分中国人的"守财奴"心理，他们奉貔貅为"偏财神王"，希望偏财不断，又能稳守不放，就算葛朗台见了，也只能甘拜下风。

虽然偏财神众多，但从明代开始，民间信奉的偏财神就固定下来，仅指"五路神"而言。

1. 五路神

"五路"的观点，可能是受到了五行观念的影响，认为天地广阔，财富当然也要分区管理。拜五路财神，就是收尽东、南、西、北、中五方之财的意思。

不过，关于"五路神"的解释却多种多样，比较复杂，有说是明朝抗倭牺牲的义士何五路，也有说是南朝名臣顾野王的五个儿子，更有说法认为是五个可以任意幻化形貌的精怪（牛、马、羊、猴、猪）。这三种五路神，虽然因音近之故被讹传作五路财神，但与财富的关联毕竟不大。另一种五路神的解释，是指五尊家内神祇土地公、马王爷（或牛王爷）、仙姑、财神与灶君的合称，财神只是五路神中的一路而已,并非五路皆是财神。而在《封神演义》中,五路财神指的是中路赵公元帅、东路招宝天尊萧升、西路纳珍天尊曹宝、南路招财使者陈九公和北路利市仙官姚少司。

与"以旁门左道之法取财"比较贴近的说法,是指唐、刘、张、葛、李这五个江洋大盗的事迹。他们生前专门劫富济贫,死后仍惩恶扬善,保佑穷苦百姓,因此百姓建五哥庙供奉,之后又被称为"五路神",或是"五显财神"。"五显"即显聪、显明、显正、显直、显德。

比较正统的说法,认为"五路神"指路头、行神。清人姚福均所著《铸鼎余闻》卷四有云:"五路神俗称财神,其实即五祀门行中之神,出门五路皆得财也。"民间多在正月初五祀五路神,"为路头神诞辰,金锣爆竹,牲醴毕陈,以争先为利市,必早起迎之,谓之接路头"。

除此之外,也有文、武、义、富、偏五路财神的说法。除了文财神比干、武财神赵公明两路之外,关公因为挂印封金一文不取,被尊为义财神,与武财神划分清楚;明初巨富沈万三传说拥有聚宝盆,富可敌国,甚至能和朱元璋竞筑南京城,被奉作富财神;最早到东南亚经商,被称作"大伯公"(土地公)的华侨苏福禄,由于开偏远地区之利,被当作职司"偏"远财富的偏财神。这种将财利划分为远、近的说法其实和财分五方的观念颇为雷同,在民间也被广泛接受。

2. 利市仙官

民间所供财神中,不管是赵公元帅,还是财帛星君,身边总要配以五路神之一的利市仙官,利市仙官是小字辈财神里地地道道的偏财神。

所谓"利市",包含三重含义:一是俗语中走运、吉利的意思,比如"讨个利市""大吉利市"等,多见于古典白话小说中;二是指做买卖时得到的利润,语出《周易·说卦》:"〔巽〕为近利,市三倍",形容做买卖获得了厚利;三是指喜庆节日时的喜钱如压岁钱等。"仙官"这种称呼,则出自道教,是指教阶制度下有官职的神仙。《道门经法相承次第》云："上士得道，升为仙官。"后来，仙官一词被借用来特指利市财神。

有关利市仙官的来历，在《封神演义》中有记载：利市仙官姚少司，本名姚迩益，是大财神赵公明的徒弟，后被姜子牙封为迎祥纳福之神，主管商业流通过程中的增值利润。从此他就以配角的身份，出现在各种财神奉祀的活动里。但大多数情况下，他很少被单独祭拜。

做买卖的人哪个不想"利市三倍"乃至三十倍、三百倍呢？再加上喜庆吉利的好彩头，所以利市仙官尤其受到各行各业商人们的欢迎。一到新年，许多人就把利市仙官图贴到门上，并配以招财童子像和写有"招财童子至利市仙官来"的对联，希望利市财神保佑自家财源广进、万事如意。

利市仙官的形象是官帽长靴、袍带朝服，左手持笏板，右手托金元宝，面带笑容，和蔼可亲。旁有一云龙在戏火珠，上匾额横书"招财利市"四字，地上则散置银锭、元宝、金珠、聚宝盆等，象征利官进门，带来无数财宝。

随着时代的演变，民间逐渐把利市仙官人格化及人间化，甚至还替他娶了老婆，称为"利市婆官"。"利市婆官"就是后来财神奶奶的滥觞。近代以来，利市仙官更成为民间财神画像中一个不可或缺的重要角色。

四、准财神刘海蟾

在诸多的财神信仰中，有一类只能算作"准财神"，他们没有正式得到财神封号，但由于能给人们带来一定的财运，承担了一部分财神的职责，于是人们也将其作为半个财神看待。刘海蟾就是其中最具代表的一位。

在传统民俗画、吉祥画、剪纸、木版年画里，有一类非常有名的作品，画的是喜笑颜开的顽童刘海，用彩线穿起一串铜钱，手舞足蹈地正在戏弄一只或数只三足大金蟾，金蟾叼着钱串的另一端，做跳跃状，充满了喜庆、吉祥的气息。这

【刘海戏金蟾】

刘海原本是个悟道弃富的修士,道号『海蟾子』。传说他用计收服了修行多年的金蟾后,用彩色长线逗引金蟾,引得金蟾大吐金钱,因此民间有『刘海戏金蟾,步步钓金钱』的说法。刘海便成为能给人们带来财运的『准财神』。

就是著名的"刘海戏金蟾"。

传说刘海在历史上实有其人，一说他本名刘哲；一说他原名刘操，系五代时人，籍贯燕山（今北京），曾为辽朝进士，后为丞相。此人素习"黄老之学"，在道家及民间声名赫赫。《历代神仙通鉴》中有云：一日，有自称纯阳子的道士来见，刘海以礼相待，道士为其演习"清净无为之示，金液还丹之要"，索鸡蛋十枚，金钱十枚，以一钱间隔一蛋，高高叠起成塔状。刘海惊道："险矣！"道士答道："居荣禄，履忧患，丞相之危更甚于此！"刘海顿悟，乃解去相印，改名刘玄英，道号"海蟾子"，拜吕洞宾为师。后得道成仙，云游于终南山、太华山之间。元世祖忽必烈封其为"海蟾明悟弘道真君"，元武宗皇帝加封他为"海蟾明悟弘道纯佑帝君"。

由此可见，刘海是个悟道弃富的修士，本与财神无缘。他之所以成为财神是源于他的道号——海蟾子。蟾，即蟾蜍，相貌丑陋，分泌物有剧毒，对人体有害，被列为五毒之一。但由于蟾蜍的分泌物蟾酥有强心、镇痛、止血等药效作用，又为人们所追捧。《太平御览》引《玄中记》云："蟾蜍头生角，得而食之，寿千岁，又能食山精。"所以古时候人们把蟾蜍当成了避五病、镇凶邪、助长生、主富贵的吉祥物，是有灵气的神物。刘海以"蟾"为道号而闻名，又有"刘海戏金蟾"的传说，这金蟾并非一般蟾蜍，而是三足大金蟾，乃仙宫灵物，可镇宅驱邪、吐宝吸珍，举世罕见，一直被古人认为得之即可致富。刘海用计收服了修行多年的金蟾后，用彩色长线逗引金蟾，引得金蟾大吐金钱。他走到哪里，就把蟾吐的钱撒到哪里，救济了不少穷人，故民间有"刘海戏金蟾，步步钓金钱"的俗语，刘海也因此被视为钓钱撒财之神，人们尊他、敬他、感激他，称他为"活神仙"。渐渐地，刘海就被抬上了准财神的宝座。

第十六章 中华食神

中国人好信神，不仅各民族、各地域都有自己崇敬、供奉的神，三百六十行，也各有各的祖师爷和崇拜的神祇。单就烹饪饮食行业而言，依照各种类划分，就有许多位"食神"，如四大厨神、酒神、茶神、糕点神雷祖、饼师神汉宣帝等等，各有各的传说，各有各的风味。"若得妙手巧调羹，小烹素炒也神奇。"这些"食神"们会聚华夏，为博大精深、历史悠久的中华饮食文化，又平添了几道可口的珍馐美味！

一、厨神易牙

中国的厨神，共有四位，易牙被公认排在首位。易牙，又名狄牙、雍巫（雍，古文作饔，是早餐、晚餐的意思），为春秋时齐国著名的宫廷厨师，专门负责料理齐桓公的饮食。他精于烹饪，擅长调味，且极会拍马逢迎，所以深得齐桓公的欢心。其事迹载于《左传》《史记》《管子》《淮南子》《列子》《战国策》《吕氏春秋》《论衡》等古籍中。

"杀子适君"是易牙一生中最广为人知的一件事。齐桓公姜小白，乃春秋五霸之一，他在功成名就之后，淡薄了从前的雄心斗志，日渐昏庸起来。生活奢侈，讲究排场，特别是在饮食上更是极其挑剔。易牙身为超级大厨，自然要使出浑身解数，千方百计地烹制出各种美味来讨好主子。吃遍了天下美食的齐桓公，日子一久，胃口变得越来越挑剔，吃到最后真是"五味令人口爽"，无论什么山珍海味，都毫无滋味。有一天他不无遗憾地对易牙说："我虽然尝尽了世间的珍馐，但人肉还没有吃过。听说人肉，特别是婴儿肉很好吃，是不是真的呢？"这本是一句玩笑话，说笑过后，齐桓公也就忘了，但易牙却上了心。他回到家中，看到不满周岁的儿子皮细肉嫩，就狠下心，磨刀霍霍向儿子，把亲生骨肉杀了，做了一盘蒸肉，第二天送给齐桓公品尝。

这一回，齐桓公吃得津津有味，赞不绝口，他问易牙："这是一道什么菜？竟然比烤乳猪还要鲜嫩百倍，我以前可从未吃过。"易牙涎着脸如实禀报："这道菜的主料是我家尚在襁褓中的婴儿。" 齐桓公一听吃的是易牙的儿子，深受感动，认为这真是一个"忠君不顾其家"的大忠臣，这样的好臣子就是打着灯笼去找，也找不到几个啊！由此对易牙愈发宠幸放任，最终为日后"四奸乱国"埋下祸根。

尽管易牙在人格上十分卑劣，其品行令人不齿，但他的厨艺之高超，确实天下无双。第一，他是个天才的"知味者"，能用舌头分辨出淄水、渑水。淄水、渑水皆是齐国境内的河流，将从这两条河中取来的水放在一起，他居然能分辨出何者为淄水，何者为渑水，长于辨味的本事真可谓业界权威。

第二，在调味方面，易牙也高人一筹，他是第一个懂得运用调和之道来操作烹饪的庖厨。他做出来的菜酸咸甘淡，美味适口，深得齐国宫廷显贵们的赏识，甚至连亚圣孟子都曾夸赞他说："至于味，天下期于易牙，是天下之口相似也。"孟子高度评价易牙调和口味的本领，认为他简直就是天下第一名厨了。另外，易牙还发明了"易牙十三香"，是混合香辛料用于烹调的开创性人物。由此可见，易牙确是当时最为有名的善于调味的大行家。

第三，易牙也是第一个把烹饪和医疗结合起来，创造了食疗法的厨师。有一回齐桓公最喜爱的长卫姬闹病，口中乏味，茶饭不思，易牙拿出了看家本领，以医药调和五味，精心制作出佳肴献于长卫姬。长卫姬品尝之后，精神为之一振，病也立即痊愈了。"医食同源，药膳同功"，从此成为人类文明史上的创举。

第四，易牙对我国最早的地方菜——以鲜咸脆嫩为特色的鲁菜的形成，做出了杰出的贡献。特别是一道名叫"鱼腹藏羊"的山东名菜，相传就是易牙所创。北方水产以鲤鱼为最鲜，肉则以羊肉为最鲜，此菜两鲜并用，互相搭配烤制而成，菜品色泽光润，外酥里嫩，鲜美异常。而"鲜"这个字即由此中的"鱼"和"羊"组合而来。

正因为易牙的厨艺是如此之高，所以自从抓住齐桓公的胃后，他就日益得势，野心渐露。只有贤相管仲心明如镜，时常加以阻止。后来管仲卧病将死，齐桓公问他说："群臣当中，谁可继而为相？"管仲诤谏说："我死了以后，有四个小人千万不能用，中间有一个就是易牙。"齐桓公问为什么，管仲说："主公请想想，做父母的，有哪一个不喜欢自己的孩子呢？易牙竟然把自己的孩子杀了蒸给你吃，讨好你，他会真的爱你吗？"

齐桓公听了不以为然。不久，管仲去世，易牙联合竖刁、开方、棠之巫三奸，夺取了相位，专权齐国。齐桓公这才醒悟，但为时已晚。易牙与竖刁把齐桓公关入深宫，四周用高墙围住，不给他任何饮食。美食家，政治家，九合诸侯、一匡天下、叱咤风云的五霸之首——齐桓公，就这样备受饥渴之煎熬，饱尝了从天堂到地狱的痛苦落差后，被活活饿死。

桓公卒后，易牙杀群臣，立公子无诡为国君，齐国大乱，前太子昭逃奔宋国。宋襄公率诸侯起兵，护送太子昭归齐伐逆。齐人恐慌，遂杀无诡，立太子昭为国君，即齐孝公。失去了政治保护伞的易牙，流亡到彭城（今江苏徐州），在那里开了中国第一家私人饭馆，最后操烹饪业至终。江苏菜系中强调本味、清香平和的扬邦菜，就是经由易牙传授而传播开来的。

易牙以厨名传世久远,后人对他的厨艺十分推崇。早在北宋时,杂曲《太平歌词》中的"十女夸夫",便将易牙列为厨行祖师。明代人韩奕、周履靖所撰的烹饪著作,更名之为《易牙遗意》《续易牙遗意》,对他的推重可想而知。中国民间也一向把吃一顿好的叫作"打牙祭",这"牙祭"指的便是"易牙的祭祀"。

易牙黯然失意于政坛,却在食林大放异彩,换得千秋万世名,可谓"失之东隅,收之桑榆"。撇开政治和人格上的污点不谈,他"和羹祖师"的地位与成就足以名垂中华烹饪史。至今中国厨行,仍多以易牙为行业祖师,供易牙画像,年年祭拜,四时香火不绝。易牙更在久远的岁月里被逐渐神化,成为中国第一尊"厨神"。

此外,本身不会做菜,却写出中国最早的烹饪经典《本味》,并且以烹饪比喻治国,后来助商汤灭夏桀的伊尹("治大国若烹小鲜"即典出于此),以及养生有道、善调滋味,进奉雉羹于尧的彭祖,也都被奉为厨神,与易牙齐名。

二、从流浪汉到玉帝御厨——詹王

易牙厨艺虽好,却是个小人、马屁精,人品为世人所不齿。而与他并列的另一位厨神——詹王,在人间时事迹并不显,亦未见诸史册。他能名留饮食界,与其因缘际会,成为玉帝御厨有关。

詹王本名詹鼠,一开始只是个流浪汉。由于他四海流浪,尝尽八方风味,因此对饮食颇有心得。长年漂泊江湖的经历,令詹鼠拥有了精湛的厨艺和仁爱的情怀。他在不断的烹饪实践中,发明出将野山鸡煮熟后晾干磨制成鸡粉,制成调味料的技艺,成为现代鸡精的雏形。他用猪奶脯肉为原料烹制的"应山滑肉"更是名满天下,流传至今。

詹鼠身处的时代,正值南北朝刚刚结束,天下初定。统一中国的隋文帝对日常饮宴十分讲究，然而御厨们烧制的菜肴很不对他胃口，因此被杀的御厨不下数十位，却依然无人能烹制出让龙心大悦的美味。到最后实在无奈，只好张榜招贤，希望民间能有烹调高手为宫廷带来别样风味。

詹鼠听得隋文帝滥杀无辜厨师，愤而揭榜入宫。隋文帝问他："何物滋味最佳？"他答："饿！"隋文帝不解，什么是"饿"？于是詹鼠带着文帝出城，故意东游西逛，走遍大街小巷找"饿"。等到太阳下山，文帝饥肠辘辘，饿坏了，詹鼠就拿出预备好的葱油饼给他充饥。文帝三口两口就将葱油饼吞下了肚。他终于明白，人肚子一饿，吃什么都又馋又香！

隋文帝自从知道"饿"的滋味后，老实了一段时间，但时间一长，又挑剔起来。他把詹鼠传来，问道："朕已经知道'饿'的滋味了。但朕乃九五至尊，谁敢饿朕？所以，这饿嘛，一辈子也难得吃到几回。你说，除了'饿'，天下还有什么东西最好吃？"詹鼠回答说："天下最美味者，盐也。"隋文帝自上回被詹鼠戏弄后，憋了一肚子的气，现在听到詹鼠如此回答，登时勃然大怒，骂道："大胆匹夫，盐乃最普通之物，家家户户皆有，你竟然说盐味最美？岂不是戏弄于朕！"于是不等詹鼠解释，就以欺君之罪将他杀掉了。如此一来，御厨们吓得做菜都不敢放盐，隋文帝不但吃菜索然无味，而且全身无力、精神萎靡，他这才醒悟过来，果然是盐味最美。自己杀错了人，可是已经追悔莫及了。

从此以后，隋文帝体恤民情，励精图治，开创了"开皇盛世"。为了感念詹鼠让自己悟出治国安邦之道，文帝追封詹鼠为"詹王"，设詹王庙供奉。后人亦尊奉其为"詹王菩萨"。

詹王死后，玉帝闻知他厨艺非凡，特地从阎王那里将他要了来，请他在天庭御膳房掌厨。詹王精心料理，上界众神仙对他的手艺都赞不绝口。此后大凡天界的重要宴会，比如蟠桃宴、十方会、三皇宴等，都由詹王司厨。由于詹王是玉帝御厨，所以尽管他生前地位难以与易牙、伊尹、彭祖相提并论，但依然名列四大厨神之一，名垂后世。

后来民间就敬詹王为酒席业祖师爷，并有了祭祀"詹王"之俗。自立秋当天起，连敬四十八日。另据《采风录》记载，每年农历八月十三日，尚有"詹王会"，供奉这位"厨师福星"。"有詹无詹，八月十三。"这一天，也成为厨行收徒和出徒谢师的日子，热闹异常。

三、酒神杜康

中国神话中有酒神，而且不止一位，他们是：仪狄、杜康、刘白堕、焦革。众酒神中，杜康是最重要的、被酒业普遍供奉的祖师神。

杜康，又名少康，字仲宁。据民间传说和史料记载，杜康本姓姒，是夏启的孙子，《史记·夏本纪》载，夏朝第四位国王帝相在位时，发生了一次政变，帝相被部落首领寒浞杀害，那时帝相的妻子后缗氏已怀有身孕，逃到娘家"虞"，生下了一个儿子。因希望他能像爷爷仲康一样有所作为，所以取名少康。

少年时期的杜康以放牧为生，牧羊于空桑涧，常常把带的饭食放在树杈上，却忘了吃。经过风吹、日晒、雨淋，饭食慢慢地发酵了。一段时间后，杜康发现树上的剩饭变了味，溢出的汁水竟甘美异常，这引起了他的兴趣。他用鼻子闻了闻这些"水"，清香扑鼻，不由得也尝了一口。味道虽然有些辛辣，但却十分醇厚，有一种说不出来的特别味道。他越尝越想尝，一连喝了数口。霎时间，只觉得天旋地转，身不由己地倒在地上昏昏沉沉地睡着了。不知过了多长时间，当他醒来时，只觉得精神饱满，浑身是劲，心知这种浓香的"水"必有奇异之处，于是便盛了半罐带回去研究。

经过反复实验思索，杜康终于发现了谷物自然发酵的原理，遂有意识地进行效仿，并不断改进，终于形成了一套完整的酿酒工艺。他请好友仓颉为这一新饮料取名，仓颉道："此水味香而醇，饮而得神。"说完便造了一个"酒"字。从此这种香味浓郁的"水"就有了正式的名字——酒！

由于杜康造酒，是以谷物粮食发酵酿制而成，所以几千年来中国酒一直以谷物酒为主，而果酒所占的份额很小。杜康就此拥有了中国酿酒业开山鼻祖的地位，后人尊其为"酿酒先师"，他的名字后来成为酒的代名词。

四、茶神陆羽

陆羽，字鸿渐，号东风子、竟陵子，生活于唐玄宗至唐德宗年间，一生颇富传奇色彩。他原是个被遗弃的苦儿，刚出生就被父母抛于河边，被龙盖寺的住持智积禅师收养。智积根据《易》的卦文为他取名，占得"渐"卦，卦辞曰："鸿渐于陆，其羽可用为仪。"于是就按卦辞给他定姓为"陆"，取名"羽"，以"鸿渐"为字。

陆羽虽然容貌不佳，说话还有点儿口吃，但聪颖好学，《大唐传载》中说他"及长，聪俊多闻，学赡词博，诙谐谈辩，若东方曼倩之俦"。他在黄卷青灯、钟声梵语中学文识字、习诵佛经，还学会了煮茶等事务。但他不愿皈依佛法，削发为僧。九岁那年，有一次智积禅师要他抄经念佛，他却问智积："释氏弟子，生无兄弟，死无后嗣。儒家说不孝有三，无后为大。出家人能称有孝吗？"并公然声称："羽将授孔圣之文。"智积恼他桀骜不驯，藐视尊长，就用繁重的"贱务"折磨他，想迫使他悔悟回头。但陆羽并不因此气馁屈服，求知欲望反而更加强烈。无纸学字，他以竹划牛背为书，危坐展卷，朗朗有声。智积知道后，害怕他浸染外典，失教日旷，遂将他禁闭寺中，派年长僧人看管。

陆羽在寺中受了不少苦，十二岁那年，他乘人不备，逃出龙盖寺，到一个戏班里学演戏，做了优伶。由于幽默机智，扮演丑角很成功，后来他还编写了三卷笑话书《谑谈》。十三岁时，竟陵太守李齐物在聚饮中看到陆羽出众的表演，十分欣赏他的才华和抱负，不但赠以诗书，还修书推荐他到名士邹夫子那里学习。

陆羽从此有机会通读圣贤之书，博学观览，为其诗文修养奠定了良好的基础。他十九岁学成下山，四处拜师访友，与当时的名流如李白、杜甫、颜真卿、张志和等都相交甚笃。在与风雅之士交往的过程中，谈诗论文、品茶鉴水是必备功课。陆羽为了研究茶的品种和特性，常常脚着藤鞋，躬身笃行，游历天下寻茶探泉，广采博收。独行中，攀葛附藤，深入山野；诵经吟诗，杖击林木；手弄流水，迟疑徘徊——每每至日黑兴尽，方号泣而归，时人谓之"楚狂接舆"。特别是在帮助颜真卿编写《韵海镜源》期间，他遍拣群书，掌握了大量的茶叶史料，活脱脱一个"茶博士"。

而陆羽烹制的茶汤也远近闻名，名僧、雅士都以品他的茶汤为快事。当时的达官显贵举行茶宴，都请他去烹茶。陆羽去时，总是用大葫芦背上杼山乳泉之水。一次御史李秀清让他用惠山石泉水烹茶，陆羽说："此水从惠山运来，路上已有两天，不好使用。"李听了很不高兴，出言不逊，陆羽便拂袖而去，将心爱的大葫芦也抛到河里去了。友人皇甫曾写诗赞道："千峰待逋客，春茗复春生。采摘知深处，烟霞羡独行。"正是陆羽不懈追求茶道的真实写照。

当时朝廷十分推崇茶艺，皇帝听说陆羽不但学问好，而且茶术更高，就拜他为太子文学，后改任太常寺太祝。但陆羽生性淡泊名利，鄙夷权贵，他作诗明志云："不羡黄金罍，不羡白玉盏，不羡朝入省，不羡暮登台；千羡万羡西江水，曾向竟陵城下来。"一心扑在茶事研究上。公元760年，陆羽来到苕溪之畔，结庐隐居，闭门著述。他积多年经验心得，终于写出了中国第一部，也是世界上第一部研究茶的专著——《茶经》。全书三卷十篇，对茶的性状、品质、产地、种植、采制加工、烹饮方法及用具等做了详尽论述，开茶书之先河，是唐代和唐代以前有关茶叶知识和实践经验的系统总结。

"自从陆羽生人间，人间相学事新茶。"《茶经》一问世，即名扬海内，为历代人民所宝爱。它既开创了中华茶文化的新时代，也确立了陆羽在茶学领域的权威地位。后人感于他对茶业发展所做出的卓越贡献，便有意识地将他神化。陆羽生前就有茶仙的称号，身后更被祀为"茶圣""茶神"，其形象也被人们绘画、

灶神与灶王奶奶

传说灶神是天上星宿之一，因为犯了过失，被贬谪到人间当了灶神。民间为灶神配上灶王奶奶，共同供奉在灶房的背面或东面，期待他们「上天言好事，下界保平安」。

雕塑,当作神祇崇拜、供奉。

五、灶神

生火做饭,煎炸煲煮,都离不开灶。灶神,就是我们俗称的灶王爷,亦称灶君、东厨司命等,传说他是玉皇大帝御封的"九天东厨司命灶王府君",被派到人间专门管理饮食、灶火。灶神早在周代就被列为五祀之一。据相关史书记载,我国最早的灶神是位女性,《庄子·达生》:"灶有髻。"司马彪注云:"髻,灶神,着赤衣,状如美女。"这位穿红衣的美女,曾做过玉皇大帝的厨娘,后奉令回人间司厨,她认为这是被"降级使用",所以有一肚子的委屈,稍不如意就要发脾气,因此民间很怕她,便尽量奉承。

后来人们嫌这位灶神不够庄重,故把灶神改说成是昆仑山上的一位老母,叫作"种火老母之君",手下有五方五帝灶君、灶曾灶祖、灶子灶孙、运火将军、进火神母等三十六神。她专门负责记下每家人的善恶,夜半上奏天庭,由天庭施以奖惩。特别是对一家人在五谷六米的珍惜与浪费方面的管理极为严格,如果有人糟蹋五谷六米,就会遭到天庭"五雷轰顶"的惩罚。

汉代以后,开始出现男性灶神。对于男灶神的来历众说纷纭:一为黄帝说,《淮南子·微旨》"黄帝作灶,死为灶神";二是炎帝说"炎帝于火,死而为灶";三为祝融说,《周记》"颛顼氏有子曰黎,为祝融,祀以为灶神";四为神仙说,言灶神乃天上星宿之一,因为犯了过失,玉帝把他贬谪到人间当了灶神。人们让极受敬仰的黄帝、炎帝和火神祝融来充任灶神,可见灶神颇受民间尊重。

灶神的神龛,大多设在灶房的北面或东面。没有灶王龛的人家,就将神像直接贴在墙上。神像上有的只画灶王爷一人,有的则有男女两人,女神被称为"灶王奶奶"。灶王神像上还印有一年的日历,上书"东厨司命主""人间监察神""一家之主"等文字,以表明灶神的地位。两旁则贴上"上天言好事 下界保平安"

的对联，以祈佑全家老小平安。

对凡间的每一户人家而言，灶神于他们的日常生活都有重大的利害关系。起初灶神的职责较单一，就是保护宅内人家的饮食平安。所谓病从口入，食物若不好容易致病，灶神老爷本着慈悲之心，帮助众生食得安乐、食得平安。到了东晋时，灶神正式兼任监察人间罪恶、掌握一家寿夭祸福的职责。在他左右随侍两神，一捧"善罐"，一捧"恶罐"，随时随刻将一家人的行为记录保存于罐中，年终时总计之后，灶神便持这两罐向玉帝报告。正因为灶神特殊的地位和作用，所以自汉代以来无论是在宫廷还是民间，灶神信仰都十分虔诚、普遍。

第十七章 情人节让我做主
——中国也有爱神

月朗星稀，浩渺天宇，横亘的天河之岸，苦命而情坚的牛郎织女，在每年的农历七月七于鹊桥上"金风玉露一相逢"，虽然相逢只是默然凄楚的期盼，但留给后世的却是千年不变的痴心。美丽的爱情神话，寄托着对忠贞不渝美好爱情的倾慕、向往与追求，令无数青年男女怦然心动。女孩儿们会在这个充满浪漫气息的夜晚，对着天空的朗朗明月，摆上时令瓜果，朝天祭拜，乞求心灵手巧的织女能赋予她们聪慧的心灵和灵巧的双手，更乞求终身大事能幸福美满，所以七夕节也被称为"乞巧节"，堪称中国的情人节。

有了自己的情人节，当然相应的爱神也要"本土化"。中国人民也创造了好几位爱神。

一、月下老人

"天下婚牍对月检，千丝万缕绕指尖。"自古以来，人们将皎洁的月亮奉为爱情的象征，不知多少后花园私订终身的男女，在月下双双跪拜盟誓许愿。俗语说"花前月下",即花为信物,月是媒人。所以中国最负盛名的爱神,第一个自然当数月下老人。"月老"一词千百年来已经成为中国民间流传最广、历史最悠久的媒人的代称。

人们把月下老人奉为婚姻之神,最早见于唐代李复言的《续玄怪录·定婚店》,其描述可谓绘声绘色。唐朝时有位名叫韦固的公子,年少未娶,某日到宋城(今河南商丘)出差,夜宿城南一家客栈。当晚明月皎洁,韦固兴致大起,便踏月色至后花园散步。后花园清风微凉,只有一位老人靠着一个布口袋坐在台阶上,借着月光在检视书籍。

韦固一瞧那书,竟然一字不识。他连忙上前施礼,好奇地问道:"老伯,您看的是什么书呀?我小时候也曾下过苦学功夫,没有不认识的字书,就连天竺的梵文也能够读懂,唯有这本书里的字完全看不懂,是怎么回事呢?"老人笑答:"这不是人世间的书,而是天界的《婚牍》,专门记载着天下男女的婚姻缘分。"韦固见那布袋胀鼓且发红光,便又叩问其中所装何物,老人微笑道:"红绳子也。千里姻缘一线牵,用此绳系夫妇之足,虽仇敌之家、贫贱悬隔、天涯异域,此绳一系即定终身。"

说着,他从袋中掏出一根红绳,当空一晃,只见一道红光在韦固的脚下绕了一圈,然后朝北而去。老人哈哈大笑道:"我适才检阅《婚牍》,已经为你定下姻缘了!"韦固听了大喜,忙说:"我孤身一人,只盼能早日婚娶,生下子嗣,无奈十年中多处求婚,都没有成功。您能告诉我未来的太太是谁吗?"老人答道:"姻缘线虽牵,但婚期还没到呢。你的妻子,现在刚刚三岁,要十七岁才能进你家门。"韦固再三追问自己婚娶何人,老人只好说:"是店北卖菜老婆子的女儿。"说完就消失不见了。

第二天,韦固起了个大早,梳洗打扮一番,赶到店北寻找卖菜老妪的三岁女儿,不料见到的却是一个蓬头垢面、面黄肌瘦、满身脏垢的小女孩。韦固大失所望,不禁怒从心头起。他回店后,磨快一把小刀,交给仆人说:"你向来办事干练,如果替我将那小女孩杀了,赏你一万钱。"第二天,仆人身藏小刀来到菜市,但

月下老人

月下老人被奉为婚姻之神,最早见于唐代李复言的《续玄怪录》。唐代韦固于出差时遇到一位月下老人,老人以红绳系在韦固脚上,并为其指定婚姻。虽经曲折,十四年后,韦固果然如老人所说,娶了老人所指定的女子。

看到小女孩实在可怜，想起自己也是苦出身，不由得心软难以下手，只象征性地往女孩眉间轻轻刺了一刀，而后狂奔逃往他乡，连韦固的面也不见了。此后，韦固又多方求婚，但依然没一次成功。

转眼十四年过去了，韦固已成为相州参军，相州刺史王泰很欣赏他，认为他很有才干，便把女儿香娘嫁给他。洞房之夜，韦固揭开香娘的红头盖，见妻子年龄约十六七岁左右，貌美非凡，只是眉心贴着一朵红纸剪的花钿，就是洗脸时也不取下来。

完婚年余，韦固再三询问花钿的缘由，香娘才伤心流泪说："我只是刺史的侄女，不是亲女儿。以往父亲曾做宋城县令，死在任上，当时我尚在襁褓中，母亲、哥哥又相继亡故，只好跟奶妈陈氏住在一起，每日靠卖蔬菜度日。陈氏怜悯我幼小，一刻也不愿分开，所以常抱着我上菜市。不料一天，一个丧心病狂的贼子冲过来刺了我一刀，刀痕至今仍在，所以用花钿盖上。七年前，叔叔到附近做官，找到了我，我才跟他来这里，如今又嫁给了你。"韦固如梦初醒，方知香娘就是十四年前卖菜老妪之女，果然是"天意"难违。夫妻二人经历这番波折，更加相敬相爱，一生幸福富贵，子孙满堂，白头偕老至终。

宋城县令听说此事后，就把韦固当年住过的客店起名为"定婚店"，那位在月光下翻书并牵红线的老翁，就被称为"月下老人"。此后，民间就把"月老"当成执掌男女姻缘的司婚之神来膜拜。

月老的形象，据《浮生六记》载："一手挽红丝，一手携杖，杖上悬婚姻簿，童颜鹤发，奔行云烟白雾中。"清乾嘉年间，大文人沈三白请他的好友依此样貌画了一幅月下老人像，供奉于卧室之中，和妻子芸娘一起焚香拜祷。他还在《浮生六记》卷一里写道："世传月下老人专司人间婚事，今生夫妇已承牵合，来世姻缘亦须凭借神力。"可见这对在中国文学史上享有大名的夫妇，对月老是何等的虔诚与信赖啊！

至于拴红线这一习俗，起初月老是拴脚的，至唐朝时变为了牵手。唐代史书记载：荆州都督郭元振年长未婚，宰相张嘉振有"五朵金花"闺阁待嫁，见郭元振颇具才干又相貌堂堂，就想纳他为婿，但又不知道该把哪个女儿许配给他。于是张宰相想了一个办法，令五个女儿坐在布幔后面，每人手上各拿一根红丝线，将线头露在布幔外面，任郭选牵，牵到谁就以谁为妻。结果，郭的运气非常好，一下就牵到了最漂亮的三小姐，传为一时佳话。

到了宋代，此婚俗逐渐演化为"牵红帛"，婚礼上新郎新娘各持红帛一端，相牵而入洞房，宋人吴自牧的《梦粱录·嫁娶》中有详细记载。这种由月老的拴红线演变来的牵红线或红帛的风俗，在少数民族地区至今还能见到。

二、和合二仙

和谐、和睦、和善、和平、祥和……在中国传统文化中，"和"的哲学思想源远流长，博大精深，和衷共济、和气生财、家和万事兴、政通人和等等，包容社会方方面面，无不蕴含着中国人"以和为贵"的处世态度。而"和合二仙"正是这一思想精髓神格化的具体表现。

世传和合二仙，系唐代著名的诗僧寒山与拾得。"姑苏城外寒山寺，夜半钟声到客船。"一首脍炙人口的七言绝句《枫桥夜泊》，令千年古刹寒山寺知名度甚高。而它的名字，就是因诗僧寒山曾来此住持而得。

寒山是个怪僧，似仙似佛、似僧似隐，早年怀才不遇，逃身佛门，不群于俗，故知他者甚少。贞观时他居天台山寒岩，吟诗咏歌，嘲讽世态，常常跑到各个寺庙中望空噪骂，和尚们都说他疯了，唯有国清寺僧人拾得与他惺惺相惜，常常一起吟唱答对，情同手足。

拾得是个苦命人，刚出世就被父母遗弃在荒郊，幸亏国清寺高僧丰干禅师化缘路过，慈悲为怀，将他带回寺中抚养成人，并受戒为僧，起名"拾得"。拾得在寺里负责"执炊涤器"，也就是管伙食的厨僧，工作之余喜欢像现在的文学青年一样写写诗，但作品还比较幼稚。后来他看了寒山的诗，只觉幽隐清峻，"如

和合二仙

世传和合二仙为唐代著名的诗僧寒山与拾得。二人因诗结缘,和睦同心,民间将他们推崇为和谐友爱的象征。清雍正年间,朝廷封寒山为『和圣』,拾得为『合圣』,和合二仙从此名扬天下。

空谷传声，乾坤间一段真韵天籁也"，不由得大为叹服，遂与寒山结为莫逆，亲密无间。丰干和尚见他俩如此要好，便让寒山也进了国清寺。自此后，寒山与拾得朝夕相处，一起研究佛学、诗词、唱偈，极为融洽。拾得在寒山的影响下，也变得衣着不整，狂颠不羁。二人因诗结缘，并称于世，"以诙谐谩骂之辞，寓其牢愁悲愤之慨，发为诗歌，不名一格，莫可端倪"，在中国诗史上占据了重要一页。后人辑有《寒山拾得集》留传于世。

寒山、拾得本是愤世嫉俗的狂僧，唐及五代的人物画，绘的都是他们蓬头垢面、破衣赤足的任诞模样。但宋朝以后，却逐渐变成了两个童趣天真、形影不离的孩童形象，既无疯狂之态，亦无冷眼讽世，而是洁衣笑面、逗人喜爱的稚气童子。这一演变过程，还有一个感人的传说蕴藏其中。

相传寒山与拾得自从结识后，情投意合，形影不离。转眼花开花落，冬逝春来，他们都已经是大小伙子了，依然嘻嘻哈哈，不知忧愁。可是有一天，天台山下新搬来一户农家，农家里有一位美丽的姑娘叫芙蓉，她时常陪母亲进庙烧香。寒山和拾得正值青春年少，不约而同地一起爱上了芙蓉姑娘，他们在友情与爱情间左右为难，烦恼不已。

寒山毕竟年长几岁，经过深思熟虑，他毅然决定为了友情斩断情丝，让拾得与心爱的姑娘永远厮守在一起。因为拾得是方丈捡回来的，并非自愿出家，只要愿意，他还可以还俗娶妻。主意既定，寒山便在寺庙的墙上留了一首五言诗："相唤采芙蓉，可怜清江里。此时居舟楫，浩荡情无已。"写毕，悄悄离开了天台山，一个人到苏州枫桥边结庐修行。

拾得因为寒山的突然失踪疑窦丛生，等知道真相后，大为感激，想起两人比金石还坚固的友情，不由得将满腔情爱吹得烟消云散。他揣起一个食盒，也下了天台山，一路化缘，一路打听寒山的音讯。历经风尘仆仆，拾得终于来到了苏州。此时正是江南六月天，苏州莲开亭亭，寒山欢欣之下，顺手折了一朵盛开的荷花，迎了出来。兄弟相见，喜悦逾常，寒山用荷叶给拾得掸尘，拾得捧上食盒，共享刚募化来的饭菜。他们说说笑笑，和好如初。

经过这次情劫的考验,这两个天资聪颖、生有慧根的少年,彻底解脱了尘缘,他们重新回到天台山礼佛参修,终于成为一代高僧,后双双羽化成仙。民间珍视他俩和睦同心的情谊,将他们推崇为和谐友爱的象征。清雍正年间,朝廷封寒山大士为"和圣"、拾得大士为"合圣",和合二仙从此名扬天下。

两位仙人,寒山手执荷花,谐音"和"字;拾得持个锦盒,谐音"合"字。民间取"和合"既和睦合力,又和谐合好之意,将他们供奉为欢喜团聚之神。而《周礼·地官·媒氏》中说:"使媒求妇,和合二姓。"于是和合二仙又由主管家事和合的团圆之神,演变为职司婚姻好合的爱神。既然是欢情恩爱之神,自然不能再遮遮掩掩,所以形象也变成了风华正茂的青春少年。

在我国传统的婚礼仪式上,常悬挂有和合二仙的画轴。他们笑容满面,荷花中附有如意,食盒中飞出五只蝙蝠(福),连起来就是"和合如意,五福临门",人们借此来祝福新婚夫妇和和美美、鱼水相得,大吉大利中洋溢着浓浓的喜庆味,有着相当好的彩头。

三、蓝桥情事——情仙裴航

《裴航遇仙》是唐人裴铏所著《传奇》中最为著名的一篇。唐朝长庆年间,秀才裴航落第后游鄂渚,同船有一位樊夫人云翘,国色天香,言辞谈吐使人如沐春风。裴航十分恋慕,于是赠诗表达情意。樊夫人虽然对裴航也颇有好感,但自思有夫,只好谢绝了裴航的爱意。临别时,她赠诗一首给裴航:"一饮琼浆百感生,玄霜捣尽见云英。蓝桥便是神仙窟,何必崎岖上玉清?"裴航见诗唏嘘不已,但无法理解诗中的含义。

后日,舟到蓝桥驿(在今陕西蓝田县蓝溪上),裴航忽然觉得口渴,就向路旁茅屋内一个纺麻的老阿婆求水喝。阿婆见裴航是个书生,就向里屋喊道:"云英!擎一瓯水来,郎君要饮。"裴航听此呼喊,猛然想起樊夫人诗,心头一颤。

等看到云英之后,他更是目瞪口呆。但见云英姿容绝世,"露裛琼英,春融雪彩,脸欺腻玉,鬓若浓云"。即使幽谷中的素兰也不能比拟她的芳容,蓝田中的美玉也不能形容她的静雅。裴航对云英一见钟情,当即就向老阿婆求婚。

老阿婆见裴航一表人才,翩翩君子,心下已同意了这门亲事,但还要考验考验裴航。她说道:"我现在年老多病,只有这一个孙女,昨天有神仙送给我灵丹一刀,但必须用玉杵臼捣之一百天,方能吞服,以保长生不老。你要娶我孙女,条件就是拿玉杵臼来做聘礼。其他金帛等物,对我都没有用处。"裴航一口答应,鞠躬道:"一言为定,以百日为期限,我一定带玉杵臼回来!"

从此后,裴航完全不把科举的事放在心上,每日里只是到市井闹市喧腾的地方去,寻访打听玉杵臼的下落。一直找寻了近三个月,终于在一个卖玉的老翁那里见到了玉杵臼。裴航倾囊而出,又卖掉仆人马匹,终于凑足卖玉老翁索要的巨款。

裴航无仆无马,只好独自一人背负杵臼步行。他历尽途程坎坷,披星戴月,总算在第一百天即将结束时,赶到了蓝桥。老阿婆大笑着对他说:"你如此艰难都要拼命赶回来,看来对我的孙女是真的情深意厚了。不过你还要为我捣药一百天,才能商议婚姻之好。"

裴航毫不犹豫地又答应了,他白天捣药,晚上休息,但捣药声却经夜不息。裴航感到很奇怪,就半夜起来偷看,原来是一只玉兔在帮他捣药。只见那玉兔身上雪白的光芒辉映满室,再加上仙药散发出来的芳香,沁人心脾,宛如仙境。裴航心意更坚,历经百日,终于将药捣成。

老阿婆对此相当满意,亲自张罗着为裴航和云英操办婚事。婚礼在一个很大的府第里举行,这府邸竟然一眼望不到头,镶珠的门扉在日光下闪动,里面帐幄屏帏及珠翠珍玩重重叠叠,没有一件不尽善尽美,气派远远超过贵戚之家。把裴航震撼得如刘姥姥进了大观园,眼花缭乱合不拢嘴。

到引见宾朋时,来客个个清高俊雅,飘然欲仙,全无半分人间烟火气。最后介绍到一位梳着鬟鬟穿着霓衣的仙女,仙女淡淡一笑,问:"裴郎还记得我吗?"裴航诧异道:"素未谋面,想不起来在哪儿拜识过啊?"仙女微笑说:"可曾记鄂渚同舟否？"裴航惊讶不已，这才记起眼前仙女竟然是樊夫人。

原来云英正是樊夫人云翘之妹，樊夫人此前赠诗，即是以诗为媒，为裴航做介绍人。此时樊夫人已经是女真人，担任玉皇大帝的女官。裴航得知前因后果，感慨万分。老阿婆呵呵大笑，取出先前捣好的仙药，让裴航领着云英进入玉峰洞中，一起吞服丹药，两人终成神仙眷属，飞升仙界。

裴航鸳盟得谐，心情万般愉快，因此十分热衷于为世间男女牵线搭桥，期望有情人都能如自己般幸福。后人感念他一往情深的努力，遂奉之为"情仙"。"蓝桥遇仙"也成为后世引用颇多的爱情典故，用以比喻人间天上相逢缠绵、魂牵梦萦的美事。白居易诗："蓝桥春雪君归日，秦岭秋风我去时"，苏轼《南歌子》："蓝桥何处觅云英？只有多情流水、伴人行"，周邦彦《浪淘沙》："飞散后，风流人阻，蓝桥约，怅恨路断"，纳兰《阮郎归》："浆向蓝桥易乞，药成碧海难奔"，等等，都是吟诵一时的以蓝桥为背景的佳句。

四、泗州大圣

事物总有正反两面，爱情也一样。既然有人两情相悦，就必定也有人伤情失恋。特别是古时在封建礼教的压迫下，更有不少有情人难成眷侣。为此哭泣、幽怨，甚至殉情，都不是什么稀奇事儿。在此情形下，中国除了以上几位撮合有情人的牵线爱神外，还有一位保护失恋者的爱情守护神"泗州大圣"。

泗州大圣又称"泗州佛"，据传本为西域僧人，法号僧伽。他少年出家，矢志游方，三十一岁入中土，在唐高宗时来到长安、洛阳等地，又游历吴楚，在泗州传经说法，建起了普照王寺。他善玄妙、知阴阳，能显神通，兼精岐黄之术，常悬壶济世，为民治病，被唐中宗封为国师，声名鹊起。后受观音度化成佛。成佛前后神异事迹颇多，曾经现十一面观音形，因而享有观音大士化身的盛誉。

在闽粤台，泗州大圣信仰逐渐发生异化，泗州大圣不但变成了"泗州佛"，还被赋予了主管爱情婚姻的神职，成了情侣们祈拜的偶像。他之所以会转变为爱情庇护神，据说是因为曾追求观音菩萨而不得，所以才对人世间失恋的痴情男女同情备至，并加以呵护。这其中自有一番传奇经历：

宋朝时，蔡襄任泉州太守，泉州有条洛阳江，江面宽阔，水流湍急，时常将过往小船吞没。蔡襄之母在三十年前过江时，于船上受尽了颠簸惊吓，上岸后，她发愿说："我儿诞生后，若能做官，我一定要让他在这里造一座桥，便利行人。"蔡襄一方面要替母还愿，一方面要为民造福，这桥就非建不可了。但江水太过湍急，垒桥基的石头刚投放江中就被冲跑了，蔡襄束手无策，一筹莫展。

一天，洛阳江上划来一叶轻舟，船头坐着一位绝色的妙龄女子。划船的老翁对岸上的人说："谁能用钱掷中我的女儿，就把她许配给谁。"岸上行人听了老翁的话，争先恐后地掏出铜钱，向美女掷去。但雨点般的铜钱扔来，却连姑娘的衣角都碰不上，尽皆落在了江里。渐渐地，钱越扔越多，江底积满了钱，桥基也随着钱增多而不断增高。原来，这位老翁是土地爷变的，而姑娘是观世音菩萨变的，蔡襄为民救急济困的精神，感动了观音，所以她就想了这么个法子来助蔡襄一臂之力。

眼看就要大功告成，谁知来了一个聪明的泗州人。他早已被姑娘的美貌深深打动，但见其他人的铜钱纷纷落空，心知必有蹊跷，便暗暗观察。终于被他察觉出了奥秘，所有的铜都无法通过姑娘身周一道隐隐的白光，这就是老翁为什么让大家投铜钱的缘故。于是他往姑娘的背后抛了一块碎银，一击即中，落在姑娘的发间。老翁无可奈何，只得请泗州人到凉亭里议婚。

哪承想泗州人往凉亭里一坐，就再也起不来了。原来观音菩萨怨他多事，但"神无戏言"，又不能不兑现承诺，因此就将泗州人的灵魂度到西天成佛，而让他的肉身永远留在亭中，从此就成了民间膜拜的"泗州佛"。

后来，人们建了许多凉亭，供奉这位为爱所驱的泗州佛。如果热恋中的男女遇到了挫折，或是婚姻发生了问题，只要在泗州佛的脑后挖下一点泥巴，偷偷地撒在爱人的身上，对方立刻就会回心转意，重续情缘。因此许多地方的泗州佛佛

泗州大圣

泗州大圣又称「泗州佛」，据传本为西域僧人，于唐高宗时来到长安、洛阳等地，又游历吴楚，在泗州传经说法。后被唐中宗封为国师，又受观音度化成佛。在闽粤台，泗州大圣被赋予了主管爱情婚姻的神职，成了情侣们祈拜的偶像。

像的后脑勺就只好一补再补了。而泗州大圣奉祀最流行的地区当属福建。那里城乡的大街小巷多供泗州大圣，或作小龛，或凿壁为龛，有供立像的，也有供牌位的，还有在墙壁雕凿"泗州大圣"四字来敬奉的。泉州的洛阳桥和安平桥中都有泗州亭，《八闽通志》记载的泗州院、泗州堂、泗州庵等就有二十三座。在省会福州，更将泗洲大圣称呼为"榕树下的爱神"。

爱神泗州庙在台湾也已经成为情侣们时常光顾的地方，走进泗州庙，迎面就是一副颇具警示意味的对联："真情无人见　假情天有知"仿佛泗州佛正在冥冥之中时时提醒着走进庙门的恋人们，要对自己的感情好好负责，不能掺假，不能自欺。更有意思的是，庙内院落中还非常醒目地铭刻着一首诗："情人双双到庙来，不求儿女不求财。神前跪下起过誓，谁先变心谁先埋。"诗写得浅显通俗，在爱神像前焚一炷香，读一读对联和警示诗，让心灵受到一次虔诚的洗礼，每一对恋人都会终生难忘！